MW01624746

TINTE
&
FEDER

Das Buch

Während Therese freudig aufgeregt mit ihren Kindern von Wien nach Kamerun zu Robert aufbricht, ist für Luise in Hamburg die Doppelrolle als Mutter und Geschäftsfrau eine große Herausforderung. Das schlechte Gewissen, ob sie sich selbst genug um ihre Tochter kümmert, ist ihr ständiger Begleiter.

Dabei ist ihre Anwesenheit im Kontor wichtiger denn je, schwinden doch die Einnahmen trotz guter Geschäfte dahin. Luise hat den Verdacht, dass ein Mitarbeiter das Unternehmen betrügt. Was Luise noch viel mehr beunruhigt: Ist ihr Cousin Richard womöglich selbst involviert und schädigt so seine eigene Familie?

Zu allem Überfluss gerät dann auch noch die Ernte der Hansens in Kamerun in Gefahr. Wird die Familie diese Rückschläge bewältigen können?

Die Autorin

Ellin Carsta ist das Pseudonym der deutschen Autorin Petra Mattfeldt, die zusammen mit ihrem Mann und ihren drei Kindern in der Nähe von Bremen lebt. Alle Fans ihrer Bestsellerreihe um die »heimliche Heilerin« können sich mit der Veröffentlichung der »Hansen-Saga« über neuen Lesestoff freuen.

Weitere Informationen zur Autorin finden Sie unter www.petramattfeldt.de.

ELLIN CARSTA

Der mutige Weg

DIE HANSEN-SAGA

ROMAN

Deutsche Erstveröffentlichung bei
Tinte & Feder, Amazon Media EU S.à r.l.
38, avenue John F. Kennedy, L-1855 Luxembourg
März 2020

Umschlaggestaltung: bürosüd° München, www.buerosued.de
Umschlagmotiv: © Ysbrand Cosijn © VBStudio © hxdbzxy
© Srg Gushchin © muharremz © fckncg © dibrova © Resul Muslu
© Chyrko Olena © Color Symphony / Shutterstock
1. Lektorat: Silvia Kuttny-Walser
2. Lektorat: Renate Novak
Korrektorat: Gisela Wunderskirchner / Angelika Wiedmaier
Gedruckt durch:
Amazon Distribution GmbH, Amazonstraße 1, 04347 Leipzig /
Canon Deutschland Business Services GmbH, Ferdinand-Jühlke-Straße 7,
99095 Erfurt /
CPI books GmbH, Birkstraße 10, 25917 Leck

ISBN 978-2-49670-231-6

www.tinte-feder.de

Prolog

Sie wusste nicht, was sie empfinden sollte, und war selbst überrascht, wie nah ihr das alles ging. Trotz des warmen langen Mantels mit dem edlen Pelzbesatz fror sie erbärmlich, Gänsehaut überzog ihren gesamten Körper.

Er war tot, und so wenig aufrichtige Gefühle sie ihm zu Lebzeiten entgegengebracht hatte, so schwer fiel es ihr nun, damit umzugehen, dass er gestorben war. Es war eigenartig, denn sie fühlte sich auf eine Art und Weise verloren, die sie nie zuvor gekannt hatte.

Vor allem aber hatte sie Angst. Dabei konnte sie nicht einmal sagen, weshalb oder wovor sie sich fürchtete, doch es war wie ein Knoten, der ihr die Brust zuschnürte und sie nach Atem ringen ließ. Kurz schloss sie die Augen, krampfhaft um Fassung bemüht, als der Sarg langsam in die Grube hinabgelassen wurde. Ihr Körper begann unkontrolliert zu zittern, und sie presste ihr Stofftaschentuch vor den Mund, um ein Schluchzen zu unterdrücken. Sie musste sich zusammennehmen, die Contenance wahren. Was würde August wohl von ihr denken, wenn er sie jetzt so sähe? Das war nicht die Frau, die er geheiratet hatte. Aber nein, er konnte sie nicht sehen, nie mehr. Er war tot und wurde nun begraben, gleich würde man Erde auf den Sarg schaufeln, der seinen kalten Körper dann in endloser Dunkelheit umschloss. Der Gedanke daran ließ sie einmal mehr schaudern.

Sie hörte die Worte des Pastors, doch drang deren Sinn nicht zu ihr durch. Ihre Gedanken waren ganz bei August, dem Mann, den sie erst vor knapp einem Jahr geheiratet hatte. Es war nicht aus überschwänglicher Liebe geschehen oder weil sie sich gewünscht hätte, seinen Namen zu tragen. Nein, es war Kalkül gewesen – weil genau dies ihrem Wesen entsprach. Sie hatte schon immer gewusst, was sie wollte, und bis auf ein einziges Mal mit ihrem Urteil über ihre Mitmenschen immer richtiggelegen. Tatsächlich hatte sie ihren ersten Ehemann Robert unter-, seinen Bruder Georg hingegen überschätzt. Noch immer wusste sie nicht, wie sie sich so sehr hatte täuschen können, war doch Georg stets der Ruhigere und ihrer Einschätzung nach die bessere Partie gewesen. Deshalb hatte sie auch nicht gezögert, eine Affäre mit ihm zu beginnen – in dem Glauben, an Georgs Seite wesentlich mehr erreichen und womöglich das Kontor der Familie Hansen vollständig übernehmen zu können. Dass sich alles vollkommen anders entwickelt und diese Affäre ihren finanziellen und gesellschaftlichen Absturz zur Folge gehabt hatte, hatte sie geradezu entsetzt. Eine Weile hatte sie mit Georg in einer schrecklich kleinen, heruntergekommenen Wohnung hausen müssen. Schon beim Gedanken daran konnte sie heute nur den Kopf schütteln.

Es war ein Glück für sie gewesen, dass sich schon bald die Affäre mit August Frederiksen ergeben hatte – und ein noch größeres Glück, dass er sie sogar geheiratet hatte. Diesmal hatte Elisabeth genau gewusst, was sie tat, und alles war so gekommen, wie sie es geplant hatte. Schließlich war es abzusehen gewesen, dass ein Mann, der ihr Vater hätte sein können, in nicht allzu ferner Zukunft das Zeitliche segnen würde. Doch nun, da er tatsächlich gestorben war, spürte sie auf eine beklemmende

Weise, wie gern sie diesen Mann gehabt hatte, und wusste mit ihren Gefühlen nicht umzugehen.

Was war es, was sie beide verbunden hatte und ihr zu seinen Lebzeiten entgangen war? Bilder von August entstanden in rascher Folge vor ihrem geistigen Auge. War es Liebe gewesen? Vor allem, so erkannte Elisabeth, war es eine ehrliche Beziehung gewesen, denn sie hatte August nichts vormachen müssen. Er wusste, welche Art Frau sie war, und doch hatte er sich auf sie eingelassen. Ihm hatte sie nichts vorspielen und sich nicht verstellen müssen. Außer vielleicht im Schlafzimmer, doch das war auch bei Robert und Georg nicht anders gewesen.

Elisabeth fuhr zusammen, als der Sarg mit einem Rumpeln am Grund der Grube aufsetzte. Die Träger warfen die Seile, mit denen sie ihn hinabgelassen hatten, in die Grube, und der Pastor sprach noch ein paar Worte. Dann trat Elisabeth vor und warf die rote Rose, die sie die ganze Zeit in ihren zitternden Händen gehalten hatte, in das Grab hinab, flüsterte einen letzten Gruß und stellte sich an die Seite. Die anderen Trauergäste traten einer nach dem anderen vor, um dem Verstorbenen die letzte Ehre zu erweisen. Viele waren nicht gekommen, genau genommen, nur diejenigen, die in seinem engsten Umfeld für ihn gearbeitet hatten. Sie kondolierten der Witwe, und manch einem stand die unausgesprochene Frage ins Gesicht geschrieben, ob sie wohl die Geschäfte ihres Mannes fortführen würde und die Mitarbeiter weiterhin eine Anstellung hätten.

Elisabeths Miene blieb unbewegt. Sie wusste selbst noch nicht, wie es nun weitergehen sollte. Vermutlich wäre es nicht besonders schwierig, Augusts Firma zu verkaufen und eine hübsche Summe dabei herauszuschlagen, die bis an ihr Lebensende reichen würde. Hinzu kamen noch die Villa, in der sie gemeinsam gelebt hatten, sowie zwei weitere Häuser, die August vermietet hatte.

Noch vor einigen Jahren hätte ihr das alles gereicht, um ein Leben nach ihrem Geschmack zu führen. Doch es hatte sich etwas verändert. Während früher für Elisabeth schlicht das Geld gezählt hatte, spürte sie nun, wie sehr sie in ihrer früheren Ehe die Gesellschaften an Roberts Seite genossen hatte und wie wichtig es ihr war, nicht nur die schönsten und elegantesten Kleider zu tragen, sondern auch die neidischen Blicke der vornehmen Damen zu spüren. Ganz abgesehen von den Blicken der Herren, die stets voller Bewunderung waren. Während ihrer Ehe mit Robert hatte sie nicht darüber nachgedacht, welchen Stellenwert all dies für sie hatte. Es war selbstverständlich gewesen. Doch da sie trotz ihrer Eheschließung mit einem der reichsten Männer Hamburgs nicht das gesellschaftliche Ansehen hatte zurückgewinnen können, hatten sich ihre Zielsetzung und ihre Motivation geändert. Sie wollte mehr als nur das Geld. Sie wollte wahrgenommen und anerkannt werden. Und wenn es schon nicht aus Bewunderung geschah, dann aus Furcht, ihr Missfallen könnte sich negativ für denjenigen auswirken, der bei ihr in Ungnade gefallen war.

Vor allem aber war sie noch immer nicht fertig mit der Familie Hansen. Mit ihren Töchtern Martha und Luise hatte sie keinerlei Kontakt. Gewiss hatte sie ihn auch nicht aktiv gesucht, doch sie fand, dass es an ihren Töchtern gewesen wäre, ihr die Hand zur Versöhnung zu reichen. Was die beiden auch von ihr denken mochten, sie war schließlich ihre Mutter und verdiente somit Respekt.

Insbesondere mit ihrem früheren Ehemann Robert Hansen hatte sie noch eine Rechnung offen. Keine Sekunde hatte er um sie gekämpft, sondern sie mit Schimpf und Schande zusammen mit seinem Bruder Georg, ihrem damaligen Geliebten, aus dem Haus gejagt. Seinem Bruder hatte er verziehen. Wie Elisabeth erfahren hatte, war Georg irgendwann wieder in die Hansen'sche Villa eingezogen und im letzten Jahr, nach dem

Tod des gemeinsamen Bruders Karl, nach Wien gegangen, wo er nun das dortige Kontor leitete. Dies hatte sie eher nebenbei in den letzten Wochen und Monaten von August erfahren. Woran Karl gestorben war, wusste sie bis heute nicht. Doch sie bedauerte es auch nicht. Für sie war Karl immer ein Weichling gewesen. Der Gleichmut dieses Mannes, der stets um ein friedliches Miteinander bemüht war, stand im Gegensatz zu allem, was sie an einem Mann attraktiv fand. Zwar hätte sie ihm nicht den Tod gewünscht, doch im Grunde war es ihr einerlei. Was sie jedoch maßlos ärgerte, war, dass sie von vielen Ereignissen nur durch Gerüchte und aus zweiter Hand erfahren hatte.

Wenn sie Robert wirklich schaden wollte, musste sie das schwächste Mitglied der Familie ausmachen und ihm einen Anreiz bieten, es zu unterstützen. Bei diesem Gedanken erschien ein Gesicht vor ihrem inneren Auge, und ein kleines Lächeln huschte über ihre Lippen.

Der Buchhalter ihres verstorbenen Mannes, der ihr in diesem Moment die Hand zum Kondolieren reichte, deutete es offenbar als Freundlichkeit ihm gegenüber und erwiderte das Lächeln. Dann machte er Platz für die letzten Trauergäste, die der Witwe ihr Beileid bekunden wollten.

Nicht einmal zwanzig Minuten später saß Elisabeth in der Kutsche und ließ sich zur Villa zurückfahren. Wieder lächelte sie maliziös. Ja, sie hatte einen Plan gefasst. Nun wusste sie, was zu tun war.

1. Kapitel

Kamerun, Freitag, 29. März 1895

Ihr schlug das Herz bis zum Hals. Langsam, ganz langsam fuhr das Schiff in die Bucht und an den Anleger heran. Geschickt verstand es der Kapitän, den Abstand genau richtig abzuschätzen, sodass das Schiff der Woermann-Linie längsseits sanft gegen den Anleger glitt, ohne dass eine Erschütterung zu spüren war. Ein junger Bootsmann warf einem der schwarzen Männer, die auf dem Anleger bereitstanden, ein Tau zu, das dieser auffing und um einen Holzpflock band, der am Ende des Anlegers aufragte. Dann fing er ein weiteres Tau und befestigte es an dem anderen Pflock.

»Komm.« Franz zerrte an Thereses Hand. »Wir sind da. Komm, lass uns gehen.« Er versuchte, sie mitzuziehen.

»Warte noch, Franz. Es wird erst noch eine Planke ausgelegt«, mahnte Therese, doch das Argument schien für ihren Sohn nicht zu zählen.

»Aber wir können uns doch schon ganz vorne hinstellen«, bettelte er.

»Franz«, mahnte Therese, nun etwas strenger. »Du wartest jetzt bitte, hörst du?«

Lieselotte Heemsen, die mit ihren beiden King-Charles-Spaniels neben Therese und den Kindern gestanden hatte, während das Schiff einlief, legte ihr in einer freundschaftlichen Geste die Hand auf den Unterarm. »Lass uns doch schon ein Stück weiter Richtung Ausstieg gehen«, schlug sie vor, was Franz ihr mit einem schelmischen Lächeln dankte.

Lieselotte und Therese hatten sich während der gut dreieinhalbwöchigen Fahrt von Calais nach Kamerun angefreundet. Für Therese war es eine reine Freude, den Erzählungen Lieselottes über das Leben und ihre Erfahrungen in Kamerun zu lauschen, und sie war froh, schon jetzt eine erste Freundin dort zu haben. So hatte Therese erstmals aus der Sicht einer anderen Person als Robert etwas über das Leben auf dem fremden Kontinent erfahren. Und es waren nicht nur romantische Geschichten von einer exotischen Welt. Lieselotte Heemsen hatte auch von der politischen Lage und den Schwierigkeiten berichtet, die die Kolonialisierung Afrikas mit sich brachten. Denn bei all dem Wunderbaren, das Kamerun zu bieten hatte, durfte man keinesfalls die Spannungen außer Acht lassen, die sich durch das Zusammenleben der Europäer mit den Einheimischen ergaben. Einiges habe sich in den vergangenen Jahren schon geändert, doch das sei, wie Lieselotte Heemsen meinte, deren Ehemann Oberleutnant beim Militär war, längst nicht genug. Die Deutschen hätten – genau wie die Franzosen, Engländer und Belgier – einsehen müssen, dass bei einem zu strengen Umgang mit den Einheimischen mehr Schlechtes als Gutes herauskam.

Am 1. Januar dieses Jahres hatte Jesko von Puttkamer die Geschäfte des Gouverneurs in Kamerun übernommen. Ob er sich als guter Mann in dieser Führungsposition erweisen würde, war abzuwarten. In jedem Fall würde er wohl besser geeignet sein als sein Vorgänger Eugen von Zimmerer, dem der Vorwurf anhing, seinen Stellvertreter Leist, der für den

Dahomey-Aufstand mit vielen Toten auf beiden Seiten verantwortlich war, nicht zur Räson gebracht zu haben. Er hätte eingreifen müssen, so die allgemeine Haltung. Viel schwerer jedoch als diese Verfehlung wog offenbar, so munkelte man, die Tatsache, dass Eugen von Zimmerer keinen großen Wert auf Expansion gelegt hatte und die Kolonie nicht wirklich voranzubringen vermochte. Der neue Gouverneur von Puttkamer hatte weit größere Ambitionen und Ziele. Er wollte nicht nur die Küste, sondern auch das Landesinnere für das Deutsche Reich erobern. Es blieb abzuwarten, auf welche Art er dies durchzusetzen gedachte.

Therese hatte Lieselottes Ausführungen mit Interesse verfolgt und auch immer wieder Verständnisfragen gestellt. Sie war ein wenig unsicher, weil sie deutlich spürte, viel zu wenig über die Menschen und das Land zu wissen, in dem sie plante, künftig ihr Leben zu verbringen. Doch sie vertraute darauf, nach und nach alles zu erfahren, was sie wissen musste, und hoffte insbesondere auf Roberts Unterstützung, damit sie und die Kinder sich rasch einleben konnten.

Ihr war der Umgang mit Menschen noch nie schwergefallen. Ganz im Gegenteil: Sie hatte es immer als Bereicherung empfunden, neue Menschen kennenzulernen, und freute sich auf all das, was vor ihr lag. Vor allem aber war sie sicher, dass es ihr nicht schwerfallen würde, die Menschen in Kamerun zu mögen, von denen Robert ihr so viel Wunderbares berichtet hatte. Sie hielt es wie er: Ihr war gleichgültig, welche Hautfarbe ein Mensch hatte. Was zählte, war sein Wesen, und Therese kannte sich selbst gut genug, um zu wissen, dass sie genau dies in einem Menschen zu erkennen vermochte – ob er nun schwarz oder weiß war.

»Sieh nur, Mama, sieh nur!«, rief Franz aufgeregt und deutete auf die Planke, die in diesem Moment vom Schiff auf den Anleger geschoben wurde.

»Ja, mein Schatz, ich sehe es.« Therese, die die kleine Helene auf dem Arm trug, folgte ihrem Sohn, der nun vorauslief, um möglichst als einer der Ersten den Ausstieg zu erreichen. »Nicht so schnell«, mahnte sie abermals und drehte sich zu Lieselotte um, die ihr mit ihren Hunden lächelnd folgte.

Zusammen erreichten sie die Reling, an der sich rechts und links bereits einige Fahrgäste postiert hatten, um das Schiff zu verlassen.

»Nicht drängeln, Franz«, mahnte Therese nun und griff nach dem Arm ihres Sohnes, worauf dieser mit einem enttäuschten Blick reagierte.

»Vorsicht, meine Herrschaften!«, sagte nun der Matrose, der die Planke auf der Schiffsseite sicherte. »Einen Moment bitte noch.«

Franz versuchte abermals, sich weiter nach vorn zu arbeiten, doch Therese hielt ihn zurück. »Du wirst jetzt genau hier stehen bleiben und warten, junger Mann.« Die Art, wie sie es gesagt hatte, machte deutlich, dass sie keinen Widerspruch duldete. Franz sah zu seiner Mutter auf, seine Wangen glühten vor lauter Aufregung.

Es dauerte noch einen Moment, bis der Ausstieg frei gemacht wurde. Dann gingen die Ersten von Bord. Therese hielt Franz fest an der Hand, damit dieser nur nicht zu nah an das Geländer kam und womöglich ins Wasser fiel. Kurz bewegte sich die Planke ein wenig, und sofort fasste Therese noch einmal fester nach, lockerte den Griff aber sofort wieder, um Franz nicht womöglich aus übertriebener Fürsorge wehzutun. Ihre Anspannung ließ nach, als sie festen Boden auf dem Anleger erreichten.

»Darf ich dort hinauflaufen und sehen, was das für Hütten sind?«, rief Franz.

»Nein«, entgegnete Therese. »Du bleibst hier bei mir. Wir müssen noch auf unser Gepäck warten.«

»In der Zwischenzeit werde ich den Transport organisieren«, bot Lieselotte Heemsen an. »Dann geht es gleich etwas rascher.«

»Ich danke dir.« Therese war die Erleichterung über die freundschaftliche Unterstützung anzusehen. Auch wenn sie noch so entspannt sein wollte und sich auf die Begegnung mit Robert, die für ihn eine riesige Überraschung sein würde, freute, fühlte Therese sich in diesem Augenblick doch auch überfordert. Sosehr sie Franz' Aufregung verstand, es machte die Situation jedoch nicht gerade einfacher. Einen kurzen Moment blitzte der Zweifel auf, ob sie richtig gehandelt hatte, indem sie für sich und die Kinder den Abschied von Wien entschieden und sie damit in eine ganz andere Welt katapultiert hatte. Immerhin riss sie die beiden vollkommen aus ihrer gewohnten Umgebung, und alles, was sie bisher in ihrem kurzen Leben kennengelernt hatten, gehörte mit einem Mal der Vergangenheit an.

Ja, es war der blanke Wahnsinn und das Unüberlegteste, was sie je getan hatte. Mitte Februar erst hatte sie den Brief in Empfang genommen, in dem Robert ihr berichtet hatte, länger als nur einige Wochen oder Monate in Kamerun bleiben zu wollen. Er hatte geschrieben, er habe den Eindruck, dass Männer wie er im Lande gebraucht würden und er sich deshalb zum Bleiben entschieden habe. Und er hatte sie gebeten, an seiner Seite zu leben, als seine Frau. Er wollte Franz und Helene den Vater ersetzen, den sie so früh verloren hatten.

»Ach, da ist ja mein Mann!«, rief nun Lieselotte begeistert, nahm die Hundeleinen in die eine Hand und reckte die andere hoch in die Luft, um auf sich aufmerksam zu machen. »Erich, hier bin ich!«

Der Mann in Uniform, dem sie zugewinkt hatte, beschleunigte seinen Schritt. Als er sich durch die ihm entgegenkommenden Menschen seinen Weg gebahnt und sie fast erreicht hatte, begannen die Hunde wie wild zu kläffen. Lieselotte konnte sie kaum noch halten und ließ schließlich die Leinen einfach los. Die Spaniels liefen auf ihr Herrchen zu, sprangen vor Freude immer wieder an ihm hoch und kläfften aus vollem Hals.

Oberleutnant Erich Heemsen streichelte die beiden Vierbeiner, fasste deren Leinen und ging dann die letzten Schritte seiner Frau entgegen. Therese war überrascht, mit welcher Herzlichkeit Lieselotte ihren Ehemann begrüßte. Geradezu stürmisch umarmte sie ihn und gab ihm einen Kuss. Einfach so in der Öffentlichkeit, und das bei einem Oberleutnant des Deutschen Reichs. Damit hatte Therese nicht gerechnet. Aber es gefiel ihr, das musste sie zugeben.

»Es ist so schön, dass du wieder da bist«, sagte Erich Heemsen und strahlte seine Frau an.

»Erich, ich möchte dir jemanden vorstellen«, kündigte Lieselotte an. »Das sind Therese Hansen und ihre Kinder Franz und Helene. Therese, das ist mein Ehemann Erich.«

»Es freut mich wirklich sehr, Herr Heemsen.«

»Die Freude ist ganz auf meiner Seite, Therese.« Er beugte sich verschwörerisch vor. »Wir Deutschen hier in Kamerun sprechen uns alle beim Vornamen an.«

»Ach, wirklich? Na, das gefällt mir sowieso viel besser. Also: schön, dich kennenzulernen, Erich.«

»Guten Tag«, sagte nun Franz und streckte ihm mit wichtiger Miene die rechte Hand entgegen.

»Guten Tag«, gab Erich zurück, gerührt von dem guten Benehmen des Jungen.

»Du heißt also Hansen?«, wandte er sich nun wieder an Therese. »Ich glaube, dann habe ich deinen Ehemann schon kennengelernt. Robert, nicht wahr?«

»Nun, eigentlich ist er mein Schwager, obwohl …«, versuchte Therese sich an einer Erklärung.

»Er ist ihr Mann, es muss nur noch offiziell gemacht werden«, mischte sich Lieselotte ein. »Aber das erkläre ich dir zu Hause.«

»Ich dachte nur wegen des Nachnamens …«, brachte Erich nun fast entschuldigend hervor.

»Wie gesagt, mehr darüber zu Hause«, stellte Lieselotte klar, die ahnte, dass Therese eine Erklärung über ihre derzeitige Situation alles andere als leichtfiel, nachdem sie während der Überfahrt die ganze Geschichte erfahren hatte. »Könntest du dich bitte darum kümmern, dass ein paar Träger bereitstehen, die Therese mit den Kindern und ihrem Gepäck zur Plantage der Hansens bringen?«

»Natürlich«, bestätigte Erich sogleich. »Das mache ich.« Er warf seiner Frau einen liebevollen Blick zu. »Es ist wirklich schön, dass du wieder daheim bist.« Damit machte er kehrt und ging über den Anleger zurück zum Strand und zu den Hütten, wo sich die Einheimischen aufhielten und auf Aufträge warteten.

Therese war Lieselotte dankbar, dass sie so selbstverständlich geholfen hatte und damit der Transport der Koffer bereits geklärt war. Während der Überfahrt waren Therese kurz Zweifel gekommen, wie sie sich wohl verhalten sollte, wenn zum Beispiel niemand da war, der sie und die Kinder zu Roberts Plantage bringen konnte. Erst da war ihr vollends klar geworden, wie waghalsig, ja geradezu irrwitzig ihre überstürzte Entscheidung war, Wien den Rücken zu kehren und sich auf das Abenteuer Kamerun einzulassen. Zwar war sie immer schon ein spontaner und entscheidungsfreudiger Mensch gewesen. Schon damals, als sie sich entschlossen hatte, das Kaffeehaus zu eröffnen und auf eigenen Beinen zu stehen, ganz ohne Unterstützung ihrer Eltern oder gar eines Ehemannes, war sie ein großes Risiko eingegangen, ohne auch nur einen Augenblick an ihrem Vorhaben zu zweifeln.

Doch inzwischen hatte sich vieles geändert. Sie war Mutter und stand seit dem Tod ihres Ehemannes allein in der Pflicht, für die beiden Kinder zu sorgen. Zwar musste sie sich über die finanzielle Situation keine Gedanken machen – Karl hatte gut vorgesorgt und sie abgesichert. Davon abgesehen brachte das Kaffeehaus genug Geld ein, um nicht nur die Angestellten zu bezahlen, sondern auch selbst gut davon leben zu können. Doch es war die Verantwortung, sämtliche Entscheidungen zum Wohl ihrer Kinder allein treffen zu müssen, die schwer auf ihren Schultern lastete.

Und auch wenn sie es sich nicht gern eingestand, so war der Entschluss, nach Kamerun zu gehen und dort an Roberts Seite zu leben, auch eine kleine Flucht für sie gewesen. Denn eines wusste sie, seit sie die Tage in der Hamburger Villa und in Roberts Gesellschaft verbracht hatte: Sie wollte nicht allein sein. Es hatte ihr gutgetan, wieder etwas zu unternehmen. Sie hatte die Zeit so sehr genossen, ebenso die Gespräche. Vor allem aber war das Gefühl, nicht allein für die Kinder verantwortlich zu sein, eine unglaubliche Erleichterung für Therese gewesen. Sie hatte Robert und Franz beim Spielen zugesehen und beobachtet, wie gut es ihrem Sohn tat, in seinem Onkel einen möglichen Vaterersatz zu haben.

Sie hatte sich vor ihrer Entscheidung für Kamerun sogar gefragt, ob sie die Auswanderung wirklich nur aus tiefer Verbundenheit, ja aus Liebe zu Robert in Erwägung zog, oder ob sie damit ihren Kindern auch einen neuen Vater geben wollte. Viele Nächte hatte sie wach gelegen und über die wahren Beweggründe gegrübelt, war dann aber zu ihrer eigenen Erleichterung zu dem Schluss gekommen, dass sie sich ehrlich und aufrichtig in Robert verliebt hatte. Auch wenn der Tod ihres Mannes noch kein Jahr her war und sie es damals für unmöglich gehalten hatte, sich überhaupt je wieder verlieben zu können, war es dennoch geschehen. Noch immer schwankte sie zwischen dem schlechten Gewissen wegen ihres verstorbenen Mannes und der Euphorie, die die frisch erblühten Gefühle für Robert mit sich brachten. Letztendlich, das wusste sie, würde nur die Zeit zeigen, wie sich alles mit Robert entwickelte.

Eines wusste sie sehr genau: Seit langen Monaten war sie endlich wieder glücklich und wollte sich all dem stellen, was sich ihr an Herausforderungen bot. Und sie wollte, dass auch ihre Kinder wieder glücklich waren und dass sie die Trauer und Einsamkeit, die nach Karls Tod Einzug in die Familie gehalten hatten, abschütteln und von vorn beginnen konnten. Genau hier, in diesem fernen Land, so weit weg von Wien und allem, was sie dort kannten und liebten.

»Lass uns dort zum Ufer gehen«, bat Lieselotte. »Es wird noch ein wenig dauern, bis eure Koffer ausgeladen werden. Und hier am Anleger stehen wir nur im Weg.«

Therese nickte, setzte Helene von ihrem rechten Arm auf den linken, griff nach Franz' Hand und folgte Lieselotte den Anleger entlang. Die warme Luft umhüllte sie, und mit jedem Schritt wurde ihr in ihrem langen Kleid wärmer und wärmer. »Es ist ziemlich heiß, nicht wahr?«

Lieselotte lachte auf. »Man gewöhnt sich recht rasch an das Klima. Der wirkliche Nachteil daran ist, dass man ständig friert, wenn man wieder einmal in die alte Heimat reist. Ich konnte es gar nicht abwarten, nach Kamerun zurückzukehren. Seit ich das Leben hier kennengelernt habe, fühle ich mich an keinem anderen Fleck der Erde wirklich wohl.«

Therese lächelte und hoffte insgeheim, dass es ihr genauso ergehen und sie schon bald dieses Land als ihre Heimat ansehen möge.

Langsam spazierten sie über den Anleger. Die knapp dreijährige Helene schien auf Thereses Arm immer schwerer zu werden. Sie setzte die Kleine ab und nahm sie an die andere

Hand, sodass nun Franz links und Helene rechts von ihr gingen.

Lieselotte hatte ein wenig Mühe, ihre Hunde so weit zu bändigen, dass sie sich den langsamen Schritten Thereses anpassen konnte. Helene lief zwar inzwischen allein recht sicher, doch bereitete der Kleinen der etwas holprige Untergrund des Anlegers einige Mühe. Schließlich erreichten sie das Ende, und Therese ließ Franz los, da nun nicht mehr die Gefahr bestand, er könnte leichtsinnig zu nah ans Wasser gehen und hineinfallen.

Schon kam ihnen Erich Heemsen wieder entgegen.

»Es steht eine Trage für euch bereit und eine zweite für das Gepäck«, erklärte er. »Natürlich auch eine dritte, solltet ihr noch eine benötigen.«

»Danke schön«, sagte Therese. »Tatsächlich habe ich nicht gerade wenig mitgenommen. Dabei habe ich den Eindruck, für die Kinder viel mehr eingepackt zu haben als für mich.«

»Wenn du möchtest, begleiten wir dich bis zur Hansen-Plantage«, bot Erich an. »So groß ist der Umweg für uns gar nicht.«

Therese zögerte. Gern hätte sie das Angebot des Oberleutnants angenommen, schon aus dem unsicheren Gefühl heraus, sich ansonsten vollkommen in die Hände Fremder zu begeben. Andererseits hatte sie bei ihrem Aufbruch nicht darauf hoffen können, sofort nach der Ankunft Unterstützung zu finden, und sie wollte die Heemsens nicht über Gebühr in Anspruch nehmen. Ganz abgesehen davon, dass sie sich schon die ganze Zeit ausgemalt hatte, was für ein Gesicht Robert wohl machen würde, wenn sie mit den Kindern plötzlich vor ihm stünde. Sie tastete nach dem Brief, in dem Robert sie gefragt hatte, ob sie seine Frau werden wolle. Sie hatte ihm nicht zurückgeschrieben, denn die Antwort wollte sie ihm nun persönlich überbringen. Bei diesem Gedanken huschte ein Lächeln über ihr Gesicht.

»Nein, das ist nicht nötig, herzlichen Dank für alles«, lehnte Therese nun Erichs Angebot ab. »Bestimmt werden die Träger uns sicher zur Plantage bringen.«

»Dafür würde ich meine Hand ins Feuer legen«, bekräftigte der Oberleutnant. »Ich habe die Menschen hier stets als sehr hilfsbereit und zuverlässig kennengelernt, auch wenn es viele gibt, die anderes behaupten. Die Träger kennen ihren Auftrag und werden ihn erfüllen. Du kannst dich darauf verlassen.«

»Danke.« Therese nickte ihm zu, dann wandte sie sich an Lieselotte. »Wird es denn Gelegenheiten geben, bei denen wir uns sehen?«

»Aber ja! Jeden Sonntag treffen sich die Deutschen zum Gottesdienst und bleiben danach noch eine Weile zusammen, um miteinander zu plaudern und sich über die allgemeine Lage auszutauschen. Dein künftiger Ehemann wird dir alles erklären. Ich freue mich schon jetzt darauf, ihn kennenzulernen.«

»Dann sehen wir uns ja schon in zwei Tagen wieder!«, stellte Therese fest. »Wie wunderbar.«

Lieselotte reichte Therese die Hand, zog sie dann aber kurz an sich. »Es ist mir eine solche Freude, dass wir uns kennengelernt haben. Ganz sicher werden wir uns oft sehen. Ihr müsst uns unbedingt schon bald auf unserem Stützpunkt besuchen.«

»Von Herzen gern«, stimmte Therese zu und erwiderte die Umarmung. Dann reichte sie Erich die Hand, um sich auch von ihm zu verabschieden.

»Dann alles Gute, Therese.« Er sah zu Franz hinab. »Und du, kleiner Mann, passt gut auf deine Mutter auf, ja?«

»Ja, mein Herr, das werde ich«, gab Franz eifrig zurück, was Erich zum Lächeln brachte. Die Heemsens winkten den Kindern und Therese noch zu, dann gingen sie die kleine Anhöhe hinauf, und Erich half Lieselotte in die bereitstehende Trage. Er selbst stieg auf ein Pferd, und gemeinsam machten sie sich auf den Weg.

Kurz fragte Therese sich, ob die neu gewonnene Freundin gar kein Gepäck bei sich gehabt hatte, und wollte ihnen schon nachrufen, ob sie womöglich etwas vergessen hätten. Dann fiel Therese jedoch ein, dass der Oberleutnant vermutlich bereits jemanden mit dem Heimtransport der Sachen beauftragt hatte, so organisiert, wie hier alles schien. Therese freute sich schon jetzt darauf, wenn sie eines Tages den Punkt erreicht hätte, an dem ihr alles hier vertraut war und sie genau über alle Abläufe Bescheid wusste.

»Kommt«, sagte sie nun zu den Kindern. »Wir gehen dort nach oben und setzen uns, bis unser Gepäck verladen wird.«

»Wo ist Onkel Robert?«, fragte Franz.

»Na, auf seiner Plantage.«

»Und warum holt er uns nicht ab, wie der Mann von Frau Heemsen?«

»Weil es doch eine Überraschung ist und Robert überhaupt keine Ahnung hat, dass wir kommen. Das habe ich dir doch erklärt.«

Franz schien sich zu erinnern. »Aber ich hätte es schöner gefunden, er hätte uns abgeholt«, meinte er dann, folgte aber artig seiner Mutter und nahm, oben angelangt, neben ihr auf dem Holzstamm Platz. Wieder warten zu müssen, bis es endlich so weit war und sie den Rest des Weges zurücklegen konnten, entsprach so gar nicht dem, was er sich vorstellte. Doch er wollte nichts mehr sagen, um seine Mutter nicht zu verärgern. Aber es forderte ihm einiges an Geduld ab, bis endlich die Koffer hergetragen und zum Weitertransport bereit waren. Franz seufzte. Er war müde und hatte Hunger. Ob es hier wohl auch Schnitzel gab, die er so gern aß? Das musste er seinen Onkel Robert gleich als Erstes fragen.

Über diesem Gedanken sinnierte er noch, als sie bereits in der Trage Platz genommen hatten und er, eng an seine Mutter gekuschelt, eine bequeme Sitzposition gefunden hatte. Kurz darauf fielen ihm bereits die Augen zu, er öffnete sie erst wieder, als seine Mutter ihn sanft an der Schulter berührte.

»Franz, mein Schatz, wir sind da«, sagte sie und gab ihm einen Kuss auf die Stirn. Er blinzelte und brauchte einen Moment zum Wachwerden. Dann erst nahm er das weiße Steinhaus mit den flachen Anbauten, den drei Erkern und der Holzveranda wahr. Ja, so hatte er sich das vorgestellt.

Sie waren angekommen.

2. Kapitel

Wien, Freitag, 29. März 1895

Wenn alles gut gegangen war, würden sie heute oder morgen in Kamerun ankommen. Georg seufzte schwer. Er hoffte inständig, dass Therese und die Kinder wohlauf waren und die Überfahrt gut überstanden hatten. Doch der Gedanke, dass sie womöglich für immer in Afrika bleiben würden, zerriss ihm fast das Herz. Immer wieder hatte er sich seit Thereses Ankündigung, mindestens für eine Weile Wien den Rücken zu kehren und zu Robert nach Kamerun zu gehen, gefragt, ob er etwas hätte sagen sollen. Wäre es richtig gewesen, seiner Schwägerin zu gestehen, dass er Gefühle für sie hatte? Bevor er von ihren Plänen erfuhr, hatte er sich diese Frage gar nicht gestellt. Sie war die Witwe seines Bruders Karl, dessen Tod noch nicht einmal ein Jahr her war. Aus Pietät hatte er seine Gefühle für sich behalten. Nie wäre er auf die Idee gekommen, dass Therese und Robert Gefühle füreinander entwickeln könnten. Vor allem aber empörte ihn, wie kurz nach Karls Tod Robert die Initiative ergriffen hatte.

Doch wusste Georg, dass er kein Recht hatte, so zu denken oder gar zu urteilen. Robert war geschieden, Therese verwitwet. Er selbst war hingegen verheiratet, doch er hatte bereits vor langer Zeit erkannt, dass es ein Fehler gewesen war, die Beziehung mit Vera nach seinem damaligen Ehebruch wieder aufzunehmen. Zwar war seine Ehefrau früher schon oft recht mürrisch gewesen, aber nach der Trennung und der anschließenden Versöhnung war es immer schlimmer geworden. Ja, sie war geradezu bösartig und hatte sich sogar mit der gemeinsamen Tochter Frederike überworfen. Vera tat den ganzen Tag nichts anderes, als zu Hause zu sitzen und Häkelarbeiten anzufertigen. Georg konnte diese verfluchten Deckchen, Untersetzer, Schals und den ganzen anderen Plunder nicht mehr sehen. Hinzu kam, dass Vera, seit Georg und sie in Wien waren, einiges zugenommen hatte. Anfangs hatte er es gar nicht wirklich bemerkt, doch nun war es unübersehbar. Selbst die Holzlehnen des Sessels, in dem sie immer saß, knarrten bereits bedenklich, wenn Vera sich hineinzwängte, und er hatte sich einen Kommentar, als seine Frau sich über das Knarren des Möbelstücks beklagt hatte, gerade noch verkneifen können.

Als Georg seiner Ehefrau mitgeteilt hatte, dass Therese mit den Kindern nach Kamerun gehen werde, hatte er bemerkt, dass ein Lächeln über ihre Lippen huschte. Er wusste nicht, ob Vera von seinen Gefühlen für die Schwägerin etwas ahnte und deshalb so reagierte. Soweit er es beurteilen konnte, war ihm nie anzumerken gewesen, welche Gefühle er Therese entgegenbrachte. Nur dass Vera eine offensichtliche Abneigung gegen die Schwägerin entwickelt hatte, war ihm nicht entgangen. Vermutlich war sie einfach neidisch, dass Therese trotz der Schicksalsschläge, die das Leben ihr beschert hatte, selbstständig ihr Kaffeehaus führte und sich um die Kinder kümmerte, um ihnen Mutter und Vater zugleich zu sein.

Georg wandte sich seinem Angestellten zu. »Felix, ich gehe nach hinten ins Lager und sortiere die neue Ware ein.«

»Ich kann das wirklich gern erledigen«, bot Felix wie so oft an, obwohl er bereits ahnte, dass sein Chef das Angebot – wie immer – ablehnen würde.

»Nein, lass nur. Bleib du hier vorn und kümmere dich um die Kunden.«

Genau in diesem Moment klingelte das kleine Glöckchen über der Tür und kündigte das Eintreten einer Kundin an.

»Grüß Gott, Frau Riebnagel«, sagte Georg freundlich zu der Frau, die soeben das Kontor betreten hatte.

»Grüß Gott, Herr Hansen«, erwiderte sie, wandte sich dann aber ganz selbstverständlich an Felix. »Dieselben Kaffeebohnen wie das letzte Mal bitte, aber dieses Mal eine große Packung. Mein Mann will gar nichts anderes mehr trinken.«

Georg verabschiedete sich höflich und ging nach hinten ins Lager. So war es immer: Die Kunden und Kundinnen grüßten ihn, wollten aber lieber von Felix bedient werden, der schon bei Georgs verstorbenem Bruder Karl angestellt gewesen war und Seite an Seite mit diesem hinter dem Verkaufstresen gestanden hatte. Und auch wenn die Menschen wussten, dass Georg nun der Geschäftsführer war, schienen sie doch die Erinnerung an Karl aufrechterhalten zu wollen und nahmen Georg nur als Ersatz wahr. Doch das war ihm einerlei.

Viel mehr beschäftigte ihn das Fortgehen Thereses und sein vermeintlicher Fehler, ihr seine Gefühle nicht gestanden zu haben. Doch was hätte es schon genützt? Er kannte Therese. Solange er verheiratet war, hätte sie ihn als Mann gewiss nicht eine Sekunde lang in Erwägung gezogen. Dafür war sie viel zu ehrlich und loyal. Doch was verband Therese mit Robert? Liebe? Georg ballte die Hand zur Faust. Er hatte gezögert und musste nun damit leben, dass sie gegangen war.

So schwer es ihm auch fiel, er würde keinesfalls etwas tun, was das Verhältnis zu seinem Bruder abermals in Gefahr bringen würde, Robert hatte ihm verziehen, dass er sich damals mit

Elisabeth eingelassen und eine folgenreiche Affäre begonnen hatte. Er hatte ihn wieder in die Firma und die Villa in Hamburg zurückgeholt und damit mehr Großmut bewiesen, als Georg sich selbst und den meisten anderen Menschen, die er kannte, zutrauen würde. Wäre Karl nicht gestorben und dadurch die Besetzung des Kontors in Wien notwendig geworden, würde er mit Gewissheit auch jetzt noch in Hamburg leben und arbeiten.

Georg griff einen der Säcke, klemmte ihn sich unter den Arm und kletterte damit die Leiter hinauf. Er wollte die Wut nicht zulassen, die bei dem Gedanken an Robert und Therese als Paar in ihm aufwallte. Wieso nur hatte er sich nun schon zum zweiten Mal ausgerechnet in die Frau verliebt, mit der sein Bruder verbunden war? Verdammt noch mal! Er hob den Sack über seinen Kopf und warf ihn mit Schwung in das obere Regalfach.

»Fall da nur nicht herunter!«

Georg drehte sich abrupt um.

»Um Himmels willen, ich wollte dich nicht erschrecken, bitte entschuldige!«, rief Frederike sofort, die, ohne dass Georg es bemerkt hätte, ins Lager getreten war.

»Frederike!« Georg kletterte die Leiter herab. »Wenn du nicht schon bald dein Erbe antreten möchtest, hör lieber auf, mich so zu erschrecken, wenn ich auf einer Leiter stehe.«

Frederike lachte auf, machte noch einen Schritt auf ihren Vater zu und hauchte einen Kuss auf seine Wange.

»Oh«, machte Georg. »Wofür war der denn?«

»Na, ich werde doch meinen Vater richtig begrüßen dürfen!«

»Ja, das schon.« Georg musterte sie. »Aber wenn du so ein breites Lächeln im Gesicht hast und derart überschwänglich bist, dann hast du mir etwas zu erzählen, und zwar etwas Gutes.«

»Ja, das stimmt.« Frederike griff glücklich nach seinen Händen. »Wir haben einen Termin für die Hochzeit festgelegt.« Sie strahlte ihren Vater an.

»Das wurde aber auch Zeit«, fand Georg und sah sie erwartungsvoll an. »Und? Verrätst du mir auch, wann der Termin ist?«

Frederike bekam das Grinsen nicht aus dem Gesicht. »Am sechsten Juli.«

»So bald schon!« Georg öffnete seine Arme, und Frederike drückte sich glückselig an ihren Vater. »Ich freue mich so für dich, mein Mädchen. Und für Anton natürlich auch«, fügte er rasch hinzu, löste sich aus der Umarmung und suchte ihren Blick. »Doch mehr noch freue ich mich für dich. Ich wünsche dir, dass du glücklich wirst, und zwar jeden einzelnen Tag deines Lebens!«

»Danke, Vater.« Frederike traten Tränen in die Augen. Früher hatte sie ihren Vater nie als einen so herzlichen Menschen erlebt. Vielmehr war er stets zurückhaltend, ja geradezu distanziert gewesen.

Sie hatte lange gebraucht, ihm die Affäre mit Elisabeth zu verzeihen, die zur Trennung ihrer Eltern geführt und auch ihre eigenen Pläne zerstört hatte, weil sie von einem Tag auf den anderen als seine Tochter nicht mehr gesellschaftsfähig war. Sie hatte weder ihm noch ihrer Mutter je erzählt, dass sie damals in Ludwig Ahrendsen verliebt gewesen war und dieser die Verbindung gelöst hatte, nachdem der Fehltritt und, damit einhergehend, der gesellschaftliche Abstieg ihres Vaters öffentlich geworden waren.

Heute war sie froh darüber, denn es hatte sie reifer werden lassen. Ja, im Nachhinein glaubte sie sogar, dass es das Beste war, was ihr hatte passieren können. Schließlich hätte sie sonst niemals Anton Messinger kennengelernt, den Mann, den sie aufrichtig liebte. Vor allem aber hatte er etwas, das sie bei Ludwig nie entdeckt hatte: einen unvergleichlichen Humor. Anton brachte sie zum Lachen, selbst wenn ihr gar nicht danach zumute war. Und er schaffte es sogar, dass sie ihm niemals wirklich böse sein konnte. Sie wusste, dass er der Richtige für sie war, und freute sich, schon in wenigen Monaten seine Frau zu werden. Und das nicht nur des Ansehens wegen und weil sie es an der Zeit fand, sich einem Mann hinzugeben und so erst richtig zur Frau zu werden. Nein, sie freute sich tatsächlich auf das Leben mit ihm und konnte es kaum erwarten, bis es endlich so weit wäre.

»Habt ihr euch schon nach einer passenden Wohnung umgesehen?«, holte ihr Vater sie aus ihren Gedanken.

»Nein.« Sie schüttelte den Kopf. »Bisher war noch keine Zeit dazu. Anton arbeitet und arbeitet, um mehr Geld zu verdienen, damit er mir etwas bieten kann.«

Georg deutete zu dem Tisch und den vier Stühlen, die im vorderen Bereich des Lagers standen. »Komm, setz dich und lass uns in Ruhe darüber sprechen«, bot er an. »Soll ich Felix bitten, uns einen Kaffee zu machen?«

»Nein, danke. Ich möchte nichts.« Frederike ging hinüber und nahm auf einem der Stühle Platz, während Georg sich ihr gegenüber setzte. »Weißt du«, begann sie, »Anton verdient ja jetzt schon ganz gutes Geld, und mit dem, was ich im Schreibbüro bekomme, könnten wir wunderbar zurechtkommen. Doch das reicht Anton nicht.«

»Wie meinst du, dass es ihm nicht reicht?«

»Nun, er versucht, sich in der Firma unentbehrlich zu machen, und hofft, dass es Florentinus bemerkt und ihn befördert.«

»Aber das ist doch gut. Ein junger Mann von siebenundzwanzig Jahren sollte den Ehrgeiz besitzen, etwas für sich und seine künftige Familie erreichen zu wollen.«

»Das ist es nicht allein«, seufzte Frederike. »Ich glaube, er möchte mir das Leben bieten, das ich in Hamburg an der Seite eines reichen Geschäftsmannes hätte führen können. Zwar ist auch er aus gutem Haus, doch wirklich reich sind seine Eltern nicht.«

»Ich habe die Erfahrung gemacht, dass man glücklich oder unglücklich im Leben sein kann, ohne dass es etwas damit zu tun hat, ob man reich oder arm ist.«

»Eben. Genauso sehe ich das auch. Doch Anton ist geradezu verbissen, wenn es darum geht, etwas zu erreichen. Und vor allem möchte er die größte und schönste Hochzeit feiern, die man sich nur vorstellen kann.«

»Das kannst du ihm nicht verdenken. Er bekommt ja auch die beste Frau.«

Frederike lächelte ihren Vater an. »Ach, weißt du, ich wäre auch mit viel weniger zufrieden. Wenn wir zusammen sind und es mal nicht um die Arbeit geht, dann ist Anton so heiter und unbeschwert. Wir lachen viel miteinander und genießen es zum Beispiel, an der Donau entlang spazieren zu gehen und dem Wasser beim Fließen zuzusehen. Doch sobald es um die Arbeit geht, verändert Anton sich. Er presst dann immer seine Lippen zusammen und zieht die Stirn in Falten.« Sie zog eine Grimasse und verdrehte die Augen.

»Sei nachsichtig, Frederike. Er ist noch dabei, seinen Weg zu finden. Rede ihm gut zu und unterstütze ihn, statt ihn zurückzuhalten.« Er überlegte einen Moment. »Durch Therese kennst du doch Florentinus auch recht gut. Hast du mal Andeutungen gemacht oder nachgefragt, ob er Antons Einsatz überhaupt schon bemerkt hat?«

Frederike errötete. Sie brauchte nur an Florentinus und dessen schmutziges Geheimnis zu denken, schon stieg Abscheu in ihr auf. »Nein«, erwiderte sie fast schnippisch. »Und das werde ich auch nicht. Ich habe nichts mit Florentinus zu tun und gedenke nicht, etwas daran zu ändern.«

Georg nahm die Veränderung der Tochter verwundert wahr. »Was hast du denn gegen Florentinus?«

»Nichts, gar nichts«, sagte sie hastig. »Es ist nur ...« Frederike suchte nach Worten und ärgerte sich über ihre heftige Reaktion.

Schon so oft hatte sie sich vorgenommen, ihre Gefühle besser zu beherrschen. Doch die Abscheu über das, was sie damals gesehen hatte, war noch immer so groß, dass es ihr geradezu unmöglich war, Florentinus auch nur mit einem Mindestmaß an Respekt gegenüberzutreten.

»Es ist nur *was?*«, bohrte Georg nach.

»Ich will einfach nicht, dass es am Ende heißt, Anton hätte nur deshalb eine gute Position erhalten, weil die Schwester seines Chefs mit meinem Onkel verheiratet war.« Es war die erstbeste Erklärung, die ihr auf die Schnelle eingefallen war.

»Eine löbliche Einstellung«, meinte Georg, »doch wirklich klug ist sie nicht.«

»Findest du?«, fragte Frederike, wenngleich es müßig war, das Thema weiter mit ihrem Vater zu diskutieren. Schließlich war es nur eine Ausrede gewesen, weshalb sie den bestehenden Kontakt zu Florentinus nicht zu Antons Vorteil nutzen wollte.

»Nein. Wenn Anton eine höhere berufliche Stellung erlangt, weil er stets länger in der Firma ist und mehr schafft als jeder andere, werden es ihm viele gönnen, sollte er eine bessere Position angeboten bekommen. Doch es wird immer auch die anderen geben, die Neider, denen es vollkommen gleichgültig ist, ob Anton die Beförderung verdient hat oder nicht. Sie werden nur sehen, dass Antons zukünftige Ehefrau die Nichte von Therese Hansen, der Schwester des Chefs, ist. Es wird für diese Leute immer einen kleinen Beigeschmack haben, wenn er eine gute Position erlangt. Antons Leistungen spielen in deren Augen erst in zweiter Linie eine Rolle.« Georg zuckte die Schultern. »Aber die, die seinen Einsatz zu schätzen wissen, Anton mögen und ihn vielleicht sogar für sein Engagement bewundern, werden es ihm gönnen und sagen, dass er die Beförderung wahrlich verdient hat. Ihnen ist egal, in welchem Verhältnis wer zu wem steht. Sie werden anerkennen, dass Antons Aufstieg in der Firma ausschließlich auf seinen Leistungen beruht, und ihn dafür respektieren.« Georg beugte sich weiter über den Tisch. »Wäre es da nicht sinnvoll, wenn du Florentinus einfach einmal auf Antons herausragende Leistungen aufmerksam machst? Und sei es nur, damit ihm nicht entgeht, wie fleißig und engagiert sein Mitarbeiter ist?« Georg zwinkerte ihr verschwörerisch zu.

Frederike brauchte ein wenig Zeit, um ihre Gedanken zu sortieren. Sie ließ die Worte ihres Vaters nachklingen. War das womöglich wirklich eine Chance, die sie ergreifen sollte – für Anton und für das gemeinsame Glück?

Sie hatte seit dem damaligen Vorfall nie mehr als nur ein paar Worte mit Florentinus gewechselt, und das auch nur, wenn es sich nicht vermeiden ließ. Immer hatte sie sich über die Maßen unwohl in seiner Gegenwart gefühlt. Weihnachten hatte sie, da sie wegen des Streits mit ihrer Mutter das Fest lieber nicht zusammen mit ihren Eltern verbringen wollte, die Einladung Thereses angenommen, sie und die Kinder zum Weihnachtsessen bei den Loisings zu begleiten. Natürlich wusste sie, dass Florentinus ebenfalls anwesend sein würde. Sie hatte sich gesagt, dass Florentinus aufgrund der Verwandtschaftsbeziehung immer zu ihrem Leben gehören würde und dass sie einen Weg finden musste, irgendwie damit umzugehen. Vielleicht bot sich ja nun die Gelegenheit, mit all dem, was sie noch immer bedrückte, abzuschließen, wenn sie Florentinus zwanglos auf Anton und dessen Leistungen ansprach. Und wenn das dazu beitrüge, dass Anton die Stelle bekäme, auf die er hinarbeitete, würden alle Seiten davon profitieren, und sie könnte vielleicht einen Schlussstrich unter alles Belastende ziehen.

»Womöglich hast du recht, Vater«, sagte Frederike nun nachdenklich. »Vielleicht sollte ich wirklich einmal mit Florentinus reden.«

»Ich denke, das wäre klug.«

Frederike stand auf, und auch ihr Vater erhob sich. »Vielen Dank. Du hast mir wirklich sehr geholfen. Nun freue ich mich umso mehr, dass ich gekommen bin und dir als Erstem die frohe Botschaft mit dem Hochzeitstermin überbracht habe.«

»Und ich freue mich doppelt, dass du gekommen bist.«

»Was denkst du? Ob Therese wohl die Mühe auf sich nehmen wird, zusammen mit den Kindern und natürlich Onkel Robert zur Hochzeit anzureisen?«

»An deiner Stelle würde ich ihr so rasch wie möglich telegrafieren. Aber halt …« Georg unterbrach sich und überlegte einen Moment. »Warte damit besser noch zwei oder drei Tage. Wer weiß, ob das Schiff bereits in Kamerun angekommen ist. Nicht, dass du ihr sonst womöglich die Überraschung verdirbst, die sie Robert bereiten möchte.«

»Es ist wirklich sehr lieb von dir, dass du das bedenkst«, sagte Frederike und spürte, dass das Gefühl der Verbundenheit mit ihrem Vater in den letzten Wochen noch stärker geworden war.

Kurz senkte sie den Blick. »Glaubst du, dass Mutter zur Hochzeit kommen wird?«

»Na, hör mal!«, erwiderte Georg. »Ihr mögt zwar gestritten haben, doch es wird ihr ein Vergnügen sein, den Ehrentag ihrer Tochter zu begehen. Du solltest so bald wie möglich zu uns nach Hause kommen und dich mit deiner Mutter aussöhnen. Dieser Streit dauert ohnehin schon viel zu lange an.«

Frederike sah ihrem Vater an, dass er längst nicht so zuversichtlich war, wie er vorgab. Doch sie sagte nichts dazu. Was würde es schon nützen, wenn sie offen zugäbe, dass sie durchaus mit einem ablehnenden Verhalten ihrer Mutter rechnete? Vera würde sich auf die eine oder andere Art entscheiden, ob Frederike dies nun mit ihrem Vater diskutierte oder nicht. Aber insgeheim quälte sie der Gedanke, dass ihre Mutter sich weiterhin stur stellen und sie den wichtigsten Tag ihres Lebens einzig in Anwesenheit ihres Vaters begehen würde. Sollte dieser Fall wirklich eintreten, wäre ihre Mutter für sie gestorben.

»Auf Wiedersehen, Vater.« Sie ging um den Tisch herum, stellte sich auf die Zehenspitzen und hauchte ihm einen Kuss auf die Wange.

»Auf Wiedersehen, Frederike. Ist es dir recht, wenn ich deine Mutter von dem Termin in Kenntnis setze, oder möchtest du das lieber selbst machen?«

Frederike zögerte. »Sie könnte sich übergangen fühlen, wenn ich es ihr nicht selbst sage, und sich wieder einmal echauffieren«, überlegte sie laut. »Ich denke also, es wird besser sein, wenn ich es ihr selbst sage.«

»Ganz wie du willst«, stimmte Georg zu. »Am besten werde ich überrascht tun, wenn du zu uns kommst, einverstanden?«

»Du bist wirklich großartig!« Frederike lächelte ihn an. »Ich werde euch gleich heute Abend besuchen, doch nun muss ich mich beeilen, damit ich nicht zu spät aus der Mittagspause komme.«

»Hab noch einen schönen Tag, Frederike. Bis später dann.«

»Ja, bis später, Vater.« Damit verließ Frederike das Lager, und Georg hörte, wie sie sich vorn im Verkaufsraum von Felix verabschiedete, der ihr ebenfalls einen angenehmen Tag wünschte.

Georg seufzte. Es blieb nur zu hoffen, dass Vera später freundlich auf Frederike reagierte. Seine Frau war für ihn unberechenbar geworden, und nur der Himmel wusste, wie dieser Abend ausgehen mochte. Georg hoffte inständig auf einen guten Verlauf. Kurz dachte er noch an Therese und das so schwierig gewordene Verhältnis zu seiner Frau. Wieder seufzte er.

Dann ging er hinüber zu den Regalen, hob einen der neu angelieferten Säcke auf, stieg die Leiter hoch und legte den Sack oben ab. Er würde noch eine Weile beschäftigt sein, und später müssten außerdem die Listen überprüft werden. Wenigstens würde er sich ablenken können und nicht die ganze Zeit an Therese denken. Ein schwacher Trost.

Doch der stechende Schmerz in seinem Herzen bei dem Gedanken daran, dass sie wohl schon in Kamerun eingetroffen war und womöglich bereits in Roberts Armen lag, der blieb.

3. Kapitel

Hamburg, Freitag, 29. März 1895

»Sie ist gekrabbelt. Sie ist zum allerersten Mal gekrabbelt!« Luises Stimme überschlug sich fast.

»Was? Das kann doch nicht wahr sein! Meine kleine Prinzessin!« Hans, der gerade von der Arbeit gekommen war, beugte sich zu Viktoria hinunter und hob sie schwungvoll auf seinen Arm. Die Kleine kiekste vor Vergnügen.

Luise legte den Arm um Hans' Mitte, eng aneinandergeschmiegt betrachteten sie ihre Tochter, die die Eltern anstrahlte. Zwar wusste sie vermutlich nicht, weshalb ihre Eltern sich so freuten, doch die gute Laune der beiden kam bei ihr an.

»Dann wird unsere Kleine ab jetzt offiziell groß«, erklärte Hans, drückte Viktoria noch einmal zärtlich an sich und setzte sie dann wieder auf dem Fußboden ab. Er beugte sich zu Luise und gab ihr einen Kuss. »Guten Abend, Liebling.«

»Guten Abend.« Luise erwiderte den Kuss. Ein tiefes Gefühl von Liebe und Glück durchströmte sie. Sie war dankbar, eine Ehe zu führen, die von so inniger Vertrautheit erfüllt war.

»Wie war dein Tag?«, fragte Hans.

»Es ist wirklich viel zu tun im Kontor.« Luise ließ einen kleinen Seufzer hören. »Ich kann von Glück sagen, dass Richard so viel erledigt. Ich wüsste gar nicht, wie ich das alles ohne ihn schaffen sollte.« Ihre Stirn legte sich in Falten. »Und ich fürchte, es wird auch mit Viktoria nicht einfacher. Frau Regener erwähnte am Rande, dass sie heute immer wieder zu mir wollte. Ich habe ein schlechtes Gewissen, weil ich meine Arbeit mache und mich womöglich nicht genug um unser Kind kümmere.«

Anna, die Haushälterin, betrat das Wohnzimmer. »Guten Abend, Herr Petersen. Ich habe Sie gar nicht hereinkommen hören.«

»Guten Abend, Anna.«

»Kann ich Viktoria zum Baden mitnehmen?«, fragte sie Luise.

»Ja, bitte, Anna.«

Die Haushälterin bückte sich und hob Viktoria auf den Arm. Ohne noch etwas zu sagen, verließ sie mit der Kleinen den Raum, die sichtlich irritiert schien und die Arme nach ihrer Mutter ausstreckte, als könnte sie nicht verstehen, weshalb sie einfach so fortgetragen wurde.

Einen Moment lang war Luise in Versuchung, hinterherzugehen und sich selbst um Viktorias abendliches Bad zu kümmern, ließ es dann aber, als Hans zur Sitzecke hinüberging und das Gespräch wieder aufnahm.

»Du machst dir zu viele Gedanken. Viktoria ist gerade mal ein halbes Jahr alt. Sie wird sich daran gewöhnen, dich teilen zu müssen. Du kümmerst dich weit mehr um die Kleine, als es andere Frauen in deiner gesellschaftlichen Position tun würden.«

Luise ging zu ihrem Mann und setzte sich neben ihn auf das Ledersofa.

»Wie war es damals bei dir?«, fragte er. »Hat sich deine Mutter die ganze Zeit um dich und deine Schwester gekümmert oder doch eher das Personal?«

»Das war etwas anderes.«

»Weshalb?«

Luise sah ihn an.

»Weil meine Mutter uns nie geliebt hat.«

Hans wollte etwas erwidern, doch eine Geste von Luise brachte ihn zum Schweigen. »Nein, wirklich, du brauchst nichts zu sagen. Es macht mir inzwischen nichts mehr aus. Es ist lediglich eine Feststellung. Meine Mutter hat uns nicht geliebt, niemals. Wir konnten daher froh sein, dass sich Regine um uns gekümmert hat.«

Einen kurzen Moment störte sich Hans an der Art, wie rigoros Luise über ihre Mutter sprach. »Regine?«, fragte er dann nach. »Du hast mir nie von ihr erzählt.«

»Sie war mein Kindermädchen. Genau genommen, unser aller Kindermädchen.« Luise lächelte bei dem Gedanken an die Frau, die ihr ebenso am Herzen gelegen hatte wie ihre Großmutter, die sie über alles geliebt hatte. Nun, da Luise an sie dachte, sah sie das Gesicht der Frau vor sich, die bis zu ihrem elften Geburtstag immer für sie da gewesen war. Denn genau an dem Tag war sie verstorben.

»Regine war noch älter als meine Großeltern«, begann sie zu erzählen. »Sie sah, solange ich sie kannte, immer gleich aus. Sie hatte viele Falten und graues Haar, das immer ganz straff zurückgenommen war. Aber sie hatte etwas an sich, das sie immer noch schön wirken ließ.« Luise sah ihren Mann an. »Klingt komisch, oder?«

»Nein, finde ich gar nicht. Es gibt viele Frauen, die ihre Schönheit bis ins hohe Alter bewahren.«

»Ich denke, es war vor allem ihre Ausstrahlung. Sie hatte so etwas Stolzes, fast schon Unnahbares an sich. Nur nicht uns Kindern gegenüber. Bei uns war sie der liebevollste Mensch, den man sich vorstellen kann.«

»War sie verheiratet?«

Luise überlegte kurz. »Jetzt, wo du mich danach fragst, muss ich gestehen, dass ich das gar nicht weiß. Sie hat bei uns im Haus gelebt, und da war kein Mann. Aber womöglich war er schon verstorben. Ich schäme mich fast ein bisschen, so wenig über sie zu wissen, wo sie sich doch so viel um Richard, Frederike, Martha und mich gekümmert hat.«

»Du warst damals eben ein Kind«, meinte Hans.

Luise nickte nachdenklich. »Ich war seinerzeit am Boden zerstört und habe tagelang nichts gegessen, als sie gestorben war. Das weiß ich noch, als wäre es gestern gewesen. Obwohl meine Großeltern noch lebten, weiß ich noch ganz genau, dass ich damals dachte, ich hätte den einzigen Menschen verloren, der nur dafür da war, uns Kinder zu lieben.« Sie lächelte gequält. »Nicht einen Augenblick lang kam mir in den Sinn, dass das eigentlich die Aufgabe unserer Mütter war.« Sie nahm Hans' Hand in ihre. »Ich möchte auf keinen Fall, dass Viktoria eines Tages so über mich denkt.«

»Aber das ist doch Unsinn!«

»Ist es das? Was, wenn sie glaubt, das Kontor sei mir wichtiger als sie? Was, wenn sie mich deshalb womöglich nicht mehr lieb hat und sich von mir abwendet?«

»Na, na«, machte Hans und nahm seine Frau in den Arm. »Was ist denn los mit dir, Luise? Weshalb diese Zweifel? Du bist eine wunderbare Mutter und liebst unsere Kleine über alles. Sie wird niemals so von dir denken, hörst du?«

Luise genoss es, ihren Kopf an seiner Brust ruhen zu lassen und den Duft seines Körpers einzuatmen. Wie sehr sie Hans doch liebte! Einen Moment blieb sie noch so sitzen, dann richtete sie sich auf. »Ich glaube, ich habe einfach Angst, all dem nicht gewachsen zu sein.«

»Deinen Aufgaben als Mutter oder im Kontor?«

»Beidem. Ich habe immer das Gefühl, zu wenig zu tun. Seit Vater nach Kamerun gegangen ist, bleibt immer noch etwas liegen, das zu bearbeiten ist. Dabei kümmert sich Richard inzwischen allein um den gesamten Einkauf. Das Kontor ist randvoll, doch ich habe große Sorge, weil derzeit zu wenig Geld hereinkommt.«

»Sind euch Kunden weggebrochen?«

»Nein, das nicht. Ich weiß noch nicht recht, woran es liegt. Und ich fürchte, ich werde Richard bitten müssen, nicht mehr so viel einzukaufen. Unsere finanziellen Mittel nehmen täglich ab.«

Hans sah seine Ehefrau einen Moment lang nachdenklich an. »Ist das nicht die gleiche Situation wie schon vor Weihnachten, kurz bevor du deinen Unfall hattest?«

»Leider ja. Nur dass wir damals bestohlen wurden, was am Ende alles erklärt hat.« Luise zuckte mit den Schultern.

»Bist du sicher, dass es jetzt nicht ebenso ist?«

Luise straffte den Rücken. »Wie meinst du das? Gerhard Dietke wurde damals sofort von Richard entlassen, nachdem der Diebstahl herauskam. Das weißt du doch.«

»Ja, ich weiß. Aber findest du es nicht eigenartig, dass binnen weniger Monate die identische Situation erneut auftritt?«

»Was willst du damit sagen?« Luise spürte Unruhe in sich aufsteigen. Sie setzte sich kerzengerade hin.

»Ich denke nur laut. Kann es vielleicht sein, dass dieser Dietke einen Komplizen im Kontor hatte, der einige Monate abgewartet hat, damit sich alles wieder beruhigen konnte, und nun einfach da weitermacht, wo er damals aufgehört hat?«

Luise schlug die Hand vor den Mund. War das tatsächlich möglich?

»Wie ist Richard diesem Dietke damals eigentlich auf die Schliche gekommen?«, hakte Hans weiter nach.

Luise überlegte. »Hm«, machte sie. »So ganz genau weiß ich es gar nicht. Richard hat mir nur das Nötigste erzählt, weil er mich nach meinem Unfall nicht damit belasten wollte.« Luise kaute auf der Unterlippe, wie sie es immer tat, wenn sie nervös war. »Ich weiß nur, dass Gerhard Dietke offenbar Waren angenommen, dann die Bohnen gegen Sand getauscht und die Säcke so in die Regale gelegt hat. Die Kaffeebohnen hat er dann auf eigene Rechnung verkauft und damit einige Wochen lang ordentlich kassiert.«

»Was weißt du über diesen Dietke?«

Wieder zuckte Luise die Schultern. »Georg hat ihn vor einigen Jahren eingestellt, als das Kontor wieder zu florieren begann und wir mehr Arbeiter brauchten.«

»Hat er Familie?«

»Das weiß ich wirklich nicht.« Luise neigte bedauernd den Kopf. »Oder ich erinnere mich nicht«, fügte sie noch hinzu und fragte sich, ob sie sich mehr mit den Kontorangestellten und ihrem privaten Umfeld beschäftigen sollte. War die Art, wie sie die Firma führte, umsichtig genug?

Hans sagte einen Moment lang nichts, schien zu überlegen. »Hat dieser Dietke den Diebstahl eigentlich damals zugegeben?«

Luise schüttelte den Kopf. »Nein, das hat er nicht. Er hat es sogar bis zum Schluss abgestritten und sich heftig gegen die Vorwürfe gewehrt. Doch die Beweise, die Richard gegen ihn hatte, waren wohl eindeutig.«

»Und was waren das für Beweise?«

»Worauf willst du eigentlich hinaus, Hans?«

»Nichts Bestimmtes. Aber ich finde es eigenartig, dass ihr offenbar schon wieder ein randvolles Lager habt, die Kunden auch gut einkaufen, aber dennoch nicht genug Geld in die Kassen fließt. Du nicht?«

»Doch«, musste Luise zugeben und nickte. »Also denkst du, er hat einen Komplizen, der noch immer bei uns beschäftigt ist und nun fröhlich sein Geschäft wieder aufgenommen hat?«

Hans zögerte. »Entweder das – oder Dietke war wirklich unschuldig, und nun macht der, der auch damals der Täter war, einfach weiter.«

Luise legte die Hand auf die Brust. Ihr war plötzlich übel. »Du meinst, wir könnten den Falschen entlassen haben?«

»Möglich wäre es.«

»Aber Richard war sich ganz sicher. Er sagte mir, dass die Beweise eindeutig seien. Ich werde ihn darauf ansprechen, sobald er nach Hause kommt.«

Hans hob die Hand. »Würdest du mir den Gefallen tun, und das noch nicht tun?«

»Und weshalb nicht?«

»Lass es einfach mir zuliebe, ja?«

»Sag mir bitte, was du denkst.« Luise konnte die Unruhe nicht mehr verbergen.

Hans schüttelte den Kopf. »Es gibt überhaupt keinen Grund zur Sorge«, versuchte er seine Frau zu beruhigen. »Es geht mir einzig darum, voreiliges Handeln zu vermeiden.« Er bemühte sich um ein Lächeln. »Das ist etwas, das mein Onkel mir immer wieder gesagt hat: Lass dich niemals dazu hinreißen, übereilt zu handeln. Es kostet dich am Ende nur viel mehr Zeit.«

»Schön gesagt«, befand Luise. »Doch das ist es nicht allein. Ich sehe es dir an, Hans. Was denkst du?«

»Ich denke, wir sollten diesem Gerhard Dietke einfach mal einen Besuch abstatten, um zu sehen, wie er lebt, und uns mit ihm unterhalten.«

»Glaubst du wirklich, er würde seine Meinung ändern und zugeben, dass er uns bestohlen und womöglich noch immer einen Komplizen im Kontor hat, mit dem er gemeinsame Sache macht – nur weil wir nett fragen?«

Hans hob in einer lässigen Geste die Hände. »Einfach mit ihm zu sprechen, wäre ein Anfang, findest du nicht?« Er sah auf seine Taschenuhr. »Es ist gerade erst kurz nach fünf. Wo wohnt dieser Dietke eigentlich?«

»Da müsste ich in der Personalakte nachsehen.«

»Allzu weit vom Kontor entfernt wird es vermutlich nicht

sein. Wir könnten es also noch gut vor dem Abendessen schaffen. Und vielleicht bringt es uns direkt Klarheit. Du denkst doch ohnehin die ganze Zeit an nichts anderes.«

Luise stand, ohne zu zögern, auf. »Du hast recht. Lass uns gehen. Ich sage nur rasch Anna Bescheid, und dann können wir aufbrechen.« Sie wollte schon davongehen, da machte sie noch einmal kehrt. »Ich danke dir, Hans. Du bist wirklich der beste Ehemann, den man sich nur wünschen kann.«

Er zwinkerte ihr zu. »Dann passe ich ja gut zu dir.«

Sie schenkte ihm ein Lächeln, dann beeilte sie sich, um Anna Bescheid zu geben.

Nur wenige Minuten später saßen sie bereits in der Kutsche und ließen sich von Hugo zum Hansen'schen Kontor fahren, um dort die Anschrift Gerhard Dietkes nachzuschlagen. Nervös knetete Luise während der Fahrt ihre Finger. Sie war beunruhigt und fragte sich, wie der Besuch bei Dietke wohl verlaufen würde, schließlich konnte sie sich lebhaft vorstellen, dass der frühere Angestellte sie gewiss nicht mit offenen Armen empfangen würde. Wäre es richtig gewesen, wenn sie sich damals nach ihrer Genesung noch einmal bei ihm gemeldet hätte, um persönlich zu hören, wie es dazu gekommen war? Warum war ein Mann zum Dieb geworden, der zuvor jahrelang zuverlässig und gut gearbeitet und, soweit Luise wusste, sich nie unzufrieden gezeigt hatte? Aus reiner Geldgier?

Hans und Luise sprachen während der gesamten Fahrt nur wenige Worte, und als Hugo vor dem Kontor anhielt, öffnete Luise sofort den Schlag und stieg aus, ohne Hugos Hilfe abzuwarten.

Im Kontor war um diese Zeit niemand mehr. Nur Richard könnte sich noch in den Büroräumen aufhalten, weil er noch nicht in der Villa eingetroffen war und oft länger im Büro blieb, um dringende Angelegenheiten zu erledigen.

Hans trat an Luises Seite, als sie den Schlüssel hervorzog und die große Eingangstür aufsperrte. Da sie nur zu zweit waren und Luise nicht wie sonst Viktoria dabeihatte, stiegen sie rasch die Treppe hinauf, statt den Fahrstuhl zu benutzen. Wieder sagte keiner von beiden ein Wort.

Erst als sie oben ankamen, rief Luise: »Richard? Bist du noch hier?« Sie wollte den Cousin nicht erschrecken, der davon ausgehen musste, dass alle außer ihm schon gegangen waren und er allein in dem großen Kontorgebäude war. Sie lauschten einen Moment, erhielten jedoch keine Antwort. Also gingen sie den Korridor entlang bis zu seinem Büro, und Luise klopfte zweimal an. »Richard?« Sie drückte die Klinke herunter, aber die Tür war abgeschlossen. »Hm«, machte sie und drehte sich zu Hans um. »Dann ist er wohl doch schon gegangen.«

»Aber zu Hause war er nicht, und wäre er uns auf dem Weg hierher begegnet, hätten wir es sicher bemerkt.«

»Wer weiß, ob er den direkten Weg genommen hat oder zuvor noch irgendwo anders war.« Luise zuckte die Schultern, dann sah sie ihren Mann einen Moment lang an. »Was denkst du, Hans?«

»Gar nichts«, antwortete er wie aus der Pistole geschossen.

»Na los, sag es schon!«, beharrte Luise.

»Ich frage mich halt manchmal, ob Richard wirklich so viel arbeitet, wie er vorgibt. Das ist alles.«

»Was denkst du denn, was er sonst tut?«

»Ich weiß es nicht. Und letztlich geht es mich auch nichts an. Mir tut nur Elsa manchmal leid, wie sie zu entschuldigen versucht, dass Richard wieder einmal das Abendessen verpasst, weil er so viel arbeitet. Oft dachte ich schon, dass sie auch ihre Zweifel hat, ob er wirklich so viel arbeitet oder seine Zeit womöglich lieber anderswo als zu Hause verbringt.«

»Du denkst, es gibt eine andere Frau?«

»Das habe ich nicht gesagt. Aber ich gebe zu, dass ich

bestimmt nicht meine Hand dafür ins Feuer legen würde, dass es nicht so ist.« Kurz berührte er Luise am Arm. »Ich bin sehr glücklich darüber, dass so etwas bei uns undenkbar ist. Oder hast du jemals auch nur einen einzigen Augenblick Zweifel an meiner Treue gehabt?«

»Nein.« Luise schüttelte den Kopf. »Nie.«

Hans gab ihr einen kurzen Kuss. Luise lächelte ihn an, spürte jedoch das schlechte Gewissen, dass sie Hans zu Beginn ihrer Ehe mit Hamza betrogen hatte. Es schien eine Ewigkeit her zu sein, während es tatsächlich erst ein gutes halbes Jahr zurücklag, dass sie zusammen mit Hamza ihre Flucht aus dem Deutschen Reich ins ferne Kamerun geplant hatte, um dort mit ihm zu leben. Sie merkte an Hans' Reaktion, wie sehr es ihn abstieß, dass Richard seine Frau möglicherweise betrog. Niemals durfte er auch nur den geringsten Verdacht haben, was Luise betraf. Niemals! Sonst wäre alles ruiniert.

Sie sah ihn an, bemühte sich um ein Lächeln. »Komm, lass uns in den Personalakten nachsehen, wo Gerhard Dietke wohnt.« Damit wandte sie sich um und ging, gefolgt von Hans, zum Büro ihres Vaters, das seit dessen Abreise nach Kamerun die meiste Zeit leer stand. Luise wollte nicht darin arbeiten, wenngleich es anfangs so gedacht gewesen war. Sie war lieber in ihrem eigenen Büro und schloss die Tür zu Roberts Raum nur in seltenen Fällen auf, so wie jetzt. Abgestandene Luft schlug ihnen entgegen, als sie die Tür öffneten.

»Ich mache das Fenster auf und lüfte ein wenig, solange wir hier sind«, erklärte Hans.

»Ja, gut«, erwiderte Luise und machte sich schon an dem hohen Holzschrank zu schaffen, in dem ihr Vater die Unterlagen sämtlicher Kontorangestellter aufbewahrte. In den unteren beiden Fächern waren diejenigen aufgereiht, die bereits aus dem Geschäft ausgeschieden waren, während oben die Akten der derzeitigen Mitarbeiter verwahrt wurden.

Luise bückte sich und brauchte nicht lange, um die Akte Gerhard Dietkes zu finden. Sie schlug sie auf und sah auf der ersten Seite einen handschriftlichen Vermerk von Fräulein Schreiber, dass er am 10. Dezember 1894 entlassen wurde.

Luise stand auf und zeigte es Hans. »Sieh mal! Richard hat wirklich sofort gehandelt. Am neunten Dezember war mein Unfall, und schon am zehnten hat er Gerhard Dietke fristlos gekündigt.«

»Das spricht tatsächlich dafür, dass die Beweise eindeutig waren.«

Bilder erschienen vor Luises geistigem Auge – von dem Tag, als sie die statt mit Kaffee- oder Kakaobohnen mit Sand gefüllten Säcke im Kontor entdeckt hatte und plötzlich aus mehreren Metern Höhe von der Leiter gefallen war –, obwohl sie sich nicht an jedes Detail erinnerte. Das einzig Gute an all dem war, dass ihre Entdeckung dazu geführt hatte, dass Richard sich der Sache angenommen und den Dieb überführt hatte. Doch es hatte Wochen gedauert, bis Luise das Bett wieder verlassen konnte, und auch heute fielen ihr manche Bewegungen noch schwer. Der Arzt hatte ihr gesagt, dass sie sich glücklich schätzen müsse, überhaupt wieder laufen zu können und auch keine geistigen Folgeschäden davongetragen zu haben, wie er es in vergleichbaren Fällen bei Patienten durchaus schon erlebt habe. Doch für Luise ging alles viel zu langsam voran. Sie war einfach nicht der Mensch dafür, Geduld zu bewahren und ihren Körper in aller Ruhe heilen zu lassen.

Hans ging zu Roberts Schreibtisch, nahm einen der bereitliegenden Notizzettel und den Federhalter und kam wieder herüber. Luise schlug die nächste Seite auf, wo sich in einem vereinheitlichten Fragebogen sämtliche persönlichen Angaben befanden. »Alte Gröninger Straße 4«, murmelte Hans und notierte die Adresse auf dem Zettel. »Das ist ja gleich um die Ecke.«

Luise nickte, schlug die Akte wieder zu und stellte sie an die Stelle im Schrank zurück, von wo sie sie genommen hatte. Dann schloss sie den Schrank wieder ab, während Hans den Federhalter auf den Schreibtisch zurücklegte. Gemeinsam verließen sie das Büro, Luise sperrte wieder zu, und sie gingen wortlos zur Treppe und ins Erdgeschoss. Unten angekommen, sagte Luise: »Ist es nicht eigenartig, wie anders ein Gebäude oder ein Ort wirkt, wenn die Menschen fehlen, die ihm sonst Leben verleihen?«

Hans nickte zustimmend. »Das habe ich auch schon öfter gedacht.«

Sie verließen das Kontor, und Luise schloss die Eingangstür ab. Dann stiegen sie in die Kutsche und sagten Hugo, wohin sie wollten, wenngleich sie die paar Meter auch gut zu Fuß hätten gehen können. Doch dann hätte Hugo mit der Kutsche später immer noch vor dem Kontor gestanden, also fuhren sie lieber. Es dauerte nur wenige Minuten, bis Hugo das Pferd vor dem Haus in der Alten Gröninger Straße zum Stehen brachte, vom Kutschbock stieg und den Schlag öffnete.

Luise bemerkte beim Aussteigen, dass Hugo sich kurz an die Hüfte fasste, ganz so, als hätte er Schmerzen. »Alles in Ordnung, Hugo?«

»Man wird eben nicht jünger«, brachte er mit einem leichten Stöhnen hervor.

Luise fragte sich, wie lange Hugo wohl seinen Dienst noch tun könnte und ob er auch genug Geld zurückgelegt hatte, um im Ruhestand gut davon leben zu können. Zwar zahlten die Hansens in eine Pensionskasse für ihn ein, doch war das, was er daraus bekäme, alles andere als üppig, sodass er sich im Vergleich zu seinem jetzigen Lohn würde einschränken müssen, wenn er nicht anderweitig vorgesorgt hatte. Außerdem würde Hugo die gesetzliche Altersrente, den sogenannten Sicherheitszuschuss zum Lebensunterhalt, erst mit siebzig Jahren erhalten.

»Danke, Hugo.« Luise griff nach der Hand, die er ihr reichte, und stieg aus. Hans folgte ihr, und sie gingen gemeinsam die Stufen hinauf zum Haus. Es wirkte freundlich und durchaus gepflegt, und Luise fragte sich, was für ein Empfang ihnen wohl bevorstand.

Hans klopfte an, und es dauerte nicht lange, bis ihnen geöffnet wurde. Eine Frau, die Luise etwa auf Mitte vierzig schätzte, öffnete ihnen die Tür. Eben hatte sie noch gelächelt, doch das änderte sich schlagartig, als sie Luise ins Gesicht sah.

»Guten Tag. Ich bin Luise Petersen, und das ist mein Mann Hans. Ist Gerhard Dietke wohl zu sprechen?«

»Ich weiß, wer Sie sind«, gab die Frau zurück und suchte offenbar nach Worten. Schließlich sagte sie: »Einen Moment«, und schloss die Tür wieder.

Luise und Hans tauschten einen Blick, und Hans legte seiner Frau kurz die Hand auf den Rücken.

Es dauerte eine Weile, dann wurde die Tür zur Wohnung der Dietkes wieder geöffnet. »Guten Tag, Frau Petersen, Herr Petersen.« Gerhard Dietke nickte ihnen zu, er wirkte ein wenig eingeschüchtert. »Bitte verzeihen Sie meiner Frau. Kommen Sie doch herein.«

»Guten Tag, Herr Dietke. Vielen Dank.« Luise streckte ihm beim Eintreten die Hand entgegen, ebenso wie Hans. Sie blieben kurz im Flur stehen, bis Dietke die Tür geschlossen hatte.

»Bitte dort hinein. Da geht es zur Stube.«

»Danke schön.« Luise ging durch die geöffnete Tür.

Gerhard Dietke deutete zum Esstisch hinüber, um den sechs Stühle standen. »Wenn Sie bitte dort Platz nehmen wollen.«

Luise und Hans setzten sich an die Längsseite, Gerhard Dietke nahm sich einen Stuhl ihnen gegenüber. Kurz darauf trat Frau Dietke mit einem Tablett in den Händen ein, stellte einen Krug Wasser, eine Kanne Tee sowie Tassen und Gläser auf dem Tisch ab. Ihre geröteten Augen verrieten, dass sie geweint hatte.

»Das ist wirklich sehr freundlich, vielen Dank«, sagte Luise und spürte einen Kloß im Hals.

»Ich muss mich für mein abweisendes Verhalten von vorhin entschuldigen«, murmelte Frau Dietke kleinlaut.

Weder Luise noch Hans erwiderten etwas, keiner von ihnen wusste, was er sagen sollte. Die Stimmung war zum Zerreißen gespannt, und Gerhard Dietke war die Nervosität ins Gesicht geschrieben. Die Firma Hansen hatte ihn damals entlassen, auf eine Anzeige bei der Polizei jedoch verzichtet. War er deshalb so nervös, weil er fürchtete, dass es doch noch zu einer öffentlichen Anklage kommen könnte?

Luise musterte ihn und sah sich kurz um. Wenn er tatsächlich noch mit jemandem im Kontor gemeinsame Sache machte, so gab er das ergaunerte Geld weder für vornehme Kleidung noch für eine teure Wohnungseinrichtung aus. Sie wusste noch nicht so recht, was sie von alldem halten sollte.

»Haben Sie vielen Dank, dass Sie uns empfangen«, setzte Luise an. »Wir hatten nach den Geschehnissen seinerzeit gar nicht die Gelegenheit, noch einmal miteinander zu sprechen.«

»Nein, das hatten wir nicht«, erwiderte Dietke und senkte den Blick. Seine Frau stand noch immer am Tisch, unschlüssig, ob sie gehen oder bleiben sollte.

»Setz dich zu uns, Frieda. Alles, was hier besprochen wird, betrifft dich ebenso.«

Seine Frau schien erleichtert und nahm neben ihrem Mann Platz.

Einen Moment herrschte Schweigen, dann ergriff Hans das Wort. »Wahrscheinlich fragen Sie sich, weshalb wir gekommen sind.«

»Ja, ehrlich gesagt, schon«, stimmte Gerhard Dietke zu.

Luise überlegte, wie sie es formulieren könnte. Dann hörte sie sich selbst fragen: »Haben Sie die Diebstähle damals begangen?«

Dietke errötete und schüttelte heftig den Kopf. »Nein, und das schwöre ich beim Leben unserer Kinder. Ich habe noch nie etwas gestohlen, nicht einmal einen Apfel auf dem Markt.«

Luise und Hans sahen sich kurz an, dann fragte Luise: »Was ist aus Ihrer Sicht damals geschehen?«

Gerhard Dietke hob in einer hilflosen Geste die Hände. »Was soll ich Ihnen dazu sagen? Ich weiß es ja selbst nicht. Ich bin zur Arbeit gekommen und war wie immer pünktlich. Dann habe ich gerade angefangen, die neue Ware zu stapeln, da kam Ihr Cousin und hat mich des Diebstahls beschuldigt. Vor allen anderen hat er mich angeschrien und mir gesagt, dass ich von Glück sagen könnte, wenn er bei den Behörden keine Anzeige gegen mich erstattet und auch sonst davon absieht, überall von dem Diebstahl zu erzählen. Ich hätte unverzüglich meine Sachen zu holen und das Kontor zu verlassen. Und sollte ich je wieder einen Fuß über die Schwelle setzen, hätte das ernste Folgen.«

Luise wartete, ob er fortfuhr, doch das tat er nicht. Frau Dietke traten erneut die Tränen in die Augen.

»Es soll eindeutige Beweise gegeben haben, dass Sie und niemand sonst für die Diebstähle verantwortlich waren«, erklärte Luise. »Hat man Ihnen gesagt, welche Beweise das waren?«

Dietke schüttelte wieder den Kopf. »Nein, nichts dergleichen. Ihr Cousin gab zwei Kollegen den Auftrag, mich zu den Spinden zu begleiten, damit ich meine Sachen holen konnte und sonst nichts mitnahm. Dann brachten sie mich bis zur Tür, und das war es dann. Ich habe mich danach auch nicht mehr getraut, noch einmal zum Kontor zu kommen, um den Lohn für die geleisteten Arbeitstage im Dezember zu fordern. Was, wenn er seine Drohung wahr gemacht und mich den Behörden gemeldet hätte? Dann hätte ich nie mehr eine neue

Anstellung gefunden.« Er sah seine Frau an, griff nach ihrer Hand. »Wir leben ohnehin schon in ständiger Angst, dass mein neuer Arbeitgeber erfahren könnte, was mir vorgeworfen wurde.«

»Bei wem arbeiten Sie jetzt?«

»Bei Blohm & Voss in der Werft.«

»Ich bin froh, dass Sie wieder eine Anstellung gefunden haben«, sagte Luise.

»Ich muss länger arbeiten und bekomme weniger Geld.« Er drückte die Hand seiner Frau. »Aber wir kommen zurecht, und unsere Kinder haben immer ordentliche Schuhe ohne Löcher in den Sohlen.«

Die liebevolle Art, wie die Dietkes miteinander umgingen, rührte Luise, und sie lächelte. Dann stand sie auf. »Haben Sie vielen Dank. Wir möchten Ihre Zeit nicht über Gebühr beanspruchen.«

Hans erhob sich ebenfalls, und nach kurzem Zögern auch die Dietkes. Dem Ehepaar stand die Frage, was sie von dem Besuch der Petersens halten sollten, ins Gesicht geschrieben. Doch keiner von beiden sagte noch etwas. Also brachten sie die Petersens noch zur Tür und verabschiedeten sich mit Handschlag von ihnen.

Als die beiden aus der Tür getreten waren, drehte Luise sich noch einmal um. »Wir werden der Sache auf den Grund gehen, und ich werde mir die Beweise zeigen lassen, die damals gegen Sie gesprochen haben, Herr Dietke. Darauf haben Sie mein Wort.«

Der ehemalige Mitarbeiter war sichtlich um Fassung bemüht. »Ich danke Ihnen, Frau Petersen. Und wenn ich mir die Bemerkung erlauben darf: Wir alle, also alle, die für Sie und Ihren Herrn Vater arbeiten, schätzen Sie über die Maßen. Sie behandeln jeden Angestellten sehr gut, und das weiß auch jeder. Danke, dass Sie sich die Mühe gemacht haben, mich anzuhören. Ich werde ruhiger schlafen können, jetzt, da ich Ihnen die Wahrheit persönlich sagen konnte.«

Luise nickte ihm zu. »Ich werde mich wieder bei Ihnen melden, Herr Dietke. Ihnen und Ihrer Familie einstweilen alles Gute.«

»Ihnen auch, Frau Petersen. Und vielen Dank.«

Luise und Hans gingen die Stufen hinab und zur Kutsche.

»Bleib dort oben sitzen«, wies Luise Hugo an, der eben Anstalten machte, von seinem Kutschbock zu kommen, um ihnen den Schlag zu öffnen.

Luise und Hans stiegen ein, und kaum dass sie die Tür zugezogen hatten, trieb Hugo das Pferd auch schon an.

»Was denkst du?«

Hans schüttelte den Kopf. »Der Mann hat euch nicht bestohlen, Luise. Niemals.« Er griff nach ihrer Hand. »Was auch immer vorgefallen sein mag und welche vermeintlichen Beweise es gab, sie wurden ihm entweder untergeschoben oder waren längst nicht so eindeutig, wie Richard behauptet hat.«

»Wir müssen unbedingt sofort mit Richard sprechen. Hoffentlich ist er inzwischen zu Hause.«

»Lass uns damit noch warten«, bat Hans, »und erst einmal nichts davon sagen, dass wir mit Gerhard Dietke gesprochen haben.«

»Weshalb?«, fragte Luise überrascht.

»Mir zuliebe«, sagte Hans. »Einfach nur mir zuliebe.«

4. Kapitel

Hamburg, Freitag, 29. März 1895

Martha drehte die kleine Tablette zwischen den Fingern, sah sie fast liebevoll an. Dann nahm sie das Seidentüchlein, legte sie hinein, umwickelte sie und versteckte sie dann in der hübsch verzierten Schublade ihres Spiegeltisches. Sie stand auf, überprüfte noch einmal ihr Aussehen. Ja, sie fand sich durchaus ansehnlich. Der Aufenthalt im Hospital hatte ihr gutgetan. Seither aß sie weniger, vor allem aber rührte sie schon seit mehr als zwei Monaten keinen Tropfen Alkohol mehr an. Sie hätte zwar auch gar keine Gelegenheit gehabt, da Ludwig jeden vom Personal genauestens instruiert hatte, dass ja kein Alkohol im Haus greifbar sein durfte. Auch eigenes Geld besaß Martha nicht, um sich Spirituosen besorgen zu können. Das war ihr jedoch einerlei. Sie hatte ohnehin nicht vor, irgendwelchen Alkohol anzurühren, außer vielleicht später einmal bei einer Gesellschaft oder einem großen Essen, und selbst dann höchstens ein Glas Wein.

Die Tabletten, die Dr. Fischer ihr nach ihrem Krankenhausaufenthalt verschrieben hatte, waren ein echter Segen für sie gewesen und hatten ihr über vieles hinweggeholfen.

Einzig die Tatsache, dass er sich nun schon seit zwei Wochen weigerte, ihr weitere Pillen zu verschreiben, ärgerte Martha über die Maßen. Was bildete sich dieser Quacksalber denn eigentlich ein, wer er war? Er hatte ihr gesagt, dass sie mit den Tabletten vorsichtig sein müsse, damit sie nicht gleich dem nächsten Laster verfiele. Was für ein Unsinn! Der Mann hatte überhaupt keine Ahnung. Sie brauchte diese Tabletten nicht, sie *wollte* sie einfach. Und auch das nur, um gut über den Tag zu kommen und für Eduard da sein zu können, der ihr oftmals alles abforderte. Dieser Dr. Fischer hatte einfach keine Vorstellung, wie es war, als Mutter eines fast Dreijährigen Tag für Tag voll in Anspruch genommen zu werden.

Aber Dr. Fischer hin oder her, Martha hatte einen anderen Weg gefunden, an die hübschen kleinen Tabletten zu kommen, und sie war aufrichtig froh über die im Hospital neu gewonnene Freundschaft mit Auguste, einer Krankenschwester, der der Vorrat an Tabletten nie auszugehen schien.

Martha spazierte zum Fenster und sah hinunter. Ottokar stand mit der Kutsche abfahrbereit vor der Ahrendsen-Villa und wartete auf sie. Also verließ Martha ihr Schlafzimmer und ging nach unten.

»Hilde, ich fahre jetzt aus. Bitte gib gut auf Eduard acht.«

»Ja, gnädige Frau«, sagte Hilde. »Darf ich fragen, ob Sie rechtzeitig zum Abendessen zurück sein werden? Gewiss wird der gnädige Herr es wissen wollen, sobald er kommt.«

»Aber ja, natürlich, Hilde. Ich treffe mich nur noch kurz mit Auguste, weil ich sie in letzter Zeit kaum gesehen habe. Es wird nicht lange dauern.«

»Dann eine gute Fahrt, gnädige Frau. Ich werde mich um Eduard kümmern.«

Martha nickte ihr zu und verließ das Haus. Dass sie es nicht für nötig gehalten hatte, sich von ihrem Sohn, der mit dem Kindermädchen auf der Terrasse spielte, zu verabschieden, nahm Hilde mit einem fast unmerklichen Kopfschütteln zur Kenntnis.

Martha wies Ottokar an, auf direktem Weg zu Augustes Haus in der Schumacherstraße zu fahren. So oft, wie er den Weg in letzter Zeit zurückgelegt hatte, hätte das Pferd ihn auch ohne Kutscher auf dem Bock gefunden.

Die Fahrt dauerte etwa zwanzig Minuten. Als Ottokar, dort angekommen, den Schlag öffnete und Martha die Hand hinhielt, um ihr aus der Kutsche zu helfen, sagte sie: »Es wird nicht lange dauern, Ottokar.«

»Sehr wohl, gnädige Frau«, gab er zur Antwort und nickte. Dann setzte er sich wieder auf den Kutschbock.

Martha hob ihr ausladendes Kleid an, lief die Stufen hinauf und klopfte an die Tür, die dann – wie immer zunächst nur einen Spaltbreit – geöffnet wurde. Als Auguste sah, wer davor stand, gab sie den Eingang frei.

»Guten Tag, Auguste.«

»Guten Tag, Martha. Wie geht es dir?«, gab Auguste freundlich zurück.

»Ach, mal so und mal so. Du kennst das ja.« Ganz selbstverständlich ging Martha über den Flur bis zur Küche und zögerte auch nicht, dort direkt auf einem Stuhl Platz zu nehmen. Ja, sie war oft hier gewesen in letzter Zeit, und alles wirkte sehr selbstverständlich.

»Möchtest du vielleicht einen Tee?«, bot Auguste an.

»Ach nein, im Moment nicht. Ich hatte am Nachmittag Kaffee, und zu viele warme Getränke sind nicht gut für mich.« Martha legte sich die rechte Hand auf die Brust, um anzudeuten, wie sehr sie auf ihre Gesundheit achtete.

»Irgendetwas anderes?«, hakte Auguste nach, doch Martha schüttelte den Kopf. »Danke, nein. Du bist zu liebenswürdig.«

Auguste nahm Martha gegenüber Platz, sagte nichts, wartete ab.

»Ich bräuchte etwas, Auguste«, ergriff schließlich Martha das Wort.

»Das dachte ich mir schon«, meinte Auguste, stand auf und verließ die Küche. Als sie zurückkam, hatte sie ein kleines Döschen mit Blumenmuster in der Hand. »Das sind zehn Stück«, erklärte sie.

»Nur zehn?« Martha rutschte unruhig auf ihrem Stuhl hin und her. »Aber ich komme doch so oft. Mein Mann könnte misstrauisch werden, wenn ich schon bald wieder …« Weiter kam sie nicht.

»Ich muss dir leider sagen, dass es so nicht weitergehen kann«, erklärte Auguste.

»Was meinst du damit?« Nervös fuhr sich Martha mit der Zunge über die Lippen.

»So leid es mir tut – aber du hast kein Geld. Ich wollte dir helfen, doch ich kann es mir nicht leisten, dir das Opiat einfach so zu überlassen.«

»Aber ich brauche es doch!« Verzweiflung schwang in ihren Worten mit.

»Dann musst du dich an jemand anders wenden.«

»Ich kenne niemanden.« Martha schluckte schwer. »Bitte, Auguste, wir sind doch Freundinnen. Du musst mir helfen. Du musst einfach!«

»Ach ja?« Auguste sah Martha eindringlich an. »Nun, wenn wir so gute Freundinnen sind, dass du wieder und wieder etwas von mir verlangst, wie sieht es dann mit einer Gegenleistung aus? So machen Freundinnen das doch, wenn sie sich einen Gefallen tun, oder nicht?«

»Ja, natürlich«, stimmte Martha eifrig zu. »Was kann ich für dich tun? Was möchtest du?«

»Nun«, erklärte Auguste nachdenklich, »du brauchst Geld. Dann kann ich dich weiter versorgen.«

»Aber ich habe keines, das weißt du. Ludwig kontrolliert

alles, was ich tue. Ich kann keinen Schritt machen, ohne dass das Personal mir über die Schulter sieht. Er gibt mir kein bisschen eigenes Geld, und ich bin sicher, wenn ich zur Bank ginge, würden sie mich dort abweisen.«

»Du hast Schmuck, oder etwa nicht?«

Martha zögerte und wollte schon widersprechen, sah aber an Augustes Miene, dass das alles andere als klug wäre. »Ja, aber ja, ich habe Schmuck. Du kannst ihn haben.«

»In Ordnung«, stimmte Auguste zu und deutete auf die Halskette, die Martha trug. »Das da ist ein sehr schönes Stück.«

Martha berührte hastig die Kette. Sie war ein Geschenk von Ludwig, das sie zu ihrem ersten Hochzeitstag erhalten hatte. »Das geht nicht«, widersprach sie. »Sie ist ein Geschenk.«

»Ist nicht all dein Schmuck irgendein Geschenk?« Auguste hob die rechte Augenbraue.

»Ja, aber ...«, versuchte Martha eine Erklärung, »nicht diese Kette, diese nicht.«

»Dann eben nicht.« Auguste nahm die kleine Pillendose und ließ sie eilig in ihrer Hand verschwinden.

»Nein!« Der kleine Aufschrei war lauter ausgefallen, als Martha es beabsichtigt hatte. »Ich meine«, sagte sie hastig, »nicht *diese* Kette. Aber du kannst eine andere haben.«

Auguste schien zu überlegen, schob dann die Pillendose wieder über den Tisch. »Dieses Mal ist es noch ein Geschenk von mir. Aber wenn du das nächste Mal etwas willst, musst du mir etwas dafür geben.«

»Ja, natürlich«, versicherte Martha sofort, »ich verspreche es dir. Nächstes Mal bringe ich etwas mit.«

»Gut«, meinte Auguste, »tu das.« Sie stand auf und gab Martha damit zu verstehen, dass ihre kleine Zusammenkunft beendet war. »Dann bis zum nächsten Mal.«

Martha erhob sich ebenfalls. Sie war blass geworden. »Ja, bis zum nächsten Mal.« Ihre Hände umklammerten die kleine

Dose. Sie spürte, dass sich während ihres kurzen Besuchs etwas verändert hatte. Aus dem Gefühl, in Auguste eine Vertraute gefunden zu haben, die sie verstand und ihr zu helfen bereit war, war ein Geschäft mit Auguste geworden. Nicht mehr und nicht weniger. Und Martha spürte, dass alles in ihr danach schrie, sofort das Haus zu verlassen und nie wieder hierher zurückzukehren. Doch im selben Moment wusste sie auch, dass sie es natürlich tun würde und dass sich die Spirale, in der sie sich bereits befand, immer rascher abwärts drehen würde.

Schweigend ging sie zur Tür, verabschiedete sich nicht wie sonst mit einer freundschaftlichen Geste, sondern nur mit den Worten »Auf bald«. Dann verließ sie das Haus.

Mit wackeligen Schritten und unnatürlich blass stolperte sie zur Kutsche. Ottokar sprang eilig vom Kutschbock, als er sie kommen sah, und öffnete den Schlag. Ohne ein Wort setzte sie sich hinein und ließ sich nach Hause fahren. Die kleine Dose in ihren Händen umklammerte sie so fest, dass die Fingerknöchel weiß hervortraten.

»Da bist du ja!«, begrüßte ihr Mann sie, kaum dass sie die Villa betreten hatte.

Martha ging auf ihn zu, hielt ihm die Wange zum Kuss entgegen. »Guten Abend, Ludwig.«

»Wo warst du? Hast du einen Ausflug gemacht?«

»Bei Auguste«, antwortete sie knapp. »Wir haben uns unterhalten.«

»Sie tut dir gut, nicht wahr? Obwohl …«, er musterte seine Frau, »du heute ein wenig blass aussiehst. Ist dir nicht wohl?« Die Sorge, sie könnte wieder dem Alkohol verfallen, stand ihm ins Gesicht geschrieben, ohne dass er etwas hätte sagen müssen.

»Ich bin ein wenig müde, das ist alles. Eduard fordert mit jedem Tag mehr von mir.«

»Ja, er ist schon ganz schön anstrengend. Aber Nathalie

macht sich doch gut, oder nicht?« Ludwig hatte das neue Kindermädchen vor Kurzem eingestellt, nachdem ihre Vorgängerin wegen Marthas Launen gekündigt hatte.

»Aber ja, alles in Ordnung«, stimmte Martha zu. »Aber ich bin nun einmal seine Mutter, und mich beansprucht er am meisten.«

Ludwig bemühte sich um ein schwaches Lächeln. Es fiel ihm oft schwer, seine Meinung darüber für sich zu behalten, dass seine Frau sich längst nicht so um den gemeinsamen Sohn kümmerte, wie er es erwartete. Doch er hielt sich mit jeglicher Kritik zurück. Keinesfalls wollte er riskieren, dass Martha wieder zur Flasche griff, obwohl sie dazu eigentlich keine Möglichkeit hatte, da Ludwig Vorsorge getroffen und ihr den Zugang zu Spirituosen, gleich welcher Art, vollständig abgeschnitten hatte.

Seit er ihr im Januar dieses Jahres das Messer auf die Brust gesetzt und auf den Aufenthalt im Hospital bestanden hatte, weil er sich andernfalls von ihr trennen und sie mittellos sich selbst überlassen würde, hatte sie sich zusammengerissen. Sie hatte alles getan, was er von ihr forderte, und die Zeit im Hospital tatsächlich genutzt, um den Alkohol aus ihrem Leben zu verbannen. Zwar war es erst einige Monate her, sodass noch abzuwarten blieb, ob sie sich auch daran hielt. Doch sie wusste sehr genau, dass er sonst seine Drohung wahr machen und sich von ihr scheiden lassen würde. Zwar mochte er es sich selbst kaum eingestehen, weil er fand, dass allein der Gedanke ihn zu einem schlechteren Menschen machte. Doch insgeheim hatte es manchen Moment gegeben, in dem er dachte, dass ihm ein neuerlicher Ausrutscher seiner Frau fast entgegenkäme. Dann hätte er eine Rechtfertigung, die Beziehung aufzugeben, und würde dabei nicht das Gesicht verlieren. Denn selbst wenn Martha nicht trank, ging ihm ihr Verhalten oft so gegen den Strich, dass es seiner Meinung nach womöglich für alle Seiten das Beste wäre, wenn sie ihm einen Grund zur Scheidung gäbe.

Er könnte Eduard mithilfe von geeignetem Personal auch allein großziehen. Und genau genommen, kümmerte sich auch jetzt ausschließlich das Personal um Eduard, außer eben an den Wochenenden, wenn der Kleine jede freie Minute mit seinem Vater verbrachte.

»Ich gehe mich frisch machen«, kündigte Martha an und holte Ludwig aus seinen Gedanken.

»Ja, tu das. Ich gehe ins Esszimmer und warte dort auf dich.«

Martha nickte, wandte sich zur Treppe und lief hinauf. Ludwig sah ihr kurz nach. Zu gern hätte er nach diesem anstrengenden Arbeitstag ein Bier zum Feierabend getrunken. Doch tatsächlich gab es keinen einzigen Schluck Alkohol im ganzen Haus. Er seufzte kurz, griff nach der Wasserkaraffe und schenkte sich ein Glas ein, das er in wenigen Zügen leerte. Dann hörte er kleine Schritte, die sich rasch näherten. Kurz darauf linste Eduard um die Ecke.

»Da ist ja mein großer Junge.« Ludwig ging in die Knie und breitete die Arme aus. Der Kleine nahm Anlauf und warf sich hinein, wurde von Ludwig hochgehoben und mehrmals in die Luft geworfen. Eduard lachte hellauf.

»Guten Abend, Herr Ahrendsen«, sagte Nathalie, die an der Tür stehen geblieben war und gerührt zugesehen hatte, wie sehr Vater und Sohn sich freuten, einander zu sehen.

»Guten Abend, Nathalie.«

»Wenn nichts weiter ansteht, würde ich jetzt gehen.«

»Aber ja, geh nur. Jetzt habe ich meinen Jungen und gebe ihn nicht wieder her«, sagte Ludwig und herzte Eduard.

»Dann einen schönen Abend noch und bis morgen.« Sie winkte. »Bis morgen, Eduard. Ich freue mich schon auf dich.«

»Bis morgen, Nati!«, rief Eduard ihr fröhlich zu und drückte sich dabei an seinen Vater.

»Na, hast du schön mit Nati gespielt, Eduard?«, fragte Ludwig, als er Eduard auf dem Arm hielt.

Eduard nickte eifrig. »Nati und ich haben eine Höhle gebaut«, gab er begeistert Auskunft.

»Eine Höhle? Wo denn?«

»Da draußen.« Er deutete zur Terrasse hinüber. »Willst du sie angucken?«

»Aber ja«, stimmte Ludwig zu und setzte Eduard wieder ab.

Eduard nahm seinen Vater bei der Hand, lief los und zog ihn mit sich. Er musste warten, bis Ludwig die Verriegelung der Terrassentür geöffnet hatte, bevor sie zusammen ins Freie treten konnten.

Auf der Terrasse stand ein Gebilde, das tatsächlich sehr an eine Höhle erinnerte. Ludwig ging näher heran, um zu sehen, was sich unter dem Berg von Decken befand, die dort aufgetürmt waren.

»Komm, komm rein!«, rief Eduard seinem Vater begeistert zu, ging auf alle viere und verschwand in dem Deckenturm.

Ludwig hockte sich erst davor und schob die vorderste Decke beiseite, die als eine Art Eingang diente. Dahinter sah er einen Beistelltisch von der Veranda, der als eine Art erstes Stockwerk diente und auf den dann noch ein weiterer, kleinerer Tisch gestellt worden war. Darüber waren mindestens fünf Lagen verschiedener Decken gestapelt, und unten auf dem Boden lagen ebenfalls mehrere Lagen, die als Liegefläche dienten.

»Komm rein!«, forderte Eduard abermals, worauf Ludwig ebenfalls auf alle viere ging und zu ihm unter den Tisch krabbelte. Sie legten sich nebeneinander auf den Boden, wobei Ludwig seine Beine anziehen musste, damit sie nicht nach draußen ragten.

Eduard sah seinen Vater an, obwohl er ihn in der Dunkelheit nur schemenhaft wahrnehmen konnte. »Ist das nicht schön?«

»Ja, wirklich sehr schön«, lobte Ludwig. »Und das haben Nathalie und du gebaut?«

»Ottokar hat die Tische hingestellt, alles andere haben wir gemacht.«

Ludwig konnte geradezu hören, wie Eduard bei diesen Worten strahlte. Das Glück, das er an diesem Tag bei seiner Beschäftigung empfunden hatte, sprudelte nur so aus ihm heraus.

Einen Moment blieben sie nebeneinanderliegen, lauschten auf den Atem des anderen. Dann hörten sie Geräusche, die Ludwig nicht recht zuzuordnen wusste.

»Hörst du das?«, fragte Ludwig.

»Pst«, machte Eduard.

»Was ist das?«

Fast klang es, als würde Eduard seufzen. »Mutter weint«, flüsterte er dann. »Euer Zimmerfenster ist offen. So klingt es immer, wenn sie weint.«

Ludwig spürte einen Kloß im Hals. Was um Himmels willen hatte der Kleine in seinem kurzen Leben schon von dem mitbekommen, was im Hause vor sich ging?

»Weint sie oft?«, flüsterte Ludwig zurück.

»Manchmal«, gab Eduard Auskunft. »Jetzt nicht mehr so oft.«

Ludwig griff nach Eduards Hand. »Das ist aber nichts Schlimmes, weißt du. Mamas weinen einfach manchmal.«

Eduard sagte nichts.

»Du musst deshalb nicht traurig sein«, fuhr Ludwig leise fort. »Vielleicht weint sie auch vor Glück.«

»Was heißt das?«

»Manchmal machen Mütter so was. Sie weinen, weil sie so glücklich sind, einen solchen Schatz wie dich zu haben.«

»Wirklich?« Eduard klang skeptisch.

»Aber ja.«

»Dann glaubst du, dass sie mich doch lieb hat?«

Die Frage traf Ludwig mitten ins Herz, doch das wollte er den Kleinen keinesfalls spüren lassen. »Aber selbstverständlich hat sie dich lieb. Mehr als alles andere auf der Welt.«

Eduard sagte wieder nichts.

»Wie kommst du darauf, dass es nicht so sein könnte?«

Ludwig spürte, dass Eduard mit den Schultern zuckte, doch eine Antwort gab er nicht.

»Gnädiger Herr?«, hörten sie Hilde rufen. »Gnädiger Herr?«

»Wir sind hier drin«, erwiderte Ludwig, darum bemüht, seine Beine vorzustrecken und Stück für Stück auf dem Rücken aus der Höhle herauszurobben, ohne sich den Kopf anzustoßen.

Eduard lachte lauthals, als er die Verrenkungen seines Vaters sah.

»Das Essen wäre dann so weit«, erklärte Hilde, der anzuhören war, dass auch sie Mühe hatte, sich ein Lachen zu verkneifen.

»Wir kommen«, krächzte Ludwig und schaffte es schließlich, sich aus der Deckenhöhle zu befreien.

Eduard krabbelte ebenfalls hervor, konnte sich jedoch nicht zusammenreißen. Er lachte aus vollem Hals. »Du hast so lustig ausgesehen, Vater.«

»Wie bitte?« Ludwig, der nun wieder stand, stemmte entrüstet die Hände in die Hüften. »Was hast du da gesagt?« Drohend trat er auf Eduard zu, der die Spielaufforderung sogleich annahm und jauchzend vor seinem Vater wegrannte. Er lief über die Terrasse und eilte die Stufen hinunter, und Ludwig folgte ihm knurrend. Der Kleine hatte gerade den Rasen erreicht, da holte Ludwig ihn ein, packte ihn und schwang ihn in die Höhe.

Eduard kicherte, während Ludwig sich mit seinem Sohn wieder und wieder um die eigene Achse drehte und ihn innig an sich drückte. Er hatte ihn noch immer auf dem Arm, als er die Stufen zurück zur Terrasse ging. Hilde war dort stehen geblieben und hatte mit Freude das Spiel zwischen Vater und Sohn beobachtet.

»Nun sehen Sie sich mal an«, tadelte sie und deutete auf Ludwigs Anzug. »Vollkommen verschmutzt sind Sie, gnädiger Herr.«

»Schmutzig, aber glücklich«, erwiderte Ludwig. »Und hungrig. Ich hoffe, es gibt etwas Gutes, Hilde.«

»Aber gewiss, gnädiger Herr. Solange ich mich um die Familie kümmere, wird keiner je hungrig vom Tisch aufstehen.«

»Das weiß ich doch, Hilde.«

Ludwig setzte Eduard ab. »So, junger Mann. Nun müssen wir uns beeilen und noch unsere Hände waschen.«

»Ich bin schneller«, rief Eduard übermütig und rannte los.

»Nicht so wild auf der Treppe!«, ermahnte Hilde den Jungen.

»Ach, Hilde, ich weiß nicht, wie oft ich ihm das schon gesagt habe.« Ludwig lachte die Haushälterin an. »Aber genützt hat es nicht ein einziges Mal.«

Ludwig und Hilde gingen ebenfalls ins Haus, und während sie in die Küche eilte, um zusammen mit dem Dienstmädchen das Essen aufzutragen, folgte Ludwig seinem Sohn nach oben ins Bad, um sich noch ein wenig frisch zu machen. Im Vorbeigehen warf er einen kurzen Blick ins Esszimmer und stellte fest, dass Martha dort bereits am Tisch saß und offenbar auf ihn wartete. Sie sagte nichts, sie rührte sich nicht, saß einfach nur da. Mit einem Mal war seine heitere Stimmung verflogen. Seufzend stieg er ins obere Stockwerk hinauf. Vielleicht wären Eduard und er ohne Martha wirklich besser dran.

5. Kapitel

Kamerun, Freitag, 29. März 1895

Für einen Moment war es, als stünde die Zeit still. Therese war soeben aus der Trage gestiegen und hob Franz und Helene heraus, als genau in diesem Augenblick Robert aus dem weißen Steinhaus trat, seine Augen mit der Hand beschattete und zu ihnen herübersah. Thereses und Roberts Blicke trafen sich, doch er blieb wie angewurzelt stehen.

Erst als Therese den Arm hob und ihm zuwinkte, löste er sich aus der Starre und rannte auf sie zu. »Therese!«, rief er schon von Weitem. »Therese, mein Gott, ihr seid es wirklich! Ihr seid wirklich hier!« Er erreichte sie, nahm sie in die Arme, umarmte dann Franz und schließlich Helene. Dann sah er Therese an, legte abermals die Arme um sie und hielt sie einen Moment lang fest.

Franz stand daneben und grinste frech. Als er nicht länger warten wollte, bis er beachtet wurde, packte er Roberts Hosenbein und zog daran.

Robert war vollkommen atemlos, als seine Lippen sich von Thereses lösten, und auch sie musste um Fassung ringen.

»Ich glaube es nicht. Ich glaube es einfach nicht.« Robert hob Franz auf den Arm und drückte ihn kurz an sich. Als er Anstalten machte, ihn wieder abzusetzen, klammerte Franz sich an seinem Hals fest. Therese lächelte und nahm Helene hoch, die staunend die Begrüßung verfolgt hatte.

»Kommt, kommt herein und seid willkommen! Ich kann gar nicht in Worte fassen, wie glücklich ich bin.« Robert wies zum Haus hinüber. Dann wandte er sich an die Träger, die Therese und die Kinder hergebracht hatten, gab ihnen Geld und bat sie, die Koffer ins Haus zu bringen, was diese umgehend erledigten.

Durch die Stimmen alarmiert, trat nun Hamza aus dem Haus und kam auf sie zu.

»Hamza, da bist du ja. Sieh nur! Darf ich dir Therese Hansen vorstellen? Und das sind ihre Kinder Franz und Helene.« Robert machte eine Handbewegung zur anderen Seite. »Und das ist unser Hamza.«

Hamza streckte Therese genauso, wie er es von den Weißen gelernt hatte, die Hand zur Begrüßung entgegen. »Guten Tag, Frau Hansen.«

»Guten Tag, Hamza. Nun lerne ich dich endlich einmal kennen. Ich habe schon so viel Gutes über dich gehört.«

»Das ist wirklich sehr freundlich.«

Franz sah Hamza staunend an. »Mama«, sprach er dann Therese an.

»Ja, Franz?«

»Warum ist seine Haut so dunkel?« Er hatte die Frage schon vorhin stellen wollen, als das Schiff angelegt und er die Menschen hier das erste Mal gesehen hatte. Doch da war alles viel zu aufregend gewesen, und er war einfach darüber hinweggegangen.

Therese war ein wenig beschämt. Sie hatte ihrem Sohn vor der Abreise gesagt, dass die Menschen in Kamerun anders aussahen. Dass er sich daran offenbar nicht mehr erinnerte und diese peinliche Situation entstanden war, verärgerte sie nun beinahe.

»Das kann ich dir gern sagen.« Hamza lächelte Franz freundlich an. »Unsere Haut ist so dunkel, weil wir hier jeden Tag starke Sonne haben und nicht wollen, dass unsere Haut verbrennt.«

»Ui«, entfuhr es Franz mit offener Begeisterung. »Kann ich so was auch haben?«

Robert lachte gutmütig. »Deine Haut wird zwar auch etwas dunkler werden, doch ich fürchte, so dunkel wie Hamzas wird sie nicht.«

»Wieso denn nicht?«, beschwerte sich Franz. »Das ist ungerecht. Nur weil ich nicht immer hier bin, darf meine Haut doch trotzdem nicht verbrennen.«

»Wir werden schon auf dich aufpassen«, sagte Therese, die Hamza dankbar dafür war, wie einfach und kindgerecht er es Franz erklärt hatte.

»Lasst uns erst einmal ins Haus gehen«, schlug Robert nun vor. »Malambuku ist in der Küche und wird sich freuen, dass Besuch gekommen ist.«

»Wer ist Malambuku?«, wollte Franz sofort wissen, der sich von Robert zum Haus tragen ließ.

»Hamzas Vater.«

»Hat er auch so dunkle Haut?«

»Ja, das hat er.«

»Aber wenn alle hier das haben, möchte ich auch solche Haut«, beschwerte sich Franz schon wieder, der die Gegebenheiten einfach nicht akzeptieren wollte.

Robert lachte und drückte ihn kurz an sich. Dann drehte er sich zu Therese um, die mit Helene auf dem Arm folgte. »Ich bin wirklich überwältigt, dass ihr hier seid, und kann es noch gar nicht richtig fassen.«

»Glaub es lieber. Denn wir haben nicht vor, so rasch wieder abzureisen.«

»Das ist Musik in meinen Ohren«, gab Robert zurück und warf Therese einen Blick zu, der all die Liebe verriet, die er für sie und die Kinder empfand.

»Malambuku«, rief Robert, als sie das Haus erreichten, »wir haben Besuch!«

Nur einen Moment später trat Hamzas Vater mit einem Tuch in der Hand ins Freie. Er sah zu Therese hinüber und lächelte strahlend.

»Guten Tag«, sagte Therese. »Malambuku, nicht wahr? Mein Name ist Therese Hansen, und das sind Franz und Helene.«

»Jambo, Nyango.« Er deutete eine Verbeugung an. Noch immer lächelte er. »Malambuku genau weiß, wer Nyango.«

Robert räusperte sich. »Ja, ich gebe es zu, ich habe Malambuku von dir erzählt, Therese.« Er zwinkerte ihr verschwörerisch zu.

»Na, hoffentlich nur Gutes.« Therese konnte aus der Art, wie Malambuku sie ansah, schließen, dass Robert vermutlich von ihr geschwärmt hatte. Fast war sie ein wenig verlegen.

»Kommt«, bat Robert, »setzen wir uns alle auf die Veranda und trinken etwas Kaltes.«

»Malambuku holt Trinken. Hamza, komm helfen.«

»Ja, Vater.«

Die beiden gingen zusammen ins Haus, und Robert setzte Franz von seinem Arm ab und stellte ihn auf die Holzbohlen der Veranda. »Was ist da hinten?«, wollte Franz nun wissen.

»In dieser Richtung«, Robert deutete mit dem ausgestreckten Arm, »geht es zu unseren Kakaopflanzen.«

»Können wir uns die ansehen?«

»Bitte, Franz. Später. Lass uns doch erst einmal richtig ankommen«, bat Therese.

»Aber wir sind doch schon angekommen!« Franz sah von seiner Mutter zu Robert. »Kann ich um die Ecke gucken gehen?«

»Bitte, Franz.« Therese seufzte.

»Lass ihn ruhig gehen«, sagte Robert. »Ihm kann hier nichts geschehen.«

»Aber nicht so weit, hörst du?«

»Danke!«, rief Franz begeistert und rannte los.

Helene sah ihren Bruder um die Ecke verschwinden und streckte die kleinen Arme aus, als wollte sie ihm folgen.

»Oh nein, junge Dame«, sagte Therese und setzte sie auf einen der Rattanstühle. »Du bleibst hier bei uns.«

Malambuku und Hamza kamen mit zwei Tabletts zurück, auf denen Karaffen mit Limonade und Gläser standen. Außerdem stellte Malambuku einen Teller mit kleinen gefüllten Teigtaschen in die Mitte des Tisches.

»Nyango bestimmt Hunger.« Malambuku deutete auf die Teigtaschen. »Malambuku gerade gemacht für Abend. Schon essen jetzt.«

»Ich bin tatsächlich hungrig und werde sie gern kosten. Danke schön, Malambuku.«

Hamza füllte die Limonade in die Gläser, und Robert ging ans Ende der Veranda, um Franz zu rufen. Er sah ihn ein Stück entfernt vor dem Verschlag stehen, in dem die Hühner gehalten wurden.

»Franz, komm und trink etwas«, rief er ihm zu.

Der Kleine wandte sich um, nickte eifrig und kam sofort zu Robert gelaufen. »Mama hat gar nicht gesagt, dass ihr hier Hühner habt.«

Robert wartete, bis Franz ihn erreicht hatte, und legte dem Jungen dann seine Hand auf die Schulter. »Aber natürlich haben wir Hühner.«

»Ja? Wo denn?«

»Ich weiß nicht, wo sie gerade sind. Doch es wird nicht lange dauern, dann wird dir schon das erste um die Beine streichen. Und dort hinten bei der Plantage und im Wald dahinter leben jede Menge Tiere, die es nur hier in Kamerun gibt.«

Franz' Wangen glühten. Ob wegen der Wärme oder vor Aufregung, hätte Robert nicht sagen können. Vermutlich spielte beides eine Rolle.

»Können wir dort hingehen und die Tiere ansehen? Bitte!«

»Erst einmal trinken wir jetzt etwas Kaltes. Und Malambuku hat auch etwas zu essen bereitgestellt. Ihr müsst doch Hunger haben nach der langen Reise.«

»Ich habe aber gar keinen Hunger. Und ich habe auch keinen Durst. Können wir jetzt zu den Tieren gehen?«

»Später, Franz, das verspreche ich dir. Und ihr werdet ja auch mehr als nur einen Tag hier sein. Wir haben also genug Zeit.«

Franz seufzte. Die Enttäuschung war ihm deutlich anzusehen. Andererseits hatte er tatsächlich Durst, vor allem aber einen riesigen Hunger. Also würden die Tiere noch eine Weile auf ihn warten müssen.

»So, da sind wir wieder«, sagte Robert, als er kurz darauf mit Franz an den Tisch trat. Therese lächelte ihm herzlich zu, und Robert spürte, wie ein wohliger Schauer über seinen Körper lief.

Sie war wirklich gekommen! Seit er den Brief an sie geschrieben hatte, waren zweieinhalb Monate vergangen. Eine Zeit, in der er ein Wechselbad der Gefühle durchlebt hatte. Schon kurz nach dem Absenden des Briefes hatte er sich gefragt, ob er zu forsch gewesen war. Wie hatte er sich nur einbilden können, dass Therese sein Angebot, mit ihm gemeinsam in Kamerun zu leben, auch nur einen einzigen Moment in Betracht ziehen könnte?

Im Grunde waren sie sich doch noch fremd. Gewiss, die Wochen, die sie Ende letzten Jahres gemeinsam in der Villa in

Hamburg verbracht hatten, waren traumhaft gewesen. Jeden Tag hatten sie etwas mit den Kindern unternommen, manchmal hatten sie auch Luise und Elsa begleitet. Sophia, Thereses Kindermädchen, war stets dabei gewesen, und es hatte nur einen einzigen Abend gegeben, an dem Therese und er während eines Essens tatsächlich einmal allein gewesen waren. Doch in seiner Erinnerung hatte das genügt, um eindeutig festzustellen, wie tief die Gefühle für seine Schwägerin waren. Ja, er liebte sie. Er liebte sie mehr, als er je eine andere geliebt hatte, und das, obwohl er sie als die Frau seines Bruders kennengelernt und bis zum letzten Jahr, nach dem Tod Karls, nicht einen einzigen Augenblick in Erwägung gezogen hatte, dass sie je etwas anderes für ihn sein könnte.

Es war schon eigenartig, doch wie er sie nun dort sitzen sah – und das, obwohl sie und die Kinder gerade erst eingetroffen waren –, schien es ihm wie ein vertrautes Bild. Und es fühlte sich einfach richtig an. Therese hatte durch ihr Kommen ein Zeichen gesetzt, ein deutliches Zeichen, dass sie ihm und ihrer Liebe eine Chance geben wollte. Hoffentlich gelang es ihm, sie für das Leben in Kamerun zu begeistern. Denn je länger er selbst hier war, desto stärker spürte er, dass Hamburg womöglich nicht mehr der Ort war, an dem er leben wollte. Doch er wusste, dass er Therese nicht unter Druck setzen durfte. Keinesfalls würde er sie zu überreden versuchen, schon bald eine endgültige Entscheidung zu treffen.

»Mutter, es gibt hier Hühner! Dort direkt hinter dem Haus.« Franz streckte den Arm aus, während er auf den Rattanstuhl neben ihr krabbelte. »Und es gibt auch Katzen, aber die habe ich noch nicht gesehen.«

»Die Katzen kommen erst in ein paar Stunden«, sagte Hamza, »wenn es nicht mehr so warm ist und die Gerüche aus der Küche ihnen in die Nasen steigen.«

»Kommen sie dann alle hierher?«

»Ja, und wenn du willst, sage ich dir Bescheid, sobald sie sich einfinden«, bot Hamza an.

»Oh ja, das wäre schön.«

Franz nickte begeistert.

Robert nahm auf dem Stuhl an Thereses anderer Seite Platz. Helene war indessen von ihrem Stuhl wieder heruntergekrabbelt und stand nun da, als überlegte sie, was sie als Nächstes tun sollte. Dann setzte sie sich einfach auf den Verandaboden und guckte zwischen den Anwesenden hin und her.

»Warum hast du eigentlich nicht telegrafiert, dass ihr kommt?«, fragte Robert, an Therese gewandt. »Ich hätte euch doch vom Anleger abgeholt.«

»Na, weil wir dich überraschen wollten.« Therese schenkte ihm ein herzliches Lächeln. »Und das ist uns auch gelungen, nicht wahr?«

»Allerdings, das ist es.« Robert schmunzelte. »Aber sag, weiß denn Georg Bescheid? Er hat mir erst vor ein paar Tagen telegrafiert und nichts von eurem Besuch erwähnt.«

»Natürlich weiß er Bescheid.« Sie legte den Zeigefinger auf die Lippen. »Aber er hat mir fest versprochen, nichts zu verraten. Und das Versprechen hat er offenbar gehalten.«

»Stimmt.« Robert nahm einen Schluck von der Limonade. »Und was hat er zu deinem Vorhaben gesagt?«

»Ich glaube, er hat sich gefreut. Zumindest hat er mir nur das Beste gewünscht und mich lediglich gebeten, ein Telegramm zu schicken, wenn wir sicher eingetroffen sind. Er war wirklich ganz reizend und hat mir versichert, dass ich mir über das Kontor keine Gedanken machen muss. Er bot sogar an, gelegentlich im Kaffeehaus nach dem Rechten zu sehen und dass Judith sich jederzeit an ihn wenden kann, wenn sie Unterstützung braucht.«

»Auf Georg ist Verlass«, bestätigte Robert. »Bei ihm ist alles in besten Händen.«

»Davon bin ich auch überzeugt.« Therese sah sich um. »Ich kann noch gar nicht richtig fassen, dass wir tatsächlich hier sind. Es ist wirklich eine völlig andere Welt.«

»Und zwar eine wunderschöne.« Kurz war Robert in Versuchung, sie zu fragen, wie lange sie bleiben wolle. Doch das verkniff er sich. Zu groß war die Furcht, dass ihr Aufenthalt nur von kurzer Dauer sein könnte.

Franz hatte seine Limonade leer getrunken und hastig eine Teigtasche gegessen. Helene, der Therese ebenfalls eine halbe in die Hand gedrückt hatte, saß nun da und knabberte zufrieden Stück für Stück davon ab.

»Können wir jetzt zu den Pflanzen gehen?«, fragte der Junge.

»Bitte, Franz!« Therese musste sich zusammennehmen, um ihren Sohn nicht scharf zu ermahnen. Sie verstand ja, dass er in seinem kindlichen Überschwang gleich so viel wie möglich sehen und erleben wollte. Doch sie war erschöpft, und jetzt, als die erste Aufregung von ihr abfiel, hatte sie das Gefühl, kaum mehr einen Fuß vor den anderen setzen zu können.

»Wenn Sie nichts dagegen haben, kann ich mit ihm herumgehen und ihm alles zeigen«, erbot sich Hamza, fragte sich jedoch schon im nächsten Moment, ob er zu weit gegangen war. Immerhin kannte Therese Hansen ihn noch nicht und hatte keinen Grund, ihm ihren Sohn anzuvertrauen.

»Wirklich? Das würdest du tun?« Therese legte in einer dankbaren Geste eine Hand auf die Brust. »Das wäre unglaublich nett von dir, Hamza.«

»Ich werde ganz bestimmt gut auf ihn achten«, versicherte Hamza.

»Glaub mir, auch wenn wir uns heute das erste Mal persönlich begegnet sind, weiß ich doch so viel über dich, dass ich daran nicht den geringsten Zweifel habe.« Therese lächelte ihn an.

Hamza freute sich über ihre Worte, denn sie zeigten ihm,

dass offenbar nur Gutes in der Familie Hansen über ihn gesprochen worden war. »Ich kann Helene auch gern mitnehmen«, bot er an.

»Wenn dir das nicht zu viel ist? Sie geht noch sehr langsam, und man muss achtgeben, dass sie nicht fällt.«

»Ich habe sieben jüngere Geschwister«, erwiderte Hamza.

»Oh, das wusste ich gar nicht«, gab Therese zurück. »Na, dann bist du ja Experte auf dem Gebiet.«

»Was, bitte, ist ein Experte?«, fragte Hamza, der das Wort noch nie gehört hatte.

»Ein Experte ist jemand, der sich mit etwas besonders gut auskennt«, erklärte Robert.

»Also, wenn weiße kleine Kinder nicht viel anders sind als schwarze, dann bin ich ein Experte.« Hamza lachte auf, und Therese und Robert stimmten ein.

Therese fand Hamza schon nach der kurzen Zeit so sympathisch, dass sie genau wusste, sie würde sehr gut mit ihm auskommen. »Franz, hast du das gehört? Möchtest du dir von Hamza die Plantage zeigen lassen?«

Franz sah zu Hamza, rutschte sofort von seinem Stuhl und nickte begeistert. Hamza bückte sich, um Helene auf den Arm zu nehmen, und wartete einen Moment, ob die Kleine womöglich zu weinen begann. Doch nichts dergleichen geschah. Sie sah ihn fröhlich und mit einem vorbehaltlosen Vertrauen an, wie nur Kinder es hatten. Hamza ging in diesem Augenblick der Gedanke durch den Kopf, dass die Kinder den Erwachsenen im Denken womöglich oftmals voraus waren.

»Na, dann komm, Franz. Ich zeige euch alles.«

»Vielen Dank, Hamza.« Therese winkte ihnen, als Franz sich an der Ecke noch einmal kurz umdrehte. Dann verschwanden die drei aus ihrem Blickfeld.

Malambuku stand auf und sagte: »Malambuku wieder in Küche gehen.«

»Aber ich dachte, wir erzählen noch ein wenig.« Therese blickte ihn freundlich an.

»Malambuku in Küche, und Sango Nyango sagen, wie schön, gekommen nach Kamerun.« Er grinste Robert breit an. »Schöne Nyango, Sango glücklich.«

Robert war es ein wenig unangenehm, dass Malambuku so genau über seine Gefühle für Therese Bescheid wusste und dies auch in Worte fasste. Doch Therese schien es zu gefallen.

»Malambuku, ich glaube fast, ihr beide habt mehr über mich gesprochen, als ihr zugebt.«

Malambukus Grinsen wurde noch breiter. »Malambuku nicht versteht, was Nyango sagen.«

»Jaja, ich habe schon kapiert«, lachte Therese auf.

Malambuku ging ins Haus, und Therese und Robert waren nun endlich allein. Einen Moment sagte keiner von beiden ein Wort. Fast wirkten sie beklommen.

Robert räusperte sich. »Ich hoffe, ich habe dich mit meinem Brief nicht schockiert. Ich meine, weil ich so offen war.«

»Ich schätze es, wenn man mir gegenüber offen ist. Es erleichtert die Dinge sehr.« Sie griff zum Glas, war ein wenig verlegen. »Du könntest ebenso schockiert sein, dass ich den Brief als Anlass genommen habe, zusammen mit den Kindern hierherzukommen und dich zu überfallen.«

Robert schüttelte den Kopf. »Ich bin alles Mögliche, aber gewiss nicht schockiert. Ganz im Gegenteil. Ich weiß nicht, ob ich mich jemals in meinem Leben so gefreut habe wie heute.«

»Das ist schön. Genau das hatte ich gehofft.«

»Wie haben die Kinder reagiert, als du ihnen sagtest, dass ihr herkommen würdet?«

»Du kennst ja Franz. Er war begeistert. Helene, nun ja, sie ist noch zu klein. Und offen gesagt, macht mir das ein wenig Sorge. Denn ich habe sie aus ihrer gewohnten Umgebung gerissen, ohne dass sie selbst sagen konnte, was sie will.«

»Sie will bei ihrer Mutter sein, dann ist sie glücklich.«

»Ich hoffe, dass es so einfach ist.«

»Wie war denn die Überfahrt?«, fragte Robert nun, weil er spürte, dass Therese durchaus Zweifel über ihr Kommen hatte und er ihnen nicht sofort Raum lassen wollte.

»Gut. Sehr gut sogar. Ich hätte es mir ärger vorgestellt. Wahrscheinlich war es auch deshalb so angenehm, weil ich gleich zu Beginn eine interessante Frau kennengelernt habe. Vielleicht kennst du sie? Lieselotte Heemsen.«

»Lieselotte Heemsen? Ein Gesicht habe ich gerade nicht dazu vor Augen, doch der Name sagt mir etwas. Ist sie die Frau von Oberleutnant Heemsen?«

»Ganz recht. Ich habe Oberleutnant Erich Heemsen vorhin bei unserer Ankunft kennengelernt. Ein wirklich reizender Mensch. Er hat sich um unseren Transport zur Farm gekümmert.«

»Wirklich? Na, dann muss ich ihm am Sonntag dafür danken.«

»Weißt du, was mir bei ihnen besonders gefallen hat?«, fragte Therese.

»Nein, was?«

»Wie seine Frau und er miteinander umgingen. So liebevoll und aufmerksam. Sie haben sich herzlich umarmt und sogar in aller Öffentlichkeit geküsst, ganz so, als gäbe es die anderen Menschen um sie herum gar nicht. Dabei war er in seiner Uniform als Vertreter des Deutschen Reiches zu erkennen. Stell dir das mal in Wien oder bei euch in Hamburg vor! Das wäre doch undenkbar.«

»Hier ist es wirklich anders«, stimmte Robert zu. »Das Leben hier ist … wie soll ich sagen … irgendwie freier, ungezwungener. Ich bin mir sicher, dass es dir hier gefallen wird.« Er überlegte, ob er die Frage stellen sollte, die ihm schon die ganze Zeit im Kopf herumschwirrte. Doch er beschloss, dass es zu früh dafür war, obwohl er nur zu gern gewusst hätte, wie lange sie und die Kinder zu bleiben gedachten. Waren sie gekommen, um wie im letzten Jahr in Hamburg nur ein wenig Abstand von dem Leben in Wien zu bekommen? Oder wollte Therese mit Robert zusammen herausfinden, ob es für sie eine gemeinsame Zukunft gab? Die Frage brannte in ihm, doch er ließ sie nicht heraus.

»Ja«, Therese sah sich um, »das glaube ich tatsächlich auch.« Sie beugte sich vor. »Wie ist es dir hier ergangen in den letzten Monaten?«, fragte sie und lenkte das Gespräch damit in eine andere Richtung.

»Es war kein gutes Gefühl, hierherzukommen in dem Wissen, dass Heinrich Begemann nicht mehr lebt. Manches Mal, wenn mir meine Augen einen Streich spielen wollen, sehe ich ihn noch immer in einiger Entfernung auf der Plantage. Wenn ich dann genauer hinschaue, ist niemand da. Oder auch bei den sonntäglichen Treffen der deutschen Gemeinde nach dem Gottesdienst glaube ich gelegentlich, ihn im Gedränge zu entdecken und will ihn schon grüßen, nur um dann zu begreifen, dass es lediglich ein Mann von ähnlicher Statur ist. Ja, er fehlt mir wirklich sehr. Es ist nicht mehr dasselbe ohne ihn, obwohl wir kaum gemeinsame Zeit hier verbracht haben. Er war in Kamerun, ich in Hamburg. Doch durch unseren regelmäßigen Briefwechsel war es mir, als hätten wir Jahrzehnte Seite an Seite gelebt. Er hat mir von seinem Leben hier berichtet und ich ihm von meinem in Hamburg, und irgendwie waren wir so stets auch mit den Gedanken beim anderen. Er fehlt mir mehr, als ich sagen kann. Er war nicht nur unser Verwalter, er war mein Freund. Und dass ausgerechnet er, dem die Menschen hier aufrichtig am Herzen lagen, diesen völlig unnötigen Auseinandersetzungen und Streitereien zum Opfer gefallen ist, stellt für mich die größte Unsinnigkeit dar.«

»Ich verstehe dich sehr gut. Nach Karls Tod habe ich es als das Schlimmste empfunden, dass die Welt sich einfach wie gewohnt weiterdrehte und alles seinen Gang ging, nur eben nicht für mich, nicht für uns, die wir ihn geliebt haben.«

»Ja, das fasst es gut zusammen.«

»Was hat dich letztendlich bewogen, hierbleiben zu wollen?«

»Wenn du mich so fragst, dann war es Sanula. Sie – und das, wofür sie steht.«

»Sanula?«

Robert schmunzelte, weil er ahnte, was Therese in diesem Moment denken musste. »Sanula ist eine junge Duala-Frau, jünger noch als Luise, die von zwei Weißen, zwei Brüdern, schwer misshandelt und aufs Grausamste missbraucht wurde. Ich hatte das Glück, ihr beistehen zu können. Bei dieser Gelegenheit habe ich übrigens Oberleutnant Heemsen kennengelernt, von dem du vorhin so begeistert sprachst. Die beiden Brüder, ihr Nachname ist Kraft, hatten eine Plantage, die dann im Namen des Deutschen Reichs konfisziert wurde. Sanula arbeitet seither für mich hier auf der Plantage und lebt bei ihren Leuten, den Duala. Ihr konnte ich helfen, doch glaub mir, es gibt hier noch genug Deutsche, die sich auf eine so ekelhafte Art und Weise benehmen, dass ich der Überzeugung bin, es braucht mehr anständige Weiße, die sich ihnen entgegenstellen.«

»Wie wurden diese Brüder denn bestraft?«

»Wie ich schon sagte, die Krafts haben ihre Plantage verloren, und sie mussten Kamerun verlassen. Zu Hause im Deutschen Reich werden sie jedoch unbehelligt leben können, und ihnen werden keine Nachteile aus ihrem Handeln entstehen. Außer eben der finanzielle Verlust.« Robert seufzte. »Ich mache mir da nichts vor, Therese. Wären nicht die Dahomey- oder auch die Bakwiri-Aufstände gewesen, hätten solche Kerle wie die Brüder Kraft ihr Tun einfach fortsetzen können. Nur deshalb, weil die Unruhen immer größer wurden, geht die deutsche Regierung überhaupt gegen solche Menschen vor, um ihrem Treiben Einhalt zu gebieten. Doch auch das, da bin ich sicher, geschieht nicht so sehr aus moralischen Gründen, sondern weil durch die Beschlagnahme der Güter dem Reich ein finanzieller Vorteil entsteht. Ansonsten könnten Leute wie die Krafts wahrscheinlich unbehelligt weiter auf die Einheimischen einprügeln.«

»Das ist grauenhaft.« Therese schluckte schwer.

»Nicht nur das. Es ist einfach vollkommen überflüssig. Meine Duala sind mir so treu ergeben und fühlen sich nicht nur wegen ihrer Anstellung verpflichtet. Sie kümmern sich um alles, und fast könnte man meinen, sie seien stolz darauf, ihren Teil zum wirtschaftlichen Erfolg der Plantage beitragen zu können. Sie wollen gar nicht viel. Doch ist es denn ein Wunder, dass die Einheimischen aufbegehren, wenn ihnen immer mehr und mehr genommen wird und sie dafür auch noch wie tollwütige Hunde geprügelt werden?« Robert hatte sich in Rage geredet, was er augenblicklich bereute, als er Thereses schockiertes Gesicht sah. »Ich wollte dich keinesfalls beunruhigen«, versuchte er nun zu beschwichtigen.

»Du beunruhigst mich nicht«, stellte sie klar. »Offen gesagt, macht es mich einfach nur wütend.«

Robert lächelte. »Ja, so geht es mir auch.«

»Aber denkst du denn wirklich, etwas dagegen tun zu können? Ich meine, glaubst du, ein Umdenken zu erzielen?«

»Ich bin nicht so naiv, zu glauben, dass ich es schaffe, aus einem Schwarzenfeind einen Schwarzenfreund zu machen«, erwiderte er. »Doch ich denke, dass es mehr als einen Weg gibt, den Weißen, die ein solch übles Verhalten an den Tag legen, zu zeigen, dass es falsch ist. Nicht, weil sie verstehen würden, dass es menschenverachtend ist, wie sie sich benehmen. Jemand, der sich so verhält wie beispielsweise die Kraft-Brüder, würde bei gut gemeinten Ermahnungen nicht einmal zuhören. Doch wenn wir hier hart durchgreifen und damit eine klare Grenze aufzeigen, dann wird dies etwas bewirken. Und selbst wenn sich solche Menschen nur aus Angst vor den Folgen zurückhalten, dann ist es immerhin schon etwas. Hauptsache, dieses Vergewaltigen, Prügeln, Erniedrigen, ja sogar Morden hört auf. Und zwar ein für alle Mal.«

Therese sah ihn nachdenklich an, sagte aber nichts.

»Was denkst du jetzt?«, fragte Robert etwas verunsichert. »Dass es nicht klug von dir war, dich einem Mann anzuschließen, der vor einem aussichtslosen Kampf steht?«

»Nein, das dachte ich ganz und gar nicht.« Sie beugte sich zu ihm, und er tat es ihr gleich. Dann nahmen sie sich bei den Händen und sahen einander tief in die Augen. »Ich dachte eben, dass ich es wunderbar finde, mit welcher Leidenschaft du dich für andere einzusetzen bereit bist, auch wenn es dir vermutlich nichts als Schwierigkeiten bringt.«

»Die Schwierigkeiten halte ich aus«, erwiderte Robert. »Um einen Hamburger wie mich umzuwerfen, braucht es schon etwas mehr als nur ein laues Lüftchen.«

Therese überlegte einen Moment, dann fingerte sie einen Brief hervor. »Ich bin dir übrigens noch etwas schuldig.«

»Du mir?«, fragte Robert verdutzt nach.

»Aber ja – eine Antwort.« Sie lächelte ihn an. »Du hast mich in deinem Brief gefragt, ob ich deine Frau werden möchte und mir vorstellen könnte, mit den Kindern bei dir in Kamerun zu leben.«

Roberts Hals wurde eng, denn obwohl Therese lächelte, hatte er Furcht, ob sie sich wirklich zu einem Jawort durchringen mochte.

Therese reichte ihm den Brief, hielt ihn aber noch fest, sodass Robert ihn nicht gleich öffnen konnte. »Ich habe ihn schon zu Hause geschrieben. Doch nach dem, was du eben gesagt hast, weiß ich, dass ich ihn dir jetzt sofort geben will.« Sie ließ den Brief los, und Robert faltete das Blatt Papier auseinander. Nur ein einziges Wort stand darauf:

Ja!

Robert faltete den Brief wieder zusammen und sah Therese an. Er suchte nach Worten, fand aber keine. Dann sprang er auf, zog auch sie in die Höhe, umarmte und küsste sie.

Therese traten Tränen in die Augen, aber noch vor ihm fand sie ihre Stimme wieder. »Ja, Robert. Ich bin ganz sicher. Ja und immer wieder ja.«

6. Kapitel

Hamburg, Mittwoch, 3. April 1895

Oscar Thalmann wusste nicht, was er hier eigentlich sollte. Als er am Montag den ungewöhnlichen Auftrag erhalten hatte, fand er ihn zunächst noch reizvoll, doch inzwischen langweilte er sich bereits. Wozu sollte er diesem Kerl auf Schritt und Tritt folgen, wenn der doch nichts anderes tat, als ins Kontor zu fahren, wo er den Großteil des Tages verbrachte, und dann wieder nach Hause? Thalmann hatte es sich wahrlich aufregender vorgestellt. Gestern Mittag hatte dieser Richard Hansen, den er beobachtete, mit einem anderen Mann in einem Restaurant an der Alster zu Mittag gegessen. Danach war er direkt ins Kontor zurückgekehrt, und Oscar hatte seinen Beobachtungsposten schräg gegenüber dem Gebäude wieder eingenommen. Das war alles gewesen.

Auch jetzt stand er wieder hier, und bei dem Regen, der heute den ganzen Tag auf ihn niederprasselte, wurde seine Laune von Minute zu Minute schlechter. Fast hätte Oscar, weil er, um sich vor dem Regen zu schützen, den Kopf tief gesenkt hatte, gar nicht mitbekommen, dass Hansen soeben das

Gebäude verließ, den Kragen hochschlug und vom Kontor aus nach links in Richtung Baumwall abbog. Thalmann blieb noch einen Moment in seinem Versteck, dann ging er ihm hinterher, folgte ihm in einigem Abstand durch die Straßen und Gassen, bis Hansen schließlich vor einem Haus in der Hopfenstraße stehen blieb und anklopfte.

So nah er irgend konnte, schlich Oscar heran, um ja nichts zu verpassen, hielt jedoch gerade noch so viel Abstand, dass man ihn nicht entdeckte. Wobei dies wahrscheinlich ohnehin nicht der Fall wäre, weil er von seinen Mitmenschen sowieso meistens übersehen wurde. Ja, Oscar war das, was man einen Durchschnittstyp nannte. Etwas kleiner als eins achtzig und mit dunklen, jedoch nicht richtig braunen Haaren. Seine Schultern waren nicht gerade breit, und sosehr er sich auch mühte, sich modisch zu kleiden, hatte er doch immer den Eindruck, dass selbst der beste Anzug bei ihm ziemlich durchschnittlich wirkte. Es war eben, wie es war: Er war unauffällig, eine graue Maus. Doch vermutlich hatte er jenem Umstand diese besondere Aufgabe zu verdanken.

Er sah, wie die Tür einen Spaltbreit geöffnet wurde, dann ging sie ganz auf, und Hansen verschwand im Haus. Thalmann blickte sich um. Wo könnte er warten, bis Hansen wieder herauskäme? Er wollte einerseits nicht gesehen werden und andererseits keinesfalls etwas verpassen. Thalmann entdeckte einen Spalt zwischen zwei Häusern, vor dem sich ein Holzbrett wie eine Art einfacher Tür befand. Er ging dorthin und prüfte, ob das Brett beweglich war. Mit einem leisen Quietschen gab es nach. Also schlüpfte Oscar in den Spalt und hielt das Brett so weit auf, dass er die Haustür, hinter der Richard Hansen verschwunden war, gut im Blick behalten konnte. Dann wartete er. Und wartete. Zwar war er hier einigermaßen vor dem Regen geschützt, doch der Spalt war sehr eng, und die Ungewissheit, wie lange er hier womöglich ausharren musste, ließ ihn schon wieder ziemlich mürrisch werden.

Es waren Stunden vergangen, und es war bereits dunkel, als die Tür endlich wieder geöffnet wurde. Oscar, der sich anfangs nur an die Hauswand angelehnt, irgendwann aber einfach auf den schmutzigen Boden gesetzt hatte, rappelte sich auf. Mehrere Männer traten aus dem Haus, darunter auch Richard Hansen. Sie verabschiedeten sich auf der Straße voneinander und gingen dann in unterschiedliche Richtungen davon. Kurz bevor die Tür sich wieder schloss, konnte Oscar noch einen Blick auf den Hausherrn werfen – einen grobschlächtigen Kerl, der auf ihn einen dubiosen Eindruck machte. Was hatte einer wie Richard Hansen mit so einem Menschen zu tun, der aussah, als verhökerte er auf dem Altonaer Fischmarkt seine Waren?

Oscar Thalmann wartete noch einen Moment, dann folgte er Richard Hansen, der denselben Weg wie vorhin zurück zum Kontor einschlug. Dann bog er jedoch ab und hielt auf den Kutschenstand zu, an dem zwei Gespanne bereitstanden. Hansen sprach kurz mit dem vorderen Kutscher, der sich nicht mal die Mühe machte, vom Bock herunterzukommen. Dann bestieg Richard die Kutsche, die sich sofort in Bewegung setzte. Oscar wartete, lief dann hinüber und wies den anderen Kutscher an, seinem Vormann zu folgen. Der nickte nur, und kaum dass Oscar saß, fuhr er los. Hinter sich hörte Oscar Pferdegetrappel und sah aus dem Rückfenster. Eine weitere Kutsche kam und nahm den frei gewordenen Standplatz ein. Zuvor war eine dritte Kutsche nicht zu sehen gewesen, und Oscar fragte sich, wie der Mann wissen konnte, dass die Plätze soeben verlassen worden waren. Er fand darauf jedoch keine Antwort und kümmerte sich dann auch nicht weiter darum. Er musste an Richard Hansen dranbleiben, komme, was wolle.

Schon bald erkannte Oscar, dass die Kutsche den direkten Weg zur Hansen'schen Villa einschlug, den er die letzten zwei Tage zur Genüge kennengelernt hatte. Er wies den Kutscher an, das Pferd zum Halten zu bringen, und ließ sich schließlich zu seiner eigenen Unterkunft fahren. Er zog einige zurechtgeschnittene Zettel, die er seit Annahme des Auftrags, Richard Hansen zu beschatten, immer bei sich trug, zog seinen Kohlestift hervor und notierte sowohl die Uhrzeit als auch die Adresse des Hauses, in dem Hansen sich insgesamt vier Stunden aufgehalten hatte. Dann verstaute er beides wieder in der Jackentasche.

Er war klatschnass, als er seine Unterkunft betrat, und zog sich noch im Flur die nassen Sachen aus. Dann ging er in die Küche, schnitt sich eine Scheibe Brot und ein Stück Schinken ab, legte alles auf einen Teller und stellte ihn zusammen mit dem Bier, das er sich genommen hatte, neben seinem Bett auf den Nachttisch. Zwar hätte er seine nassen Sachen am liebsten sich selbst überlassen, doch er wusste, dass er sie dann auch gleich hätte wegwerfen können. Also nahm er die Zettel und den Kohlestift aus der Tasche, zog Hemd, Unterwäsche und Strümpfe durch Seifenwasser, spülte sie aus und drapierte alles über ein Stück Wäscheleine. Hose und Jacke hängte er auf einen Bügel. Hoffentlich waren die Sachen morgen früh wieder trocken.

Dann konnte er endlich ins Bett, wo er sein Brot aß, das Bier trank und noch einen letzten Blick auf seine Notizen warf. Zu gern hätte er gewusst, was Richard Hansen mit den anderen Männern in dem Haus zu schaffen gehabt hatte. Er wusste nicht genau, woran er es festmachte, doch hätte er die Männer nicht unbedingt für Freunde gehalten. Dafür sahen sie einfach zu unterschiedlich aus. Soweit Oscar es beurteilen konnte, war Richard Hansen der einzige wirklich vermögende in dieser Gruppe von Männern. Wenn von den anderen noch jemand Geld besaß, so sah man es ihm zumindest nicht an.

Langsam, aber sicher hatte er nun doch das Gefühl, dass die Sache spannend werden konnte. Zumindest war sein Ehrgeiz geweckt, mehr über den Bewohner in der Hopfenstraße herauszufinden, bei dem sich Hansen und die anderen Männer so viele Stunden aufgehalten hatten.

Als er das Brot aufgegessen hatte, stellte er den leeren Teller neben seinem Bett ab, trank den letzten Schluck Bier und ließ die Flasche neben den Teller auf den Boden sinken. Dann legte er seine Notizen auf den Nachttisch und pustete die Kerze aus. Er wollte nur noch schlafen. So erschöpft er auch war, hatte er doch Schwierigkeiten, zur Ruhe zu kommen. Seine Beine waren vom stundenlangen Stehen im Regen noch immer steif und klamm. Doch das war es nicht allein, was ihn keinen Schlaf finden ließ. Er war in Gedanken noch immer bei Richard Hansen. Nicht nur, weil er sich fragte, was der in dem Haus getrieben hatte. Vielmehr fragte sich Oscar Thalmann, weshalb er überhaupt den Auftrag bekommen hatte, Hansen nachzuspionieren. Wessen wurde er verdächtigt, dass es so wichtig war, alles über ihn in Erfahrung zu bringen? Vor allem aber: Auf welches Geheimnis würde Oscar womöglich stoßen, wenn er tiefer und tiefer in die Welt Richard Hansens eindrang?

Über diesen Gedanken schlief er ein und erwachte am nächsten Morgen gerade noch rechtzeitig, um vor dem Kontor der Familie Hansen am Hafen Stellung zu beziehen. Wieder würde er warten, bis Richard Hansen dort eintraf, und wieder würde er ausspionieren, was dieser dann den Tag über trieb.

Nach einer halben Stunde fuhr die Kutsche mit Richard Hansen und dessen Cousine Luise Petersen vor, die ihr kleines Kind dabeihatte. So war es auch schon die letzten Tage gewesen. Gemeinsam betraten sie das Kontor und verschwanden damit aus Oscars Blickfeld. Ihm war ausdrücklich aufgetragen worden, dass er das Kontor nicht betreten durfte. Er sollte Richard Hansen nur außerhalb des Geschäftshauses überallhin folgen und die Observation beenden, wenn dieser wieder in die Villa der Familie zurückkehrte. So und nicht anders hatte er es auch die vorherigen Tage gemacht.

Heute war Donnerstag, und am kommenden Montag musste er das erste Mal einen Bericht abliefern. Er hoffte, wenn er seine Aufgabe gut machte, auf eine Beförderung oder zumindest die Anerkennung, etwas Besonderes geleistet zu haben, was seine Aussichten auf eine bessere Stellung in naher Zukunft womöglich vergrößerte. Schließlich wollte er nicht ewig in seiner jetzigen Unterkunft hausen, die er möbliert angemietet hatte, weil er nichts Eigenes besaß. Ja, er besaß Ehrgeiz. Wahrscheinlich hatte er überhaupt nur deshalb diese Aufgabe übertragen bekommen.

Er trug dieselbe Anzughose wie gestern und war überrascht, dass sämtliche Kleidungsstücke über Nacht tatsächlich getrocknet waren. Heute hatte der Himmel aufgeklart, und es bestand die berechtigte Hoffnung, dass Oscar trockenen Fußes durch den Tag kommen würde.

Sein Magen knurrte, und er bereute, nicht etwas früher aufgestanden zu sein, um noch frühstücken zu können. Andererseits war das nächste Café nicht weit von hier, und da Richard Hansen gerade erst das Kontor betreten hatte, würde er gewiss eine Weile dortbleiben. Und wem nützte es schon, wenn Oscar vor lauter Magenknurren womöglich entdeckt würde? Kurz zögerte er, dann lief er eilig die Straße entlang bis fast zum Ende, wo sich das Café befand, von dem er wusste, dass es schon zu so früher Stunde geöffnet hatte. Man bekam hier heißen Kaffee und frisches Gebäck, auch sogenannte Berliner.

Er grüßte beim Eintreten und setzte sich gleich an den ersten Tisch neben der Tür. Sofort hob er den Arm, um seine Bestellung aufzugeben.

»Guten Morgen, der Herr«, begrüßte ihn die Bedienung. »Soll ich Ihnen etwas empfehlen, oder soll es etwas von der Karte sein?«

»Ich möchte gern einen Kaffee und dazu einen Berliner.

Und bitte rasch. Ich habe leider nicht viel Zeit.«

»Ich beeile mich«, gab sie freundlich zurück und ging wieder.

Sie hielt Wort, denn es dauerte nur wenige Augenblicke, bis sie mit dem Bestellten zurück war. »Bitte sehr, der Herr.«

»Danke. Was bin ich schuldig?«

»Das macht zusammen fünf Groschen.«

Oscar zählte die Münzen ab und gab zehn Pfennig Trinkgeld. »Das stimmt so.«

»Vielen Dank, der Herr. Dann noch einen schönen Tag.« Damit verschwand sie wieder vom Tisch und überließ den frühen Gast seinem eiligen Mahl.

Oscar setzte die Tasse an seine Lippen, stieß jedoch einen Zischlaut aus, bevor er überhaupt getrunken hatte. Schon allein der Tassenrand war so heiß, dass man die Temperatur des Kaffees ahnen konnte. Sofort stellte Thalmann die Tasse wieder ab und biss dafür herzhaft in den Berliner, worauf die Marmelade darin seitlich auf seinen Finger tropfte.

Er war froh, dass er bisher der einzige Gast war und niemand sah, wie schlecht er sich hier beim Essen benahm. Wenn seine Mutter früher stets auf eines geachtet hatte, dann waren es die Tischmanieren. Er schob den Gedanken beiseite. Sie war jetzt nicht hier, um ihn zu maßregeln, und außerdem erforderten besondere Situationen besonderes Vorgehen. Zwar hatte die Art und Weise, wie er aß, nicht das Geringste mit seinem Auftrag zu tun. Doch irgendwie musste er ja vor sich selbst rechtfertigen, dass er nun die Marmelade vom Finger leckte und dann eilig den ersten Schluck Kaffee nahm. Die Flüssigkeit lief heiß seine Kehle hinab. Wieder nahm er ein paar Bissen von dem Berliner und schob sich schon das letzte Stück in den Mund, während die Kaffeetasse noch immer fast voll vor ihm stand. Oscar setzte sie noch einmal an die Lippen, trank zwei kleine Schlucke. Nein, es war einfach zu heiß. Und noch länger zu warten, bis der Kaffee ein wenig abgekühlt war, konnte er nicht mit seinem Gewissen vereinbaren. Kurz überlegte er, noch rasch den Waschraum aufzusuchen, um sich die klebrigen Finger abzuspülen. Doch selbst das würde womöglich zu lange dauern. Wenn nun Richard Hansen ausgerechnet heute das Kontor nach kurzer Zeit wieder verließ und sich wer weiß wohin auf den Weg machte, würde Oscar es hier vor seinem viel zu heißen Kaffee nicht einmal bemerken. Nein, er musste das Getränk stehen lassen, sich auch das Händewaschen verkneifen und sich eiligst auf den Rückweg machen.

Oscar stand auf und verließ das Café. Im Weggehen hörte er noch, dass die Serviererin ihm abermals einen schönen Tag wünschte.

Als er das Kontor der Hansens wieder erreichte, schien alles unverändert. Die Kutsche, mit der Luise Petersen und Richard Hansen gekommen waren, stand noch immer direkt vor dem Gebäude. Der alte Kutscher, der die Herrschaften täglich fuhr, hockte nach wie vor auf dem Bock. Auch wenn er es natürlich nicht mit Gewissheit sagen konnte, glaubte Oscar doch, dass Richard Hansen das Gebäude nicht in der kurzen Zeit verlassen hatte, die er im Café gewesen war. Er ging hinüber auf die andere Straßenseite und bezog wieder zwischen den beiden Häusern Position, genau dort, wo er auch die letzten Tage gewartet hatte. Er kramte seinen Kohlestift und die Zettel hervor und notierte, wann Richard Hansen am Morgen zur Arbeit gekommen war. Dann steckte er seine Utensilien wieder ein und machte es sich, so gut es ging, bequem. Vermutlich würden erneut Stunden vergehen, die er hier auszuharren hatte.

Es verging einige Zeit, ohne dass sich etwas tat. Dann erregte plötzlich eine Person Oscars Aufmerksamkeit, die mit schlurfenden Schritten die Straße entlangkam. Oscar richtete sich auf, zog sich aber dabei noch tiefer in den Spalt zurück, um nur ja nicht gesehen zu werden. Täuschte er sich, oder war das der grobschlächtige Kerl von gestern, in dessen Haus Richard Hansen und die anderen Männer so viele Stunden verbracht hatten?

Oscars Herzschlag beschleunigte sich, als er sah, dass der Mann direkt auf das Hansen'sche Kontor zuhielt und schließlich im Gebäude verschwand. Er wartete, ließ den Eingang nicht aus den Augen. Erst tat sich nichts, dann wurde die Tür aufgestoßen, und der Mann kam zusammen mit Richard Hansen wieder heraus. Richard hatte ihn am Arm gepackt und zerrte ihn wütend mit sich, obwohl der andere Richard körperlich um einiges überlegen war und es nur eine einzige Bewegung seines kräftigen Armes gebraucht hätte, um sich aus dem Griff zu befreien.

Oscars Atem stockte, als er sah, dass die beiden direkt auf ihn zuhielten. Er trat noch ein Stück weiter in den Spalt, ja er presste sich so weit hinein, dass man ihn nur dann wahrnahm, wenn man wirklich auf ihn achtete. So konnte er zwar die Männer nicht mehr sehen, hoffte jedoch, dass dies auch umgekehrt der Fall war.

»Verdammt noch mal, was soll das?«, hörte er nun eine Stimme. Offenbar waren die beiden auf seine Straßenseite gekommen und nur ein Stückchen von Oscars Versteck entfernt stehen geblieben. »Ich habe gesagt, dass du nicht hierherkommen darfst!«, hörte er die Stimme erneut.

Oscar wagte sich etwas vor, bückte sich und linste aus seinem Versteck hervor.

Richard Hansen und der Grobschlächtige standen direkt voreinander, und Hansen fuchtelte ihm mit dem Zeigefinger vor dem Gesicht herum.

»Die anderen werden unruhig, und ich habe einen Ruf zu verlieren. Bei mir wird gleich bezahlt, das weißt du.«

»Halt dein verdammtes Maul!«, schimpfte Hansen und sah zu dem Kutscher hinüber, um zu prüfen, ob dieser etwas von der Unterhaltung mitbekam. Der saß jedoch zusammengesunken da und döste offenbar vor sich hin. »Du hast von mir immer dein Geld gekriegt und die anderen auch.«

»Bei mir gibt es keine Extrawurst, Hansen. Entweder du bezahlst, oder du bist raus. Und das Geld hole ich mir so oder so.«

Richard Hansen lief rot an vor Wut. »Ich komme am Samstagabend und bringe das Geld mit. Und du machst, dass du wegkommst, und lass dich hier bloß nicht noch mal blicken!«

»Samstagabend«, wiederholte der andere und zeigte sich unbeeindruckt von Richards Drohgebärden. »Und wenn nicht, stehe ich am Montag wieder in deinem Kontor, und wir klären das Ganze in deinem Büro.«

»Jetzt hau bloß ab!«

Der Grobschlächtige starrte Hansen wortlos an, machte dann kehrt und ging in die Richtung zurück, aus der er gekommen war.

Oscar zog sich wieder etwas tiefer in sein Versteck zurück. Kurz erschien Richard Hansen in seinem Blickfeld, als er an dem Spalt vorbeiging und dann die Straße überquerte. Oscar wagte sich erneut weiter vor und sah gerade noch, wie Hansen wieder im Kontorgebäude verschwand. Er zog Zettel und Kohlestift hervor, notierte das Gehörte aus dem Gedächtnis.

Oscar überlegte, was zu tun war. Eigentlich sollte er Hansen nicht aus den Augen lassen, doch ein Gefühl sagte ihm, dass es angezeigt war, den Namen des Grobschlächtigen herauszufinden. Damit würde er Einsatz und Eigeninitiative beweisen und einer Beförderung möglicherweise näher kommen. Er fasste einen Entschluss, gab sein Versteck auf und lief dem Grobschlächtigen hinterher. Dieser war, wenn Oscar sich an den Weg von gestern Abend noch richtig erinnerte, auf direktem Weg zu seinem Haus. Ohne weiter darüber nachzudenken, folgte er ihm in einigem Abstand. Doch wie sollte er den Kerl dazu bringen, ihm seinen Namen zu verraten?

Oscar blieb an ihm dran, ohne dass der andere ihn bemerkte. Schließlich verschwand er in dem Haus in der Hopfenstraße, das Oscar gestern den gesamten Abend über nicht aus den Augen gelassen hatte.

Er wartete noch einen Moment, dann lief er zur Tür. Ein Namensschild war nirgendwo angebracht. Oscar überlegte, was er tun sollte. Ohne groß darüber nachzudenken, klopfte er an. Das Herz schlug ihm bis zum Hals, als die Tür mit Schwung geöffnet wurde und der Grobschlächtige direkt vor ihm stand. »Ja?«

Oscar sah zu ihm auf. »Moin. Sind Sie Herbert Schulz?«

»Was? Nein, der bin ich nicht.«

»Aber in diesem Haus soll Herbert Schulz wohnen«, erwiderte Oscar leutselig. »Wären Sie so freundlich, mir zu sagen, ob er zu sprechen ist?«

»Sie haben sich in der Hausnummer geirrt.« Der Mann machte Anstalten, Oscar die Tür vor der Nase zuzuschlagen.

»Ich bitte um Verzeihung, aber das ist doch hier die Hopfenstraße Nr. 16?«

»Ja, aber ein Herbert Schulz wohnt hier nicht.«

»Aber das ist doch die richtige Anschrift!«

»Keine Ahnung, ob man Ihnen eine falsche Adresse gegeben hat. Aber hier wohnt auf jeden Fall kein Herbert Schulz.«

»Darf ich fragen, wie Sie heißen?«

»Greuter. Dieter Greuter, wieso?«

»Nein, dann meine ich Sie wirklich nicht«, stellte Oscar fest. »Entschuldigen Sie bitte die Störung, und einen schönen Tag noch.« Er hob den Hut und machte kehrt. Im Weggehen hörte er, wie die Tür krachend ins Schloss geworfen wurde.

Oscar war zufrieden mit sich. Er hatte den Namen erfahren, wenngleich er durchaus nicht sicher gewesen war, ob dieser

Greuter ihn ihm nennen würde. Er würde künftig noch an seiner Methode arbeiten, wie er an die Informationen gelangte, die er brauchte. Doch für den Moment hatte er alles erreicht, was er wollte, und war mit sich im Reinen. Jetzt würde er zum Kontor zurückgehen und dort seinen Beobachtungsposten wieder einnehmen. Er war gespannt, was noch alles geschehen würde. So langsam begann das Ganze ihm richtig Spaß zu machen.

7. Kapitel

Wien, Donnerstag, 4. April 1895

»Frederike?« Die Überraschung stand Florentinus ins Gesicht geschrieben.

»Guten Tag, Florentinus. Vielen Dank, dass du dir kurz Zeit für mich nimmst.«

»Bitte, nimm Platz.« Florentinus wies auf einen der Stühle, die vor seinem Schreibtisch standen.

Er versuchte die Nervosität zu überspielen, die ihn befallen hatte, als seine Sekretärin ihm mitgeteilt hatte, Frederike Hansen wünsche ihn zu sprechen. Die Gedanken rasten wild durch seinen Kopf. Was wollte Frederike nur? Suchte sie eine Aussprache mit ihm, weil sie die angespannte Situation zwischen ihnen bereinigen wollte? Oder war sie hier, um ihn darüber zu informieren, dass sie ihn nach all den Jahren doch noch bei der Sicherheitswache anzeigen und der Homophilie beschuldigen wollte? Wie sollte er dann darauf reagieren? Betteln und sie anflehen, es nicht zu tun? Doch welchen Grund sollte sie haben nach der ganzen Zeit?

»Kann ich dir einen Kaffee oder etwas anderes anbieten? Eine Schokolade vielleicht?«

»Ein Glas Wasser würde ich sehr gern nehmen. Vielen Dank.«

Die Sekretärin von Florentinus, die im Türrahmen gestanden und gewartet hatte, verschwand, um das Gewünschte zu holen. Sie kam mit einem Tablett zurück, auf dem eine Karaffe mit Wasser und ein Glas sowie eine Tasse Kaffee standen, und blieb auf halbem Weg stehen, unschlüssig, ob sie auf dem Schreibtisch servieren sollte oder doch eher in der Sitzecke, in der Florentinus Loising sonst seine Gäste zu bewirten pflegte.

»Bitte, Frau Hochhuth, stellen Sie es hier ab«, sagte Florentinus, der lieber am Schreibtisch sitzen bleiben wollte, weil er das Gefühl hatte, auf diese Weise besser die Kontrolle zu behalten. Vielleicht, weil der Schreibtisch zwischen ihnen stand oder weil Florentinus auf seinem Schreibtischstuhl etwas höher saß als Frederike auf dem Besucherstuhl vor dem Tisch?

Frau Hochhuth stellte die Karaffe und das Wasserglas vor Frederike hin und die Kaffeetasse vor Florentinus.

»Vielen Dank, Frau Hochhuth. Das wäre dann alles. Ich möchte während des Besuchs von Fräulein Hansen nicht gestört werden.«

»Sehr wohl, Herr Loising«, gab die Sekretärin zurück, ging zur Tür und schloss sie dann von außen.

Florentinus nahm die Kaffeetasse in die Hand, trank aber nicht. »Nun, Frederike, wie geht es dir so? Fühlst du dich einsam im Haus, seit Therese mit den Kindern nach Kamerun abgereist ist?«

»Sie fehlen mir tatsächlich sehr. Nicht nur, weil das Haus für eine Person viel zu groß ist. Sonst war es immer voller Leben, hauptsächlich durch die Kinder. Und nun ist alles so still.« Sie bemühte sich um ein Lächeln.

»Das verstehe ich sehr gut«, meinte Florentinus. »Vor allem Franz fehlt, der kleine Wirbelwind mit seinen lustigen Einfällen.«

»Oh ja, er ist ein solcher Schatz. Ich hoffe, dass Therese und die Kinder in Kamerun eine wunderbare Zeit haben werden.«

»Das hoffe ich auch. Therese hat übrigens telegrafiert, dass sie wohlbehalten angekommen sind«, erzählte Florentinus.

»Ja, ich weiß, meinem Vater hat Therese ebenfalls ein Telegramm geschickt.«

»Ich verstehe«, erwiderte Florentinus, und ein peinliches Schweigen entstand.

»Ich … ähm«, begann Frederike, »also …«, stammelte sie, »vermutlich wunderst du dich über meinen Besuch.«

»Nun«, Florentinus räusperte sich, »zumindest habe ich nicht damit gerechnet.«

»Ja, das kann ich mir vorstellen.« Sie war krampfhaft bemüht, nichts Falsches zu sagen.

»Worum geht es denn, Frederike?« Florentinus war angespannt bis in die Haarwurzeln. Frederike war anzumerken, wie schwer ihr der Besuch bei ihm fiel, und er befürchtete, dass er mit seiner Vermutung richtiglag: Sie wollte ihn anzeigen und war nur so fair, ihn vorzuwarnen. Vermutlich drückte die Last, ein solches Verbrechen bisher nicht zur Anzeige gebracht zu haben, zu schwer auf ihrem Gewissen. Zwar ließ ihn dieser Gedanke verzweifeln, doch musste er eingestehen, dass er Frederike Respekt dafür zollte, vorher mit ihm darüber zu sprechen.

»Ich bin wegen Anton hier«, platzte es dann aus ihr heraus.

»Wegen Anton?« Florentinus hob überrascht die Augenbrauen. Er war ebenso konsterniert wie erleichtert, wenngleich ihm nicht im Geringsten klar war, was Frederike von ihm wollen könnte.

Frederike zog die Stirn kraus, als sei sie verärgert, dass Florentinus nicht zu wissen schien, von wem sie überhaupt sprach. »Ja, Anton Messinger, mein Verlobter.«

»Ich weiß schon, welchen Anton du meinst«, erwiderte Florentinus. »Ich bin nur überrascht. Denn ich habe ihn vorhin noch gesehen, und da schien mir alles in Ordnung. Was ist denn mit ihm?«

»Nichts, also, ich meine … es geht ihm gut. Aber …«

»Bitte, Frederike, sag mir frei heraus, was dich bedrückt. Hat Anton sich über irgendetwas beschwert? Ist er nicht zufrieden in unserer Firma?«

»Aber nein, das ist es nicht, ganz im Gegenteil.« Sie nahm einen Schluck Wasser. »Anton möchte etwas aus sich machen, etwas erreichen. Er möchte mehr Geld verdienen und … nun ja, einen besseren Posten bekommen.«

»Sein Engagement ist mir durchaus nicht verborgen geblieben«, sagte Florentinus.

»Du hast es bemerkt?«

»Aber natürlich.«

Frederike strahlte übers ganze Gesicht. »Ich muss sagen, ich bin erleichtert, das zu hören.«

Florentinus sah sie eindringlich an. »Warum bist du wirklich gekommen, Frederike? Das ist mir noch immer nicht klar.«

»Nun, ich wollte ein gutes Wort für Anton einlegen, weil wir doch bald heiraten und dann auch eine Familie gründen wollen. Ich dachte, weil du und ich uns doch kennen und du bisher womöglich gar nicht bemerkt hast, wie viel Anton für deine Firma leistet, könnte ich dich einmal darauf ansprechen …«

»Und einen Gefallen«, er betonte das Wort, »einfordern?«

Frederike spürte einen Kloß im Hals und presste die Lippen zusammen. Das war es also. Das, was seit dem Vorfall damals zwischen ihr und Florentinus stand, war plötzlich mitten im Raum.

»Keine Sorge«, sagte Florentinus. »Ich nehme es dir nicht übel. Es ist vollkommen legitim, dass du dich für deinen Verlobten einsetzt. Und tatsächlich schulde ich dir etwas, das weiß ich.« Er trank nachdenklich einen Schluck Kaffee. »Ich werde Anton befördern, und zwar werde ich ihm die Stelle des Leiters im Verkauf übertragen. Das ist doch die Position, die er anstrebt, oder nicht?«

»Ja, irgendwann schon, aber …«

»Kein Aber. Er bekommt die Stelle und natürlich auch ein entsprechendes Gehalt. Damit ist er eine sehr gute Partie, dein Anton.«

»Das ist wirklich sehr großzügig von dir, Florentinus. Doch ich wollte nicht …«

»Ich denke, wir wissen beide sehr genau, dass du genau das wolltest, es nur nicht zu sagen wagtest.«

»Aber ich glaube im Ernst, dass diese große Beförderung zu früh käme. Anton würde sich wundern und es mir womöglich übel nehmen, dass ich dich aufgesucht habe.«

Florentinus blickte sie an. »Ein Geheimnis gegen ein Geheimnis, Frederike. So läuft dieses Spiel nun zwischen uns. Ich werde Anton nichts von deinem Besuch sagen, und du behältst dein Wissen über mich gleichermaßen für dich.«

»Ich hätte nie etwas über damals gesagt, Florentinus. Niemals!«, beteuerte sie.

»Aber das weiß ich doch. Und nun hast du einen weiteren Grund, es nicht zu tun. Denn wenn dein Verlobter erfährt, dass er diese Beförderung allein dir und nicht seinen Leistungen zu verdanken hat, würde das vermutlich schwer an ihm nagen.«

Frederike fühlte sich äußerst unwohl. Das Gespräch hatte sich in eine Richtung entwickelt, die sie nicht geplant oder auch nur vorausgesehen hatte. Glaubte Florentinus tatsächlich, dass sie gekommen war, um ihn mit ihrem Wissen zu erpressen, damit er Anton die Stelle gab? »Ich hätte nicht herkommen sollen«, sagte sie mehr zu sich selbst.

»Doch, Frederike, es ist gut, dass du gekommen bist. Ich denke sogar, du hast damit den ersten Schritt in die richtige Richtung getan, damit wir beide uns künftig wieder in die

Augen sehen können und das Versteckspiel ein Ende hat. Dafür danke ich dir.«

»Versteckspiel?«

»Du weißt sehr genau, wovon ich spreche.« Florentinus stand auf, ging ans Fenster und wandte Frederike den Rücken zu. »Und ehrlich gesagt, finde ich es hilfreich, dir gegenüber einmal aussprechen zu können, was ich dir seit damals immer sagen wollte: Ich habe Karl geliebt, und ich möchte, dass du verstehst, dass es nichts Schmutziges an sich hatte.«

»Bitte, Florentinus, ich möchte das gar nicht hören.«

»Warum nicht?« Florentinus drehte sich wieder zu ihr um. »Weil wir Männer sind und die Gesetze so rückständig sind, dass man uns für Verbrecher hält?« Er wandte sich erneut zum Fenster um und starrte hinaus. »Ich weiß, dass es dir schwergefallen sein muss, dein Wissen für dich zu behalten. Und ich schäme mich dafür, dass wir dir durch unsere Leichtfertigkeit diese Bürde auferlegt haben. Aber meine Liebe zu Karl war echt.«

»Er war der Mann deiner Schwester!«, wagte Frederike ihrer Empörung Ausdruck zu verleihen.

»Und dafür schäme ich mich und werde es Therese gegenüber immer tun. Doch niemandem sonst bin ich Rechenschaft schuldig«, entgegnete er aufgebracht.

Frederike blickte zu Boden.

Florentinus löste sich vom Fenster, kam wieder herüber und setzte sich auf seinen Schreibtischstuhl. »Nun, es ist auch einerlei, denn Karl ist tot, und es gibt nichts, was ihn wieder lebendig machen könnte. Und dank unserer Übereinkunft heute wird auch nie jemand davon erfahren, was ihn und mich verbunden hat, nicht wahr?«

Frederike schüttelte den Kopf. »Nein, von mir wird es niemand erfahren.«

»Gut. Und ich werde, sobald du weg bist, deinen Anton in mein Büro bitten und ihn befördern.« Er erhob sich und streckte Frederike die Hand entgegen, ganz so, als wollte er auf diese Weise ein Geschäft besiegeln.

Frederike stand ebenfalls auf und ergriff seine Hand.

»Dann sind wir uns also einig«, erklärte Florentinus. »Ein Geheimnis gegen ein Geheimnis«, wiederholte er die Formulierung, die er vorhin schon einmal benutzt hatte. »Ich bin froh, dass es so gekommen ist.«

»Danke«, sagte Frederike und ließ sich von ihm die Hand schütteln. Sie fühlte sich schrecklich, denn obwohl sie nie jemandem von dem erzählt hätte, was Florentinus und ihren Onkel Karl miteinander verbunden hatte, kam es ihr jetzt so vor, als wäre sie diejenige, die etwas Unrechtes getan hatte, und Florentinus wäre derjenige, der davon wusste und sie damit in der Hand hatte.

Wie benommen verabschiedete sie sich von ihm und verließ dann sein Büro. Erst als sie durch das Eingangstor der Eisenwarenfabrik getreten war, erlaubte sie sich, einmal tief durchzuatmen. Doch das beklommene Gefühl hielt an, bis sie schon fast wieder bei Thereses Haus, in dem sie seit einigen Monaten lebte, angekommen war. Sie schloss die Tür auf und ließ sie hinter sich zufallen. Sie hatte den ganzen Tag freibekommen. Am Nachmittag wollte sie sich noch mit Anton treffen, um die Hochzeitsvorbereitungen zu besprechen. Doch bis dahin waren es noch mehrere Stunden.

Wenn heute ohnehin schon ein so unerfreulicher Tag war, konnte sie auch die Gelegenheit beim Schopf packen und gleich noch zu ihrer Mutter gehen, um ihr von dem bevorstehenden Hochzeitstermin zu berichten. Denn als sie, wie mit ihrem Vater vereinbart, letzte Woche am Freitagabend zu ihren Eltern gegangen war, hatte ihre Mutter schon zu früher Stunde im Bett gelegen und sich Ruhe ausgebeten. Frederike war unverrichteter Dinge wieder gegangen und mit ihrem Vater so verblieben, dass er Vera ausrichten solle, wann die Hochzeit stattfinden würde.

Jedoch hatte sie versprochen, innerhalb der nächsten Tage noch einmal vorbeizukommen, um selbst mit ihrer Mutter zu reden. Schlimmer als das Gespräch mit Florentinus vorhin konnte das mit ihrer Mutter auch nicht werden, also nahm Frederike ihren Schlüssel und verließ das Haus.

Den ganzen Weg legte sie vollkommen in Gedanken zurück, erst als sie bereits vor dem Haus stand, merkte sie, dass ihre Füße sie wie von selbst dorthin getragen hatten. Obwohl sie noch immer einen Schlüssel besaß, klopfte sie.

Käthe, die Hausangestellte ihrer Eltern, öffnete die Tür. »Fräulein Hansen, wie schön, Sie zu sehen!«, sagte sie und gab den Eingang frei.

»Guten Tag, Käthe. Geht es dir gut?«

»Ja, schon. Nur der Ischias plagt mich ein wenig. In den nächsten Tagen wird es Regen geben, das kann ich Ihnen voraussagen.«

»Ach, du Arme! Ist meine Mutter im Wohnzimmer?«

»Ja, ganz recht. Sie stellt gerade eine hübsche Häkeldecke für meine Mutter fertig. Ist das nicht reizend?«

»Ja«, stimmte Frederike zu, »das ist wirklich sehr nett von ihr.«

»Darf es etwas zu trinken sein, Fräulein Frederike?«

»Nein, danke. Im Moment nicht. Ich möchte nur rasch mit meiner Mutter sprechen.«

»Na, Sie kennen sich ja aus.« Damit eilte Käthe zurück in die Küche.

»Mutter?« Frederike klopfte an den Türrahmen, als sie eintrat.

»Guten Tag, Frederike«, sagte Vera, ohne von ihrer Häkelarbeit aufzusehen.

Frederike ging hinüber und zog sich einen Stuhl heran. »Wie geht es dir? Ich war letzten Freitag schon hier. Da hattest du dich früh hingelegt. War dir nicht gut?«

»Ich fühle mich mal so, mal so«, antwortete Vera, ohne ihre Tochter nach ihrem Befinden zu fragen.

Frederike setzte sich. »Ich wollte dir gern persönlich unseren Hochzeitstermin mitteilen: Wir heiraten am sechsten Juli.«

»Ich weiß. Dein Vater hat es mir gesagt.«

Langsam wurde Frederike ärgerlich. Die abweisende Art ihrer Mutter war mehr als unhöflich. »Und? Freust du dich für mich?«

»Du wirst schon wissen, was du tust«, erwiderte Vera gleichgültig.

Frederike war kurz davor, aus der Haut zu fahren, doch sie nahm sich zusammen. »Wirst du zu unserer Hochzeitsfeier kommen, Mutter?« Sie betonte das letzte Wort.

»Nun, ich habe ja außer meiner Häkelarbeit nicht allzu viele Aufgaben. Da sollte es sich wohl einrichten lassen.« Sie blickte auf und sah ihre Tochter das erste Mal, seit diese das Zimmer betreten hatte, an. »Sofern meine Gesundheit es zulässt.«

»Was willst du damit sagen? Bist du krank?«

Vera zuckte die Schultern und senkte den Blick wieder auf ihre Häkelei. »Würde dich das interessieren?«

»Selbstverständlich würde es das.«

Vera ließ ihre Handarbeit sinken. »Nun, gut fühle ich mich nicht.«

»Warst du beim Arzt?«

»Ach, wie soll der mir schon helfen?«

»Na, es ist immerhin sein Beruf, nicht wahr?« Sie wusste nicht, ob ihre Mutter sich nur wichtigmachen wollte oder ob wirklich etwas dahintersteckte und sie womöglich krank war. Frederike musterte ihre Mutter, die in der letzten Zeit um Jahre gealtert zu sein schien. Sie wirkte allerdings nicht krank, sondern einfach nur griesgrämig. Doch Frederike wollte nicht über sie urteilen, um es am Ende, falls sich herausstellen sollte, dass tatsächlich etwas wäre, nicht zu bereuen.

»Vielleicht gehe ich in nächster Zeit einmal zum Arzt«, sagte Vera und nahm ihre Handarbeit wieder auf. »Ich weiß es noch nicht.«

»Ich könnte dich begleiten«, bot Frederike an.

»Ach ja?« Vera ließ ihre Häkelarbeit erneut sinken. »Ich dachte, du hättest zu viel anderes zu tun, als dich um deine Mutter zu kümmern.«

»Ich war immer für dich da, Mutter. Und das weißt du auch.«

»So? Weiß ich das?« Vera hob den Kopf. »Nun, für mich fühlte es sich nicht so an.«

»Was ist nur mit dir?« Es klang traurig.

»Wie meinst du das?«

»Erinnerst du dich noch, wie es war, als Vater uns damals verlassen hat?«

»Er hat uns nicht verlassen, sondern wurde *hinausgeworfen*«, korrigierte Vera spitz. »Und zwar weil er meinte, eine Affäre mit der Frau seines eigenen Bruders beginnen zu müssen.«

Frederike ließ sich nicht aus der Fassung bringen. Sie wusste, dass sie schon lange keine gemeinsame Basis mehr mit ihrer Mutter hatte. Sie hatte nichts zu verlieren. Entweder würde es ihr gelingen, zu ihrer Mutter durchzudringen, oder diese würde sich vollends zurückziehen. Dann wäre es auch nicht viel anders als zum jetzigen Zeitpunkt. »Weißt du noch, wie du dich damals gefühlt hast?«, fragte Frederike noch einmal.

»Warum reißt du die alten Wunden wieder auf?« Vera verzog verärgert den Mund. »Möchtest du, dass ich mich schlecht fühle?«

»Nein, ich möchte genau das Gegenteil. Als Vater ausgezogen war, warst du nur noch mürrisch und gekränkt. Und niemand konnte es dir verdenken. Sein Verhalten war unentschuldbar.«

»Wenigstens in dem Punkt sind wir uns einig.«

»Aber er ist wieder da, Mutter. Er lebt mit dir zusammen. Und doch bist du garstig und schlecht gelaunt, und anscheinend können weder Vater noch ich oder sonst jemand dir irgendetwas recht machen. Du versprühst geradezu deine Bitterkeit. Möchtest du wirklich so sein und auch so bleiben?«

»Ich verstehe nicht, worauf du hinauswillst.«

»Damals, als er fort war, habe ich dich verstanden. Ich habe dich ja so gut verstanden! Doch was jetzt geschieht, verstehe ich nicht. Willst du wirklich für den Rest deines Lebens hier im Haus sitzen, Decken häkeln und immerzu nur traurig und mürrisch sein?«

Vera setzte zu einer Erwiderung an, doch Frederike sprach einfach weiter: »Wäre es nicht schön, wenn auch du endlich einmal wieder glücklich wärst und heiter und aus vollem Herzen lachen könntest? Was glaubst du, wem du mit deinem Verhalten mehr schadest? Vater, den du damit strafen willst und den es längst nicht mehr stört, weil es sowieso tagein, tagaus immer das Gleiche ist, oder dir selbst, weil du diesen Groll in dir spürst, der kein einziges Lächeln mehr zulässt?« Frederike schüttelte den Kopf. »Vater triffst du damit nicht mehr, Mutter. Ihn bestrafst du nicht. Du bestrafst dich selbst und niemanden sonst.«

Vera öffnete den Mund und schloss ihn wieder. Tränen traten ihr in die Augen. »Warum bist du nur so grausam zu mir?«

»Es tut mir leid, wenn du es so empfindest. Doch ich wollte noch einen allerletzten Versuch unternehmen, um dich wachzurütteln. Eines Tages wirst du es geschafft haben, dass es auch mich nicht mehr interessiert, wie du dich fühlst, wenn du so weitermachst und deinen Widerstand gegen alles und jeden nicht aufgibst. Eines Tages. Doch noch ist dieser Tag nicht gekommen.« Sie ergriff die Hände ihrer Mutter. »Bitte, Mutter, kehr um, bevor es auch für uns kein Miteinander mehr gibt. Ich weiß, ich habe dich gekränkt, als ich ausgezogen bin. Dafür bitte ich dich um Verzeihung. Auch wenn du es nicht glaubst, noch hoffe ich. Ich hoffe auf dein Einlenken, ich hoffe, dass wir uns wieder annähern. Ich hoffe darauf, eines Tages wieder mit dir zu lachen und dass wir vielleicht fröhlich meinen Kindern zusehen, wie sie miteinander spielen. Ich hoffe, dass mein Herz leichter wird, wenn ich Sorgen habe und du mich dann in den Arm nimmst, ganz so, wie du es früher gemacht hast. Ja, Mutter, auf all das hoffe ich. Bitte hilf mir, dass meine Hoffnung nicht umsonst ist. Bitte.«

Vera saß nur da, während ihr die Tränen über die Wangen liefen. Sie senkte den Kopf, schluchzte verzweifelt auf. »Ist da noch Liebe für mich?«, fragte sie schließlich ihre Tochter.

Frederike war geradezu schockiert. Nie zuvor hatte sie ihre Mutter so erlebt. Früher war sie eine liebevolle und fürsorgliche Mutter gewesen, später dann traurig und verzagt. Doch nie, wirklich niemals hatte Frederike erlebt, dass ihre Mutter so hilflos war und um Liebe gefleht hatte. In diesem Augenblick tat ihr Vera unglaublich leid.

Sie rückte näher heran, nahm ihre Mutter in den Arm und hielt sie, während diese weinte und schluchzte und sich gar nicht zu beruhigen vermochte.

»Aber natürlich ist da noch Liebe für dich, Mutter. Wir haben gestritten, ja. Doch da ist und war immer Liebe, und so wird es auch bleiben.«

Vera schluchzte abermals. »Ich habe solche Angst, Frederike«, gestand Vera stockend. »Ich weiß, er wird abermals gehen. Doch ich will es selbst in der Hand haben. Ich will, dass er geht, weil ich dafür gesorgt habe.«

Frederike schluckte schwer. Es brach ihr fast das Herz, ihre Mutter so leiden zu sehen. »Aber warum? Warum möchtest du, dass er geht?«

»Er wird es doch sowieso tun. Jede ist ihm lieber als ich. Doch ich will, dass er die Entscheidung trifft, weil ich ihn dazu gebracht habe.«

»Aber, Mutter, das ist doch Wahnsinn. Ich verstehe dich wirklich nicht.«

Vera erwiderte nichts. Sie weinte und weinte und konnte sich gar nicht beruhigen.

»Bitte, geh du nicht auch. Verlass mich nicht, mein Kind«, schluchzte sie.

»Ich werde dich nicht verlassen, Mutter. Ich bin deine Tochter und werde es immer sein. Doch bitte hör auf, dich selbst zu quälen.« Sie hielt ihre Mutter im Arm und wiegte sie wie ein Kind.

»Ich kann nicht. Ich kann nicht«, stammelte Vera.

»Doch, Mutter, du kannst. Du bist eine wunderbare Mutter und liebevolle Ehefrau. Bitte verzeih deinem Mann und sei wieder die, die du einmal warst. Früher hast du mit Richard und mir gelacht, du warst heiter und lebensfroh. Bitte, Mutter, ich flehe dich an.«

Die Häkelarbeit geriet ins Rutschen, und Vera griff danach.

»Und hör vor allem hiermit auf!« Frederike hatte es lauter gerufen als beabsichtigt. Sie griff nach der Häkelei und warf sie an die Wand. Erschrocken fuhr Vera zusammen.

»Es steckt doch so viel Arbeit darin«, jammerte Vera.

»Nein.« Frederike wusste selbst nicht, woher die Wut kam, die sich nun entlud. »Schluss!«, schrie sie. »Schluss damit! Ein für alle Mal.« Sie sprang von ihrem Stuhl auf. »Komm!«

»Wohin?«

»Raus. Wir beide werden jetzt spazieren gehen.«

»Aber ich bin nicht zurechtgemacht.«

»Du bist nie zurechtgemacht, Mutter. Und weißt du was: Das ist den Menschen dort draußen vollkommen egal. Wir beide werden jetzt spazieren gehen. Und wir werden uns unterhalten. Wir werden planen, was wir alles für meine Hochzeit vorbereiten müssen.« Sie fasste Vera an den Händen und zog sie in die Höhe. »Wir werden darüber sprechen, was für eine wunderbare Zukunft vor uns liegt, vor dir und vor mir. Wir werden über meine künftigen Kinder reden, deine Enkel. Wir werden lachen und scherzen und uns am Singen der Vögel erfreuen. Wir werden einfach Mutter und Tochter sein, uns am Arm halten und die Nähe des anderen genießen. Komm jetzt!«

»Aber ich …«, wollte Vera noch einmal widersprechen.

»Kein Aber. Kein einziges Aber will ich mehr hören. Du kommst jetzt mit.« Sie packte Vera beim Arm und zog sie hinter sich her zur Tür.

Käthe, durch die Stimmen aufgeschreckt, kam aus der Küche. »Sie gehen aus, gnädige Frau?«, fragte sie verwundert.

»Ja, sie geht aus«, antwortete Frederike anstelle ihrer Mutter. »Wir wissen noch nicht, wann wir zurück sein werden, Käthe. Es wird wohl Nachmittag werden.«

»Dann wünsche ich einen schönen Tag«, sagte Käthe fast eingeschüchtert. Die Verwunderung darüber, wie Frederike ihre Mutter hinter sich herzog, stand ihr deutlich ins Gesicht geschrieben.

8. Kapitel

Hamburg, Freitag, 5. April 1895

Luise fuhr hoch. Sie brauchte einen Moment, um zu realisieren, dass sie zu Hause in ihrem Bett lag und alles, was sie glaubte soeben erlebt zu haben, nichts anderes gewesen war als ein Traum. Kraftlos ließ sie sich zurück in die Kissen sinken, wischte sich den Schweiß vom Gesicht. Es war noch dunkel im Zimmer, kein einziger Lichtstrahl verriet etwas darüber, ob schon bald der Morgen anbrechen würde.

Sie tastete nach Hans, der auf der Seite lag und dessen gleichmäßiger Atem ihr verriet, dass er tief und fest schlief.

Luise verschränkte die Hände unter dem Kopf und starrte in die Dunkelheit. Sie hatte geträumt, in Kamerun zu sein, wo eigenartigerweise das Hansen'sche Kontor war. Wie immer war sie zur Arbeit in ihr Büro gegangen, hatte zuvor Viktoria an Frau Regener übergeben, die mitteilte, gleich mit der Kleinen spazieren gehen zu wollen.

Am Schreibtisch dann hatte sie über einem Stapel Papieren gesessen, die zu prüfen waren. Während sie darüber gebeugt saß und las, kam ein junger Duala herein, ging zielstrebig zu einem der Schränke, öffnete ihn und holte ein Geldbündel heraus, mit dem er ohne ein Wort das Büro wieder verließ. Luise hatte ihm verwundert nachgesehen, dann jedoch war die Tür wieder geöffnet worden, und immer mehr Menschen kamen herein, weiße wie schwarze, die sich in einer Reihe vor dem Geldschrank aufstellten und Banknotenbündel entnahmen. Damit winkten sie ihr noch freundlich zu und verließen dann mit dem Kontorgeld Luises Büro. Sie empörte sich, rief ihnen nach, dass sie gefälligst zurückkommen sollten. Doch alle scherzten nur darüber, wie sehr sie sich echauffierte, und gingen mit dem Geld aus dem Büro hinaus.

Dann kam ihr Vater herein und schimpfte sie aus, weil sie nichts gegen die Diebstähle unternahm. Sie wollte ihm erklären, dass sie es versucht hätte, doch er schimpfte immer weiter und weiter und wollte sich gar nicht mehr beruhigen. Dann war Hans hereingekommen, hatte sich neben Robert gestellt und in die Vorhaltungen eingestimmt. Luise hatte geweint, doch schließlich war auch noch Hamza in ihr Büro getreten. Sie hatte ihn angefleht, dass wenigstens er ihr beistehen sollte, doch er stellte sich einfach neben Robert und Hans und lachte sie für ihre Dummheit und Unfähigkeit aus. Da war Luise aus dem Schlaf hochgeschreckt.

Eine Weile blieb sie noch liegen, doch sie wusste, dass sie keinen Schlaf mehr finden würde. Also stand sie auf und verließ, so leise sie konnte, das Schlafzimmer. Die große Standuhr auf dem Flur verriet ihr, dass es gerade einmal zwanzig nach drei Uhr morgens war. Das ganze Haus war ruhig, alles schlief.

Luise ging die Treppe hinunter und über den Flur ins Wohnzimmer. Es war stickig im Raum, also öffnete sie die Fensterläden und die Terrassentür. Kalte Luft strömte ihr entgegen, und sie atmete tief durch. Kurz trat sie ins Freie, ging dann nochmals ins Wohnzimmer zurück, nahm sich eine der Decken und ging wieder hinaus. Auf der Terrasse legte sie sich auf eine Liege und rollte sich so eng es ging in die Decke. Sie blickte hinauf zum Sternenhimmel. In Kamerun hatte sie sich oft nachts nach draußen geschlichen, um die Sterne zu betrachten. Nur war da die Luft viel wärmer gewesen, und um diese Zeit verfärbte der Himmel sich bereits und kündigte den beginnenden Tag an.

Luise dachte an Hamza. Ob es wohl auch Momente gab, in denen er hinauf in den Himmel blickte und an sie dachte? Und wenn ja, was dachte er? Wie waren seine Gefühle für sie? Hasste er sie, weil sie das Kind ihres Ehemannes bekommen hatte, das seines hätte sein sollen? Fragte er sich manchmal, wie es ihr erging – so wie sie es häufig tat? Hatte er inzwischen ein Duala-Mädchen geheiratet, das er vielleicht genau in diesem Moment liebte, da Luise in den Sternenhimmel sah und an ihn dachte? Hatte sie überhaupt das Recht, sich diese Fragen zu stellen?

Ihre Gedanken wanderten zu ihrem Vater und zu Therese, die mit ihren Kindern zu ihm nach Kamerun gereist war. Luise lächelte. Zwar hatte sie mitbekommen, dass die beiden sich gut verstanden und die gemeinsame Zeit in Hamburg genossen hatten, doch hätte sie nicht im Traum daran gedacht, dass sie mehr füreinander empfinden könnten als Schwager und Schwägerin. Sie wusste nicht recht, wie sie die beginnende Beziehung der beiden sehen sollte. Jedem für sich wünschte sie nur das Beste, doch hatten sie sich wirklich ineinander verliebt, oder wollten beide nur wieder jemanden in ihrem Leben haben? War ihr Vater einsam gewesen, und hatte Luise es nur nicht bemerkt?

Luise musste wieder an den Traum denken und spürte sofort wieder Unruhe in sich aufsteigen. Sie war vor ihren Augen bestohlen worden und hatte nichts dagegen unternehmen können. Und alle hatten ihr die Schuld gegeben. Doch die Vorwürfe, die ihr Vater, Hans und auch Hamza ihr gemacht hatten, waren nicht einmal das Schlimmste für sie gewesen. Vielmehr war es das Gefühl, dass sie sich im Traum so unglaublich dumm vorgekommen war, zu sehen, dass sie bestohlen wurde, und doch nichts dagegen unternehmen zu können.

Luise zog die Decke noch etwas fester um ihren Körper, sah weiter zum Sternenhimmel hinauf. Wann, so fragte sie sich, würde es in ihrem Leben endlich ruhiger zugehen? So viele Jahre hatte sie das Gefühl gehabt, dass es ein einziges Auf und Ab gewesen war. Sie hatte mit Leidenschaft in Kamerun gelebt und Hamza geliebt, war nach Hamburg zurückgekehrt und hatte hier alles gegeben, um Stabilität in ihr Leben zu bringen. Sie war ihrem Vater dankbar dafür, dass er an sie geglaubt und ihr die Gelegenheit geboten hatte, im Kontor ihren Platz zu finden und sich beweisen zu können, auch wenn sie nur eine Frau war. Sie hatte etwas erreichen wollen und hatte alles getan, um zu zeigen, dass sie eine gute Geschäftsfrau war. Und das, was sie als das größte Opfer empfunden hatte – die Heirat mit Hans –, hatte sich am Ende als ihr größtes Glück herausgestellt. Ja, sie liebte Hans, sie liebte ihn über alles. Und mit ihm und der gemeinsamen Tochter leben zu können, brachte ihr wirklich Erfüllung.

Wie wäre ihr Leben in Kamerun verlaufen? Oft schon hatte sie daran gedacht, was wohl geschehen wäre, wenn ihr die geplante Flucht nach Kamerun gelungen wäre und sie dort die kleine Viktoria, das Baby von Hans, geboren hätte. Sie war bereit gewesen, ihren Tod vorzutäuschen, um mit Hamza, den sie für den Vater ihres noch ungeborenen Kindes gehalten hatte, in Kamerun ein Leben abseits der gesellschaftlichen Normen zu führen. Am Ende war es anders gekommen, weil Viktoria einige Wochen zu früh geboren worden war. Ein Glück für Luise, wie sich am Ende herausgestellt hatte.

Sie drehte sich auf die Seite, kuschelte sich noch tiefer in die Decke. Zwar war ihr kalt, doch sie wollte noch nicht wieder ins Haus und in ihr Bett zurück. In Momenten wie diesen sehnte sie sich nach Kamerun, wo sie oft nachts hinausgegangen war und die warme Luft genossen hatte. Es hatte ihr ein Gefühl von Freiheit geschenkt, wie Kamerun ihr überhaupt ein anderes Denken vermittelt hatte. In Kamerun, so war heute ihr Gefühl, hatte sie erst richtig zu leben begonnen. Und in Momenten wie diesen sehnte sie sich nach der Freiheit, die der Schwarze Kontinent in ihr Leben gebracht hatte.

Die Erinnerungen ließen sie ruhiger werden. Besonders nach Träumen wie heute Nacht, die sie aufwühlten, sehnte Luise sich nach Ruhe. Nach Ruhe und der Gewissheit, dass sie belastbar und klug genug war, alle Herausforderungen zu meistern, die das Leben für sie bereithielt. Sie wusste, dass sie als starke Frau galt, doch waren da auch immer wieder Momente, die sie unsicher werden ließen. Konnte sie wirklich alles schaffen, was sie sich vorgenommen hatte? War sie allem gewachsen, was von ihr erwartet wurde? Sie tat einen kleinen Seufzer, ruckelte sich wieder auf der Liege zurecht und starrte weiter in den Himmel.

Irgendwann schloss sie die Augen, stellte sich vor, im fernen Kamerun zu sein und die Farben der aufgehenden Sonne zu erleben. Über diesen Gedanken schlief sie ein und wachte erst wieder auf, als der Morgen graute. Sie schlug die Decke beiseite und legte sie zusammen. Dann ging sie durch die Terrassentür zurück ins Wohnzimmer, warf die Decke ab und schlich die Stufen zum oberen Stockwerk hinauf. Leise öffnete sie die Tür zum Schlafzimmer und ließ sie lautlos hinter sich wieder ins Schloss gleiten. Auf Zehenspitzen tapste sie zurück ins Bett, kroch unter die Decke und kuschelte sich ganz nah an Hans. Erst jetzt spürte sie, wie eiskalt ihr dort draußen geworden war. Hans seufzte ein wenig, als er für einen kurzen Moment wach wurde. Dann drehte er sich um, und Luise drückte sich in seinen Arm. Sie genoss die Wärme, liebte es, seinen Duft wahrzunehmen. Ganz eng schmiegte sie sich an ihn und schlief wieder ein. Als es nur etwa eineinhalb Stunden später Zeit zum Aufstehen war, wäre sie am liebsten einfach liegen geblieben.

Wie gewohnt fuhr Luise am Morgen zusammen mit Richard und der kleinen Viktoria ins Kontor. In etwa einer Stunde würde Frau Regener, ihre Kinderfrau, kommen. Die Zeit bis dahin nutzte Luise stets, um mit Viktoria auf dem Arm im Kontor herumzugehen, mit den Mitarbeitern zu sprechen und sich in aller Ruhe auf die Arbeit des Tages vorzubereiten. Luise liebte diese Stunde am Morgen, ja, sie hatte sogar das Gefühl, daraus viel von der Kraft zu ziehen, die sie über den Tag so dringend brauchte.

Während Richard mürrisch und ohne die Angestellten groß zu beachten, sogleich nach oben in sein Büro ging, machte sich Luise mit Viktoria, die jetzt im Kinderwagen lag, auf den Weg ins Lager, den Teil des Hansen'schen Kontors, in dem sie sich am wenigsten aufhielt.

»Guten Morgen«, grüßte sie laut und ging durch die Regalreihen, blieb immer wieder stehen, um einzelne Angestellte zu begrüßen und ihnen einen Blick auf die kleine Viktoria zu gewähren, die aufrecht im Kinderwagen saß und neugierig umherblickte.

»Guten Morgen, Frau Petersen«, wurde Luise immer wieder von verschiedenen Arbeitern begrüßt, was sie freundlich erwiderte. Ja, sie war fast ein wenig stolz darauf, von jedem Einzelnen den Namen zu wissen und meistens auch, ob sie Familie hatten oder nicht.

Sie musste an Gerhard Dietke denken, der früher Teil dieser Belegschaft gewesen war und mit dem sie vor einigen Tagen gesprochen hatte. Gemäß dem Wunsch ihres Mannes hatte sie danach nichts unternommen, sich weder die Beweise von Richard vorlegen lassen noch versucht, herauszufinden, mit wem Dietke innerhalb des Kontors mehr als mit anderen zu tun gehabt hatte. Letzteres hätte für sie jedoch ohnehin keinen Sinn ergeben, da sie genau wie Hans der festen Überzeugung war, dass Dietke die Diebstähle nicht begangen hatte. Sie fragte sich, wie lange sie sich wohl noch gedulden müsste, bis Hans sein Versprechen wahr machen und in dieser Angelegenheit wieder auf sie zukommen würde. Er hatte ihr nicht sagen mögen, was er zu unternehmen gedachte, und auch nicht, wie er demjenigen auf die Spur kommen wollte, der tatsächlich für die Diebstähle verantwortlich war. Zwar hatte Luise ihn danach gefragt, doch Hans hatte nur gesagt, dass sie ihm vertrauen und ihn einfach machen lassen solle. Und genau das hatte sie ihm versprochen.

»Guten Morgen, Frau Petersen.« Einer der Lageristen, sein Name war Peter Friedrichs, blieb stehen und beugte sich zu Viktoria im Kinderwagen herab. »Da ist ja unsere kleine Maus.« Er streichelte über Viktorias Wange, wie er es immer tat, wenn er die Kleine sah. Er war selbst siebenfacher Vater und inzwischen sogar Großvater und bereits eine kleine Ewigkeit bei den Hansens beschäftigt. Genau genommen, so glaubte Luise, war er eigentlich schon immer da gewesen, auch schon zu Zeiten ihres Großvaters.

»Guten Morgen«, grüßte Luise ihn. »Wie geht es Ihnen, Herr Friedrichs? Sind zu Hause alle wohlauf?«

»Alles wunderbar wie immer, Frau Petersen. Zu freundlich, dass Sie fragen.« Er sah sie an, und die Falten um seine Augen erzählten die Geschichte von einem Leben, das stets mit einem Lachen gelebt worden war. »Darf ich fragen, ob Sie Nachricht von Ihrem Herrn Vater haben, wie es ihm in Kamerun ergeht?«

»Es geht ihm gut, danke schön, Herr Friedrichs. Ich erwarte in Kürze eine weitere Ladung Kakaobohnen und bin sicher, dann auch wieder einen Brief von ihm zu erhalten. Sehr gern gebe ich Ihnen dann Bescheid, falls es etwas zu berichten gibt.«

»Das ist sehr freundlich, Frau Petersen. Haben Sie herzlichen Dank.« Er sah noch einmal zu Viktoria in den Wagen. »Du bist ein sehr glückliches Mädchen mit einer solchen Mutter, kleine Maus.«

Luise lächelte. »Vielen Dank, Herr Friedrichs. Das ist ganz reizend von Ihnen. Haben Sie einen schönen Tag.«

»Sie ebenso, Frau Petersen, Sie ebenso.« Damit ging er weiter, um seine Arbeit aufzunehmen. Für Luise war es ein gutes Gefühl, ein so vertrauensvolles Miteinander mit den Angestellten zu pflegen, die, so viele sie auch waren, für Luise ein Teil ihrer Familie darstellten.

Luise machte noch weiter ihre Runde, ging dann zu dem schmiedeeisernen Aufzug und fuhr in den ersten Stock.

»Guten Morgen, Fräulein Schreiber«, grüßte Luise die Sekretärin, als sie aus dem Aufzug in den oberen Flur trat.

»Ah, Frau Petersen. Guten Morgen. Und da ist ja unsere kleine Prinzessin.« Fräulein Schreiber ging auf den Kinderwagen zu, und sofort streckte Viktoria die Arme aus. Es war reizend, anzusehen, wie die früher eher kühl und abweisend wirkende Sekretärin im Laufe der Zeit aufgetaut war und die kleine Viktoria herzte und drückte, sobald sie sie zu Gesicht bekam. Fräulein Schreiber hob Viktoria ganz selbstverständlich aus dem Kinderwagen und hielt sie auf dem Arm.

Luise zog ihren Mantel aus und hängte ihn an die Garderobe im Flur. Dann zog sie auch Viktoria das Jäckchen aus, während diese vor Vergnügen Kiekslaute von sich gab, weil Fräulein Schreiber mit ihr herumalberte.

»So, kleines Fräulein«, kündigte Luise an und nahm Viktoria aus Fräulein Schreibers Arm, »Zeit für die Arbeit.«

»Kann ich Ihnen schon einen Kaffee bringen?«, fragte Fräulein Schreiber.

»Ja, bitte. Das wäre wunderbar.«

»Aber sehr gern. Er kommt gleich.«

»Danke schön«, sagte Luise noch über die Schulter, als sie mit Viktoria auf dem Arm in ihr Büro ging.

Auf dem Schreibtisch lag bereits die Post des heutigen Tages sowie die Zeitung, die Fräulein Schreiber für sie jeden

Tag bereithielt. Luise nahm Platz, platzierte Viktoria auf ihrem Schoß, hielt sie im Arm und sortierte mit der freien Hand die Briefe. Lieferantenrechnungen, Frachtpapiere, Bestellungen. Nichts Besonderes. Dann griff sie nach der Zeitung.

Sie las zunächst, dass der chinesisch-japanische Krieg um die Vorherrschaft in Korea bereits über acht Monate andauerte. Es wurde berichtet, dass die hoffnungslos unterlegenen Chinesen auf die Japaner zugehen und Frieden schließen wollten. Dann aber waren die Verhandlungen am 24. März wegen eines Attentats auf den chinesischen Chefunterhändler unterbrochen worden, und Anfang April war eine Abteilung der Japaner unter der Parlamentärflagge, welche die Chinesen von einem Waffenstillstand unterrichten sollte, von diesen beschossen worden. Deshalb gab es Bedenken, ob der Waffenstillstand eingehalten würde und die Friedensverhandlungen wieder aufgenommen werden sollten.

Sie las noch weitere Meldungen über bereits seit einiger Zeit währende kriegerische Auseinandersetzungen in Kuba, über den italienisch-äthiopischen Krieg, den Krieg zwischen dem Aschantireich und den Briten in Afrika sowie über den Konflikt zwischen Schweden und Norwegen und war erschüttert, wie viel Gewalt in der Welt herrschte.

Sie schüttelte den Kopf und blätterte zu den erfreulicheren Kulturnachrichten weiter. Ende des Monats würde in Venedig zum ersten Mal eine große internationale Kunstausstellung stattfinden, die sogenannte *Biennale di Venezia,* die von König Umberto I. feierlich eröffnet werden sollte. Dazu war tatsächlich im Winter eigens ein Ausstellungsgebäude errichtet worden, der *Palazzo dell'Esposizione.*

Dagegen muteten die Hamburger Sportnachrichten geradezu banal an. So wollte der am 22. Oktober des Vorjahres gegründete »Hamburg-Altonaer Fußball- und Cricket Bund« im Herbst 1895 eine eigene Fußballmeisterschaft ausrichten.

Der Zeitungsreporter wies darauf hin, dass es sich um die ersten Meisterschaftsspiele auf deutschem Boden außerhalb von Berlin handelte. Wieder schüttelte sie den Kopf – nun allerdings, weil sie dies wirklich nicht interessierte.

Sie blätterte die Seiten um, bis sie sich einen Überblick verschafft hatte. Dann schlug sie die Zeitung zu, gerade als Fräulein Schreiber mit dem Kaffee hereinkam.

»Ein Kaffee für Sie und eine Milch für die kleine Maus«, sagte die Sekretärin.

»Vielen Dank, Fräulein Schreiber.« Luise sah zu ihr auf. »Haben Sie davon gehört, dass es in Venedig nun alle zwei Jahre eine große internationale Kunstausstellung geben soll, für die man extra ein spektakuläres Ausstellungsgebäude errichtet hat?«

»Ja, Frau Petersen. Ist das nicht faszinierend?«

Luise schüttelte den Kopf. »Manchmal frage ich mich, ob die Zeitungen wirklich die Wahrheit schreiben oder ob dort nur gute Geschichtenerzähler am Werke sind.«

»Ach«, entgegnete Fräulein Schreiber, »ich glaube ja, die Welt ist so verrückt geworden, dass man sich solche Geschichten gar nicht auszudenken braucht. Daher müssen sie wohl wahr sein.«

Luise lachte herzlich über die Theorie der Sekretärin. »Ja, da könnte etwas Wahres dran sein.«

Es klopfte, und das Kindermädchen Frau Regener, die Schwester Fräulein Schreibers, stand in der offenen Tür. »Guten Morgen zusammen«, flötete sie.

»Guten Morgen, Frau Regener«, sagte Luise.

»Hast du deine Haare anders?«, fragte Fräulein Schreiber ihre Schwester. »Sie sind doch jetzt kürzer, oder täusche ich mich?«

»Dass dir das gleich auffällt«, freute sich das Kindermädchen. »Es ist gar nicht viel abgeschnitten worden, aber mir gefällt es besser so.«

»Es sieht wirklich sehr gut aus«, befand auch Luise, die nun aufstand und Frau Regener mit Viktoria auf dem Arm entgegenging. Die Kleine streckte bereits die Arme aus, weil sie zu dem Kindermädchen wollte, was Luise einen Stich versetzte. Sie hatte schon einige Male bemerkt, dass Viktoria es gar nicht abwarten konnte, zu ihrer Kinderfrau zu kommen. Sie wusste, dass sie darüber hätte froh sein müssen, denn es wäre ihr doch wesentlich schwerer gefallen, Viktoria jemandem zu überlassen, den sie nicht gernhatte. Doch war da immer die Frage, ob es eines Tages wohl so weit käme, dass Viktoria Frau Regener ihrer Mutter vorziehen würde, weil sie wegen deren Arbeit im Kontor so viel mehr Zeit mit ihrem Kindermädchen verbrachte. Davor hatte Luise schreckliche Angst.

»So, meine Kleine«, Frau Regener tätschelte Viktorias Wange, »dann wollen wir mal. Wir werden einen schönen langen Spaziergang machen.«

»Danke schön, Frau Regener.« Luise beugte sich vor, nahm Viktorias Händchen und gab einen Kuss darauf. »Viel Spaß beim Spaziergang, mein Schatz.« Luise unterdrückte die aufsteigende Sehnsucht, sich selbst um ihre Tochter zu kümmern.

Fräulein Schreiber und Frau Regener verabschiedeten sich ebenfalls und verließen mit Viktoria das Büro. Luise stellte sich ans Fenster, um noch einen letzten Blick auf ihre Tochter zu werfen, wenn Frau Regener mit der Kleinen das Gebäude verließ. Es dauerte eine Weile, dann sah sie von oben, wie sie aus dem Kontor trat und mit Viktoria im Kinderwagen die Straße überquerte. Ihr Blick folgte den beiden. Einen kurzen Moment noch, dann waren sie um die Ecke verschwunden. Luise blieb noch einen Augenblick stehen und starrte ins Leere. Immer häufiger hatte sie das Gefühl, einen Kampf auszutragen zwischen ihren Verpflichtungen im Kontor und ihrer Liebe zu Viktoria. Wenn sie doch nur an zwei Orten gleichzeitig sein könnte!

Da nahm sie eine Bewegung auf der gegenüberliegenden Straßenseite wahr. Stand dort ein Mann zwischen den Häusern? Luise ging noch einen Schritt näher an das Fenster heran, um es besser erkennen zu können. Tatsächlich. Er war schwer zu sehen, weil er sich in einem Spalt zwischen den zwei Häusern dort verbarg, doch von hier oben konnte Luise ihn gut ausmachen. Was tat dieser Kerl da? Beobachtete er den Eingang des Kontors? Luise wurde unruhig, überlegte, was zu tun war. Wie gebannt starrte sie weiter hinüber, ließ den Mann nicht aus den Augen. Er trug einen Hut, und sie konnte sein Gesicht nicht erkennen. Was könnte er damit bezwecken, dort auszuharren und den Eingang zu beobachten? Ganz gewiss nichts Gutes, befand Luise.

Sie blieb noch einen Moment, dann fasste sie einen Entschluss. Auf dem Absatz drehte sie sich um und verließ ihr Büro.

»Ich bin gleich zurück«, sagte sie zu Fräulein Schreiber, die überrascht zusammenfuhr, als Luise mit entschlossenem Schritt an ihr vorbeiging.

Eilig lief Luise die Stufen hinab und wandte sich nach rechts in Richtung Lager. Kurz sah sie sich um, dann entdeckte sie Peter Friedrichs und ging zu ihm hinüber.

»Herr Friedrichs, ich brauche Ihre Hilfe«, erklärte sie ohne Umschweife. »Nehmen Sie bitte noch zwei Männer mit und folgen Sie mir.«

»Jawohl, Frau Petersen«, antwortete er, ohne nachzufragen, worum es eigentlich ging. »Lothar, Johannes, kommt mal mit«, wies er zwei weitere Mitarbeiter an, die ebenfalls sofort herüberkamen.

Luise ging vorneweg, die drei Männer folgten ihr. Einige Mitarbeiter starrten zu ihnen herüber, weil sie ein so seltsames Bild abgaben, wandten sich dann aber wieder ihrer Arbeit zu.

Luise öffnete selbst die Eingangstür, obwohl Peter Friedrichs versuchte, vor ihr an der Tür zu sein, um sie ihr aufzuhalten. Doch Luise hatte einen derart forschen Schritt am Leib, dass Friedrichs zu spät kam. Mit ernster Miene ging Luise voraus, die drei Männer hielten sich dicht hinter ihr. Zusammen überquerten sie die Straße, wobei Luise genau auf den Spalt zwischen den Häusern zuhielt, wo sie den Mann von oben entdeckt hatte. Aus ihrem Blickwinkel war er selbst beim Näherkommen nicht auszumachen, und einen kurzen Moment war Luise nicht sicher, ob er noch da war. Dann erreichte sie die Stelle, blieb direkt davor stehen und verschränkte die Arme. »Kommen Sie da raus!«, forderte sie schroff.

Nichts tat sich.

»Kommen Sie sofort raus, oder meine Männer werden sie herausholen.«

Einen Moment rührte sich nichts, dann nahm Luise eine Bewegung wahr.

Der Mann hatte den Hut tief ins Gesicht gezogen, sodass sie sein Gesicht noch immer nicht erkennen konnte.

»Ganz heraus«, sagte sie. »Wieso beobachten Sie unser Gebäude? Antworten Sie!«

»Das habe ich nicht«, stammelte er. »Ich bin nur zufällig hier.«

»Sie verstecken sich also zufällig in diesem Spalt zwischen zwei Häusern, ja?« Luise wurde richtig wütend. »Sehen Sie mich an.«

Er hielt den Kopf noch immer gesenkt.

»Sehen Sie mich sofort an!«, wiederholte sie in barschem Ton.

Langsam hob er den Kopf. Luise hätte überraschter nicht sein können, als sie den Angestellten ihres Mannes erkannte. »Thalmann?«

»Guten Tag, Frau Petersen«, gab er kleinlaut von sich und nahm dann eilig den Hut ab.

»Was machen Sie denn hier?«, fragte Luise ihn verwundert.

Oscar Thalmann senkte erneut den Kopf, knetete nervös den Hut in seinen Händen. »Ich … ähm, also, nun ja … ich wollte nicht, also ich …« Er sah auf. »Bitte, Frau Petersen … Ihr Mann wird bestimmt sehr enttäuscht von mir sein. Dabei wollte ich doch alles richtig machen. Ich dachte wirklich, man könnte mich hier nicht sehen.«

»Wovon sprechen Sie da eigentlich?«

»Ihr Mann hat mir den Auftrag erteilt.«

»Welchen Auftrag?« Luise schüttelte den Kopf. »Ich verstehe kein Wort. Mein Mann hat Ihnen welchen Auftrag erteilt?« Sie funkelte ihn wütend an. »Moment mal – mein Mann hat Ihnen den Auftrag erteilt, mich zu beobachten?« Sie stemmte die Hände in die Hüften.

»Aber nein!« Oscar Thalmann schluckte schwer. Ihm war anzusehen, wie unangenehm ihm diese Situation war.

»Ihr zwei«, hörte sie Peter Friedrichs hinter sich sagen »könnt wieder zurück an eure Arbeit gehen. Ich komme gleich nach.«

Luise drehte sich um und sah, dass die beiden anderen Mitarbeiter der Aufforderung Folge leisteten und ohne ein weiteres Wort in das Kontor zurückgingen.

»Ich glaube, ich weiß, was hier los ist«, sagte Peter Friedrichs und sah Thalmann an. »Sie haben von Herrn Petersen den Auftrag erhalten, Richard Hansen zu beobachten, stimmt's?«

Thalmann schluckte erneut, dann nickte er. »Ja, so ist es.«

Friedrichs wandte sich zu Luise um. »Er lügt nicht – denn ich habe den gleichen Auftrag von Ihrem Mann erhalten, allerdings innerhalb des Kontors.«

»Was?«

»Ja, er hat mich darum gebeten. Deshalb bin ich ziemlich sicher, dass der da«, er deutete auf Thalmann, »die Wahrheit sagt.«

»Aber weshalb?« Luise sah zwischen den beiden hin und her.

»Das müssen Sie wohl Ihren Ehemann fragen«, erwiderte Friedrichs. »Ich dachte mir, dass es keinem schadet, wenn ich die Augen offen halte. Und ich kann mir so langsam zusammenreimen, weshalb Ihr Mann den Auftrag erteilt hat, Frau Petersen.«

Luise schüttelte den Kopf. Warum hatte Hans ihr nichts davon gesagt? Sie sprachen doch sonst über alles.

»Ich könnte mir vorstellen, dass Ihr Mann Ihnen nichts erzählt hat, weil er keinen falschen Verdacht in die Welt setzen wollte«, fügte Friedrichs hinzu, als hätte er ihre Gedanken gelesen.

Luise war vollkommen durcheinander. Die Gedanken überschlugen sich in ihrem Kopf. Kurz dachte sie nach, dann wandte sie sich an Thalmann. »Was haben Sie über Richard herausgefunden?«

Thalmann zögerte einen Moment, dann zog er seine Notizen hervor. »Die ersten zwei Tage hat Ihr Cousin sich vollkommen unauffällig verhalten. Nur am Mittwoch war er insgesamt vier Stunden in einem Haus in der Hopfenstraße bei einem gewissen Dieter Greuter. Ein eigenartiger Kerl, der bestimmt kein Freund Ihres Cousins ist. Denn ich habe gehört, wie er ihm gedroht hat.«

»Wer? Dieser Greuter hat Richard gedroht?«

Thalmann nickte. »Es war gestern Morgen, da ist Greuter zu Ihnen ins Kontor gegangen. Kurz darauf sind Ihr Cousin und Greuter wieder herausgekommen, und Ihr Cousin hat ihn übel beschimpft, dass er hier gefälligst nicht zu erscheinen hätte. Das hat den aber völlig kaltgelassen, und er hat gesagt, dass er und offenbar auch andere ihr Geld haben wollen. Ihr Cousin hat entgegnet, dass sie das Geld schon kriegen würden, und ihn dann vertröstet.«

»Vertröstet?«

»Ja, auf Samstag, also auf morgen. Dann hätte er das Geld parat.«

»Und weiter?«

»Weiter nichts. Mehr ist bisher nicht geschehen. Er ist heute Morgen ganz normal wie immer ins Kontor gekommen. Aber das wissen Sie ja. Sie waren ja bei ihm.«

»Allerdings.« Luise fühlte sich nicht ganz wohl bei dem Gedanken, dass sie ebenfalls dabei beobachtet worden war, wie sie das Kontor betreten hatte. Sie hatte nichts davon bemerkt, und auch wenn sie nun wusste, dass es gar nicht um sie ging, machte es sie ein wenig nervös.

»Das passt zu dem, was ich beobachtet habe«, meldete sich Friedrichs wieder zu Wort.

»Reden Sie«, forderte Luise ihn auf.

»Ihr Cousin kommt während der Arbeit öfter mal zu uns ins Lager und geht durch die Reihen. Scheinbar kontrolliert er etwas. Was genau, weiß ich nicht.« Er deutete zu Thalmann. »Und das, was er eben sagte, habe ich auch mitbekommen. Ihr Cousin war gerade bei uns unten, als Fräulein Schreiber mit einem Mann im Schlepptau kam und ihm mitteilte, dass er Besuch habe.« Friedrichs pfiff durch die Zähne. »Sie hätten mal sein Gesicht sehen sollen, als er sah, wer ihn da aufsuchte. Meine Güte, war Ihr Cousin wütend. Ich dachte, der fährt gleich aus der Haut.«

Luise versuchte, das Gehörte zu sortieren. Sie ahnte, welchen Verdacht Hans hatte und dass er ihr tatsächlich nur deshalb nichts gesagt hatte, um sie nicht zu beunruhigen. Nach ihrem gemeinsamen Besuch bei Gerhard Dietke hatte Hans sie gebeten, nichts zu unternehmen, weil er sich selbst darum kümmern wolle. Offenbar hatte sich sein Verdacht direkt gegen Richard gerichtet, und er wollte ihn erst bestätigen oder eben auch entkräften, bevor er Luise einweihte. Richard hatte also

Schulden. Doch weshalb? Er verdiente im Kontor gutes Geld. Und in welchem Verhältnis stand er zu diesem Greuter, dass er ihm Geld schuldete?

»In welcher Branche ist dieser Dieter Greuter tätig?«, fragte sie dann Oscar Thalmann.

»Das konnte ich leider noch nicht herausfinden«, entschuldigte sich der.

Luise sah zu Friedrichs. »Und was genau macht Richard, wenn er zu Ihnen ins Lager hinunterkommt? Sie sagten, er kontrolliert etwas. Etwa die Bestände?«

Friedrichs zuckte mit den Schultern. »Es kam mir so vor, ja.«

»Aber eigentlich müsste er doch für die Bestandszahlen nur die Lagerlisten zur Hand nehmen.« Sie fasste sich in den Nacken, wie sie es oft tat, wenn ein unangenehmes Gefühl sie beschlich und sie noch nicht recht wusste, wie es zu deuten war.

»Verdammt!«, zischte Thalmann und deutete mit dem Kopf.

Luise drehte sich um. Richard war offenbar auf die Geschehnisse aufmerksam geworden und kam nun mit schnellen Schritten herüber.

»Ihr Mann wird mich umbringen«, orakelte Thalmann unheilvoll.

»Was ist denn hier los?«, fragte Richard beim Näherkommen. »Fräulein Schreiber sagte, dass du dein Büro verlassen hast, und unten meinten sie, dass du jemanden erwischt hast, der das Kontor ausspioniert.« Richard stellte sich direkt vor Luise.

Luise sah ihn an, ihre Hand ballte sich zur Faust. »Nicht das Kontor wird ausspioniert, sondern ich. Darf ich vorstellen: Oscar Thalmann, er arbeitet für meinen Mann, der offenbar denkt, dass ich eine heimliche Liebschaft habe. Unser Herr Friedrichs hat mich nur begleitet.« Sie wandte sich an Oscar. »Und Sie verschwinden jetzt von hier! Und sagen Sie meinem geliebten Ehemann, dass er sich warm anziehen muss, wenn er nach Hause kommt.« Sie fuchtelte mit dem Zeigefinger vor Oscars Gesicht herum. »Wenn ich ihn denn überhaupt noch ins Haus lasse. So eine Unverschämtheit!«, schimpfte sie. »Richard, Herr Friedrichs, wir gehen wieder an die Arbeit. Es ist mir einfach zu dumm, mich mit derartigen Beschuldigungen länger abzugeben.« Damit machte sie auf dem Absatz kehrt, lief zurück ins Kontor und war erleichtert, dass Richard und Herr Friedrichs ihr wortlos folgten.

Oscar blieb noch einen Moment stehen, unschlüssig, wie er sich jetzt verhalten sollte. Seinen Beobachtungsposten wieder einzunehmen, machte wahrlich keinen Sinn. Doch er war erleichtert, dass die Frau seines Chefs mit ihrer schauspielerischen Leistung die Situation so vortrefflich gerettet hatte. Er sah noch, wie sie und die beiden Männer wieder im Kontor verschwanden. Dann beschloss er, sofort in die Firma der Familie Petersen zurückzukehren und seinem Chef Bericht zu erstatten. Schade, dass sein Auftrag damit offenbar so abrupt ein Ende fand. Er konnte nur hoffen, dass die bisher gesammelten Informationen genügen würden, um sein Ansehen bei Hans Petersen zu steigern. Hoffentlich würde er am Ende noch erfahren, wie die ganze Sache ausgegangen war.

Fast wirkte er ein bisschen bedrückt, als er sich auf den Weg zurück zu seiner Arbeitsstelle machte. Dass nur wenige Schritte von ihm entfernt ein Fenster geschlossen wurde, hinter dem jemand das Gespräch von Anfang bis Ende mit angehört hatte, bekam er nicht mit. Auch nicht, dass derselbe Mann kurz darauf das Haus verließ, um seinerseits darüber Bericht zu erstatten, was er soeben alles mit angehört hatte.

9. Kapitel

Wien, Freitag, 5. April 1895

Frederike fühlte sich richtig gut. Seit ihrem gestrigen Gefühlsausbruch, nach dem sie ihre Mutter geradezu gezwungen hatte, einen Spaziergang mit ihr zu unternehmen, hatte sich etwas verändert. Sie waren stundenlang an der Wien entlangspaziert, hatten geplaudert, ja sogar gelacht und gemeinsam Pläne für die Hochzeit geschmiedet. Frederike hatte ihrer Mutter genau beschrieben, wie sie sich ihr Kleid vorstellte, und Vera hatte angeboten, sie zur Anprobe zu begleiten. Es war so schön gewesen, so befreiend, so vollkommen anders, als die letzten Jahre mit ihrer Mutter gewesen waren. Vera war wie verwandelt, fast wie ein neuer Mensch. Wahrscheinlich hatte sich so viel in ihr aufgestaut, das endlich einmal herausgelassen werden musste.

Am liebsten hätte Frederike ihr anvertraut, dass sie am Morgen bei Florentinus gewesen war und sich für Anton eingesetzt hatte. Doch sie fürchtete, dass die Sache dann womöglich doch irgendwann herauskommen könnte und Anton davon erführe. Der Gedanke versetzte ihr einen kleinen Stich. Sosehr sie es auch wollte, sie konnte ihrer Mutter nicht hundertprozentig vertrauen, da deren Verhalten zu ambivalent und stimmungsabhängig war. Also behielt Frederike es für sich, auch wenn es ihr schwerfiel.

Doch darüber wollte sie jetzt nicht nachdenken. Sie war auf dem Weg zum Kontor, um kurz mit ihrem Vater zu sprechen. Zum einen wollte sie ihm sagen, dass sie sich, seinem Rat folgend, an Florentinus gewandt hatte, zum anderen war sie neugierig, zu erfahren, ob ihre Mutter und ihr Vater den gestrigen Abend noch für eine Aussprache genutzt hatten.

Sie musste sich beeilen, denn viel Zeit hatte sie für das Gespräch nicht, wollte sie noch rechtzeitig an ihren eigenen Arbeitsplatz kommen. »Guten Morgen, Vater.«

Georg stand im Verkaufsraum und stellte soeben eines der Keramikgefäße, in denen die Kaffeebohnen aufbewahrt wurden, in das oberste Regalfach, an das er gerade noch ohne Leiter herankam. Felix hätte es ohne Leiter gewiss nicht geschafft. »Frederike, wie schön, dich zu sehen! Guten Morgen.«

Frederike trat nah an den Tresen heran, beugte sich hinüber, um ihrem Vater einen Kuss auf die Wange zu geben.

»Möchtest du dich setzen?«

»Nein, danke. Ich habe eigentlich gar keine Zeit. Ich wollte dir nur rasch erzählen, dass ich es gemacht habe: Ich war bei Florentinus und habe mich für Anton eingesetzt.«

»Wirklich? Sehr gut«, lobte er. »Und was hat Florentinus gesagt?«

Sie wog ihre Worte genau ab. »Nun, das Ganze wäre wohl gar nicht nötig gewesen, da er Antons Einsatz längst registriert hat. Er hat mir weder eine Zusage gegeben noch eine Absage erteilt, aber ich glaube – so habe ich es zumindest verstanden –, dass Anton gute Chancen hat«, log sie, obwohl sie doch genau wusste, dass die Beförderung nun sicher war. Aber sie wollte es auch Anton nicht zumuten, dass ihr Vater künftig von ihm dachte, er habe seine neue Stelle nur Frederike zu verdanken.

»Na wunderbar.« Georg breitete die Arme aus. »Dann wird sich ja alles zu eurer Zufriedenheit entwickeln.«

»Ja, daran glaube ich ganz fest.« Sie lächelte ihn an. »Und? Wie war es bei euch gestern noch?«

Georg schmunzelte. »Deine Mutter und ich hatten einen schönen Abend«, antwortete er förmlich. »Und ich würde zu gern wissen, wie du sie dazu gekriegt hast, das Haus zu verlassen und mit dir spazieren zu gehen. Ich kann gar nicht mehr zählen, wie oft ich das Gleiche erfolglos versucht habe.«

»Tja«, entgegnete Frederike grinsend, »das wüsstest du wohl gern.« Sie winkte ab. »Nein, tatsächlich habe ich gar nichts weiter getan. Ich glaube, sie musste nur alles mal rauslassen. Und als sie dann gemerkt hat, dass es ihr besser ging, war es gar nicht mehr so schwer.«

Georgs Miene veränderte sich. »Ich denke, deine Mutter und ich werden uns trennen, Frederike.«

»Was?«, fragte sie ungläubig.

»Wir sind nicht füreinander geschaffen, das haben wir gestern erkannt. Vera sucht nach einer Möglichkeit, nach Hamburg zurückzukehren, und ich werde versuchen, hier endlich gesellschaftlich Fuß zu fassen.«

Frederike glaubte, ihren Ohren nicht trauen zu können. »Ihr verbringt einen schönen Abend miteinander und trennt euch dann?« Ihre Stimme wurde schrill. »Einfach so?«

»Ach, Frederike, ich kann gut nachvollziehen, dass du mich nicht verstehen kannst. Doch weißt du, das Leben ist so kurz, und das ist mir in letzter Zeit klar geworden. Weder Vera noch ich sind je richtig in Wien angekommen, dabei sind wir nun schon ein Dreivierteljahr hier. Sie ist unglücklich, ich bin unglücklich. Es ist jeden Tag der gleiche Trott. Sieh dich nur mal um.« Er deutete mit der Hand in den Verkaufsraum.

»Alles hier trägt Karls Handschrift, nicht meine. Es ist mir nicht gelungen, mir selbst etwas aufzubauen und zu beweisen, was in mir steckt. Und Vera hat doch auch ein Recht darauf, glücklich zu sein. Und das ist sie nicht mit mir.«

»Aber«, setzte Frederike an, »ihr könnt euch doch nicht einfach scheiden lassen.«

»Ach, weißt du, das haben wir noch gar nicht abschließend geklärt. Wir müssen sehen, wie wir das alles für die Zukunft regeln.«

»Soll das bedeuten, du weißt auch noch nicht, ob du das Kontor hier weiterführst?«

Georg wiegte den Kopf. »Es ist eine gute, sogar eine sehr gute Anstellung«, urteilte er. »Doch eben genau das, eine Anstellung. Wenn man es genau nimmt, stehe ich in Thereses Diensten, und ich gebe zu, das ist mir zu wenig.« Er hob abwehrend die Hände. »Ja, ich weiß, ich muss dankbar sein für das, was mir hier ermöglicht wurde. Aber ich bin noch kein alter Mann, Frederike, auch wenn du das vielleicht anders sehen magst. Ich möchte selbst etwas aufbauen und nicht nur das weiterführen, was ein anderer, und war er auch mein Bruder, geschaffen hat. Zwar bin ich nicht mehr so jung wie dein Anton, doch da steckt etwas in mir, das mich dazu bringt, mehr zu wollen.« Er legte den Kopf schief. »Bitte, Frederike, sieh mich nicht so an.«

Frederike war ganz übel geworden. Wenn ihr Vater wirklich ginge, was sollte dann aus ihrer Mutter werden? Diese hatte also die ganze Zeit recht gehabt – er wollte sie verlassen, und das, obwohl sich nun alles zum Guten hätte wenden können.

»Du bist ein solcher Egoist«, brachte Frederike wütend hervor. »Du denkst immer nur an dich, an dich und niemanden sonst. Du warst unfähig, Großvaters Kontor zu führen. Nichts ging voran, bis Onkel Robert und Onkel Karl das Heft in die Hand nahmen. Und du? Du hattest nichts Besseres zu tun, als dich in die Arme dieser Hure zu werfen, so lange, bis auch sie begriffen hat, dass von dir nichts zu erwarten wäre.«

»Frederike!«, empörte sich Georg.

»Oh nein, nicht *Frederike!*«, schimpfte sie weiter. »Du hast das Leben meiner Mutter zerstört, du hast mein und auch Richards Leben zerstört. Du hast deinen Bruder betrogen, und dennoch hat er dir verziehen. Und als Dank für all das, was dir wieder und wieder gewährt wurde, hast du nun das Gefühl, *mehr zu wollen*«, äffte sie ihn nach, »und wirst damit einmal mehr die enttäuschen, die an dich geglaubt haben.«

»Frederike, ich verbiete dir, in diesem Ton mit mir zu reden.«

Sie schüttelte den Kopf. »Du kannst mir gar nichts verbieten, Vater, du nicht. Denn ich respektiere dich nicht mehr. Alles hätte gut werden können, doch du denkst immer nur an dich.«

Sie machte kehrt und rannte aus dem Kontor. Georg kam rasch hinter dem Tresen hervor, öffnete die Tür und wollte ihr nachlaufen. Dann besann er sich jedoch und ließ die Tür wieder zurück ins Schloss fallen. Die kleine Klingel machte zweimal kurz hintereinander ein Geräusch.

Felix, der hinten im Lager gewesen war, kam nach vorn in den Verkaufsraum. »Alles in Ordnung, Herr Hansen?«

»Jaja, Felix, es ist alles gut«, sagte Georg tonlos. »Ich möchte ein wenig an die frische Luft. Du übernimmst doch für mich?«

»Aber ja, selbstverständlich, Herr Hansen«, erwiderte Felix dienstbeflissen.

»Danke.« Georg legte die Schürze ab, die er immer bei der Arbeit trug, hängte sie an den Haken und griff nach seinem Jackett. »Bis später, Felix.«

»Bis später, Herr Hansen.« Felix sah seinem Chef nach, der hinausging und langsam, geradezu bedächtig die Tür hinter sich ins Schloss zog. Er konnte ihn noch sehen, wie er die Straße entlanggging. Dann verschwand er aus seinem Blickfeld. Felix hatte mit angehört, was sein Chef soeben mit Frederike besprochen hatte. Vor allem hatte er jedes Wort von dem verstanden, was sie ihrem Vater an den Kopf geworfen hatte. Dabei hatte er wirklich nicht gelauscht. Sie hatte in ihrer Erregung aber so laut geredet, dass Felix sie auch dann noch verstanden hätte, wenn er in die hinterste Ecke des Lagers gegangen wäre.

Es bedrückte ihn, dass die beiden im Streit auseinandergegangen waren, und er hoffte, dass sie sich bald versöhnten. Sosehr er seinen Chef auch mochte, die Harmonie in dessen Familie kam längst nicht an die heran, die er bei seinem vorigen Chef, Georgs Bruder Karl, miterlebt hatte. Karl Hansen war stets so ausgeglichen, höflich und zugewandt gewesen. So als hätte er nie Sorgen gehabt, obgleich Felix sicher war, dass es auch in seinem Leben Dinge gegeben hatte, die ihm missfielen oder ihn belasteten. Doch er hatte es sich Felix gegenüber nie anmerken lassen. Auch Georg versuchte, seine Angelegenheiten ganz für sich zu klären. Doch im Gegensatz zu Karl, so empfand es Felix, wirkte er dabei nie ungezwungen, sondern stets recht bemüht. Felix' Eindruck nach war Georg Hansen einfach kein glücklicher Mensch. Doch er hoffte aufrichtig, dass sich dies nach einiger Zeit hier in Wien ändern würde.

Schließlich lebten sie in einer wunderschönen Stadt mit grandiosen Bauwerken und einer Art von Leichtigkeit, die ihresgleichen suchte. Ja, Felix fand, dass es gar keine schönere Stadt auf der ganzen Welt geben konnte. Und wenn er selbst jetzt noch die Frau fand, die an seiner Seite durchs Leben gehen wollte, dann war er der glücklichste Mensch auf Erden. Womöglich würde er dann irgendwann die gleiche Ausstrahlung haben, wie Karl Hansen sie gehabt hatte und der es zu verdanken gewesen war, dass jeder sich gern in seiner Gegenwart aufhielt. So und nicht anders wollte Felix auch sein.

Georg streifte ziellos durch die Straßen Wiens.

Nachdem er das Kontor verlassen hatte, ging er am Ende der Ertlgasse rechts in Richtung Stephansplatz und kam am Stephansdom vorbei, den er, ohne auch nur einen Blick darauf zu werfen, rechts liegen ließ. Er folgte der Schulerstraße und der Zedlitzgasse bis zum Stadtpark, in dem er geistesabwesend herumirrte. Dann umrundete er den Stadtparksee und gelangte schließlich an die Wien.

Er war immer noch ganz in Gedanken versunken. Hatte Frederike womöglich recht mit dem, was sie über ihn gesagt hatte? War er ein Egoist, der stets nur an sich und nicht an die anderen dachte? Er ging immer weiter und wusste längst nicht mehr, wo genau er sich eigentlich befand.

Er musste an früher denken, an die Zeit, als er noch jung gewesen war und stets versucht hatte, den Anforderungen seines Vaters gerecht zu werden. Er hatte nie etwas anderes gewollt, als genauso zu sein wie sein Vater: Peter Hansen, ein angesehener, aufrechter Geschäftsmann, dessen Ruf über jeden Zweifel erhaben war. Von jedermann geschätzt und geachtet. Ein Hanseat, wie er im Buche stand, den nichts und niemand aus der Ruhe bringen konnte.

Ja, so hatte Georg seinen Vater immer gesehen. Und in seiner Erinnerung war er wirklich so gewesen, zumindest solange Georgs Mutter gelebt hat. Danach war etwas in seinem Vater zerbrochen, etwas, das nie wieder zu heilen war. Es war nicht nur die verständliche Trauer nach dem Verlust des geliebten Ehepartners. Georgs Eltern hatten eine so tiefe und enge Bindung zueinander gehabt, dass sie tatsächlich nicht ohne einander konnten. Es war, als wären sie zwei Hälften eines Ganzen, die nur zusammen existieren konnten. Und bei aller Kraft, Ruhe und Gelassenheit, die Peter Hansen ausgestrahlt hatte, war es doch immer seine Frau Marie gewesen, die ihm den Rücken stärkte und ihn zu dem Mann machte, der von allen geschätzt und bewundert wurde – auch wenn Georg das erst begriffen hatte, als seine Mutter verstorben war und der Vater von dem Tage an nicht mehr derselbe war.

Georg blieb auf einer Brücke stehen, starrte hinunter ins Wasser und legte seine Hände um das Geländer. Wie tief es von hier wohl hinunterging? Sieben oder acht Meter mochten es schon sein. Wieder kamen ihm seine Eltern in den Sinn. Was für Vorbilder sie ihren Kindern doch gewesen waren! Ihm, Georg, hatten immer alle prophezeit, der erfolgreichste der drei Brüder zu werden. Viele sagten, dass er seinem Vater bis aufs Haar glich, und zwar nicht nur äußerlich, sondern auch vom Wesen her. Schon in der Schule hatte er stets das getan, was von ihm erwartet wurde. Er hatte seine Aufgaben immer gewissenhaft erledigt, war nie unpünktlich gewesen, hatte bei Streichen, die sich manche Mitschüler erlaubten, einfach nicht mitgemacht. Schließlich wollte er seine Eltern nicht enttäuschen und vor allem für seine Brüder der sein, zu dem sie aufsahen. Er war Georg Hansen, der älteste der drei Hansen-Brüder. Er war der, bei dem immer klar gewesen war, dass er eines Tages das Kontor der Familie führen sollte. Ihm war alles in die Wiege gelegt worden, und er hatte die allerbesten Voraussetzungen mitgebracht. Was war nur geschehen? Wann war er falsch abgebogen und hatte einen Weg eingeschlagen, der ihn von einer Sackgasse in die nächste führte?

Er hätte es sich einfach machen und Elisabeth alle Schuld zuweisen können, weil sie ihn verführt und damit ins Unglück gestürzt hatte. Doch so einfach, das wusste er, durfte er es sich nicht machen. So berechnend diese Frau auch war, niemand hatte ihn gezwungen, sich zwischen ihre Schenkel zu legen. Und nicht nur das: Er hatte es nicht vermocht, damals das Kontor in Hamburg wieder auf einen grünen Zweig zu bringen. Es waren Robert und Karl gewesen, die sich nach Wien aufgemacht und ein neues Geschäftsfeld, den Handel mit Kakao, entdeckt hatten. Georg hatte die beiden für verrückt erklärt, als sie von dem Plan erzählten, eine Plantage in Kamerun kaufen zu wollen. Nicht einen einzigen Moment hatte er an das Vorhaben geglaubt. Und während Robert sich aufgemacht hatte, um auf dem Schwarzen Kontinent eine Kakaoplantage zu betreiben, und Karl nach Wien gegangen war, um dort ein neues Kontor aufzubauen, hatte er selbst nur in Hamburg herumgesessen und auf bessere Zeiten gehofft. Wie jämmerlich hätte sein Vater ihn gefunden, hätte er ihn noch beobachten können.

Georgs Griff um das Brückengeländer wurde fester. Was war nur geschehen, dass er solch ein Versager geworden war? Geschäftlich ohne Erfolg und auf Gedeih und Verderb vom guten Willen seines Bruders abhängig. Eine Ehe, die von Lieblosigkeit und Gleichgültigkeit geprägt war, eine Tochter, die ihn verachtete, und ein Sohn, von dem er alles andere als eine hohe Meinung hatte. Und im Grunde wären sie alle ohne ihn weder besser noch schlechter dran. Er war schlicht und einfach überflüssig.

Er blickte hinunter aufs Wasser, das nach den Regenfällen der letzten Zeit mit hoher Geschwindigkeit und heftigen Strömungen floss. Sieben oder acht Meter bis hinunter – eine Höhe, die man gewiss nicht überlebte.

Der Gedanke traf ihn wie ein Blitzschlag: Konnte es sein, dass dies die Brücke war, von der Karl im letzten Jahr zu Tode gestürzt war? So wie man Georg die Örtlichkeit beschrieben hatte, konnte sie es durchaus sein. Was würden seine Angehörigen wohl denken, wenn er den gleichen Tod fände? Würden sie denken, er hätte sich wegen Karl umgebracht? Nein, gewiss nicht. Zwar hatte er seinen Bruder geliebt, doch würde wohl niemand annehmen, dass die Verzweiflung über dessen Tod so viel Gewicht hätte, dass Georg sich Monate später von derselben Brücke stürzte. Nur eben freiwillig, anders als Karl, der mit Therese, den Kindern und dem erfolgreichen Kontor gewiss keinen Grund gehabt hatte, den Freitod zu wählen. Welche Schlüsse würde man wohl ziehen, wenn Georg genau diesen Ort wählte, um aus dem Leben zu scheiden?

Sein Herzschlag beschleunigte. War das womöglich die Antwort? War das der richtige Weg für ihn? Denn was hatte er noch vom Leben zu erwarten? Er hatte Frederike gesagt, dass er mehr wolle als das, was er besaß. Er hatte gesagt, dass in ihm dieser Wunsch brenne, sich etwas Eigenes aufzubauen. Doch im Grunde war das gelogen gewesen. Er wollte nichts Neues aufbauen, wurde ihm in diesem Augenblick klar, sondern er wollte, dass die Leute ihn als einen Mann wahrnahmen, der etwas aufgebaut *hatte.* Die Erkenntnis traf ihn wie ein Schlag. War es ihm jemals wirklich um das Kontor gegangen oder eher darum, dass er erfolgreich sein wollte, damit die Leute darüber sprachen? Wer war er, wer wollte er überhaupt sein? War er Georg Hansen oder einfach nur der Sohn von Peter Hansen, dem erfolgreichen Unternehmer?

Er schlug die Hände vors Gesicht, rieb seine brennenden Augen. Seinen Vater, seine Mutter, Robert, Karl, sie alle sah er vor sich. Dann sah er Elisabeth, die ihn höhnisch auslachte, er spürte, wie sich alles um ihn drehte. Georg fasste das Brückengeländer, sah hinunter. Sein Griff war so verkrampft, dass seine Fingerknöchel weiß hervortraten. Wer verdammt noch mal war Georg Hansen? Sein Herz schlug ihm bis hinauf in den Hals. Ihm wurde heiß und kalt, sein Blick haftete wie hypnotisiert auf dem unter ihm rauschenden Fluss.

»Bitt' schön, beugen Sie sich doch nicht so weit übers Geländer!«

Georg erschrak so heftig, dass er einen Schritt rückwärts stolperte und die Hände vom Brückengeländer löste. Er hatte den alten Mann, der an ihn herangetreten war, gar nicht bemerkt.

»Wissen S', da ist schon einmal jemand heruntergefallen. Ist erst einige Monate her. Furchtbar war das, ganz furchtbar.«

Georg machte noch einen Schritt vom Geländer weg. »Danke. Ich werde darauf achten.« Georg schluckte schwer. »Einen guten Tag noch für Sie.« Er wollte sich nun möglichst schnell von der Brücke entfernen und ging instinktiv den Weg zurück, den er gekommen war, auch wenn er nicht genau hätte sagen können, wo er eigentlich entlangmusste. Irgendwann erkannte er die Straßen wieder und wählte ganz selbstverständlich nicht den Weg zum Kontor, sondern den Heimweg.

Als er an ihrem Haus angekommen war, ging er jedoch nicht hinein, sondern außen herum in den dahinterliegenden Garten. Er setzte sich auf der Terrasse auf einen Stuhl und starrte vor sich hin. Nach einer Weile spürte er, wie ihm die Tränen über die Wangen liefen. Doch er regte sich nicht. Er saß einfach nur da und weinte. Und selbst als schon Stunden vergangen sein mochten, blieb er weiter dort sitzen, ohne sich zu rühren. Ein Gedanke ging ihm immer wieder durch den Kopf: Hätte er vorhin mutiger reagiert, könnte er jetzt bereits tot sein, und dann wäre alles vorbei. Doch selbst da hatte er versagt.

10. Kapitel

Kamerun, Freitag, 5. April 1895

Es war einfach herrlich! Therese saß auf der Veranda der Farm und sah Robert und Hamza zu, die mit Franz und Helene spielten und so ausgelassen miteinander lachten, dass es eine reine Freude war.

Eine Woche war sie jetzt hier, und sie fühlte sich so frei wie nie zuvor in ihrem Leben. Dieses Land, dieser ganze Kontinent bewirkte etwas bei ihr, das sie nie erwartet hätte. Alles war ganz anders als in Wien oder auch in Hamburg, wo stets Ordnung herrschte und Regeln zu befolgen waren. Hier war es vollkommen anders. Es war, als könnte sie nach der Trauer um Karl nun endlich wieder frei atmen. In Wien hatte sie keinen Schritt tun können, ohne an Karl erinnert zu werden. Das Haus, das Kontor, der Park, ja jeder Strauch im Garten, den sie gemeinsam gepflanzt hatten – wohin auch immer ihr Blick fiel, es erinnerte sie alles an ihren Karl.

Karl, der freiwillig aus dem Leben geschieden war, das sie nun so genoss. Er hatte Robert und sie zu Verbündeten gemacht, da sie als Einzige wussten, dass es weder ein Unfall oder gar ein

Verbrechen, sondern Selbstmord gewesen war. Lediglich die Frage, ob Robert mehr wusste als sie oder zumindest den wahren Grund für den Selbstmord ahnte, stand noch zwischen ihnen. Sie spürte, dass diese Frage in ihr brannte, und sie spürte ebenso, dass Robert, wann immer das Gespräch auch nur ansatzweise die Frage nach dem Motiv für den Suizid berührte, sofort abblockte. Es war natürlich möglich, dass er einfach nicht mehr länger über den Tod seines Bruders nachdenken wollte. Therese wusste es nicht. Womöglich sah sie auch nur Gespenster.

»Sieh nur, Mutter, jetzt werfe ich den Ball ganz hoch!«, rief Franz herüber.

»Ja, mein Schatz. Ich sehe es!« Therese klatschte in die Hände.

Es war so schön, zu sehen, dass ihr Sohn nach der schweren Zeit endlich wieder er selbst war. Und am vergangenen Sonntag hatte er nach dem Gottesdienst sogar einen Gleichaltrigen kennengelernt. Kurt lebte mit seinen Eltern und vier weiteren Geschwistern auf der früheren Kraft-Farm, sie waren erst vor einem Monat hergezogen. Therese wusste aus den Erzählungen Roberts, dass es jene Farm war, auf der er die Misshandlungen von Sanula, der jungen Duala-Frau, mit angesehen hatte. Roberts Meldung an das Militär hatte dazu geführt, dass die Kraft-Brüder in Gewahrsam genommen und ins Deutsche Reich abgeschoben worden waren, womit sich ihr zukünftiger Ehemann, wie sie zu ihrer Überraschung hatte feststellen müssen, nicht nur Freunde gemacht hatte. Es war, wie Robert schon sagte, noch viel Anstrengung notwendig, um ein Umdenken unter den Kolonisten in Gang zu bringen. Denn derzeit, so empfand es Therese, waren eher die in der Überzahl, die meinten, dass man Einheimische ruhig auch körperlich züchtigen sollte, als diejenigen, die so dachten wie Robert und sie.

Ihr erstes Aufeinandertreffen mit den anderen Deutschen nach dem Gottesdienst war daher nicht ganz frei von Spannungen gewesen, doch Therese war zuversichtlich, dass sie einen Weg finden würde, auch mit den schwierigen einen Konsens zu finden.

Besonders gefreut hatte sie sich, Lieselotte und Erich Heemsen zu treffen. Fast war es, als hätten sich die Frauen nicht erst auf der Überfahrt nach Kamerun kennengelernt, sondern bereits vor Jahren. Nie zuvor war Therese eine Frau, die sie eigentlich kaum kannte, derart rasch ans Herz gewachsen und zur Freundin geworden.

Die Frauen hatten angeregt miteinander geplaudert, allerdings war noch während des Gesprächs ein Bote zu Pferd eingetroffen, der Oberleutnant Heemsen die Nachricht überbrachte, dass der im Januar zum neuen Gouverneur bestellte Jesko von Puttkamer ihn unverzüglich zum Rapport zu sehen wünsche. Zwar hatte Oberleutnant Heemsen seiner Frau angeboten, dass sie noch bleiben und sich später von ein paar Soldaten nach Hause bringen lassen könne, doch Lieselotte Heemsen hatte es vorgezogen, zumindest einen Teil des Rückwegs mit ihm zusammen zurückzulegen, sodass die Frauen sich etwas übereilt voneinander verabschieden mussten. Aber sie trennten sich nicht ohne das Versprechen, dass Lieselotte schon in der nächsten Woche zur Farm der Hansens kommen und dort ein bisschen Zeit mit Therese verbringen würde. Vor allem wollte Therese mit Lieselotte besprechen, wie man hier in Kamerun eine Hochzeit ausrichten konnte.

Robert hatte keine Zeit verloren und gleich nach dem Gottesdienst am Sonntag mit Pastor Nienstädt gesprochen. Vater Jan, wie alle den gebürtigen Husumer nannten, hatte sich darüber gefreut, endlich einmal eine Trauung abhalten zu können, denn die meisten Deutschen, die nach Kamerun kamen, waren bereits verheiratet und ihre Kinder so klein, dass es noch viele Jahre dauern würde, bis diese vor den Altar träten.

Vater Jan hatte sich, nachdem er von Therese erfahren hatte, dass ihr erster Ehemann und der Vater ihrer Kinder letztes Jahr gestorben war, nicht anmerken lassen, was er von einer Wiederverheiratung vor Ablauf des Trauerjahres hielt. Therese hatte ihre Nervosität zu überspielen versucht, als Robert dann Vater Jan darüber aufgeklärt hatte, dass der verstorbene Ehemann zugleich sein Bruder gewesen war. Sie hatte auf eine Reaktion des Kirchenmannes gewartet, irgendetwas, das sich in seinem Gesicht widerspiegelte und ihr verriete, was er über sie dachte. Doch Vater Jan hatte es lediglich zur Kenntnis genommen und am Ende des Gesprächs gemeint, dass die Wege des Herrn unergründlich seien und es ein Glück für Therese und Robert sei, einander gefunden zu haben. Das war alles gewesen.

Therese war ein Stein vom Herzen gefallen, ja sie fühlte sich seither wie befreit. Schon in Kürze würde sie sich, wenn sie sich als Therese Hansen vorstellte, nicht mehr bemüßigt fühlen, zu erklären, dass sie trotz desselben Nachnamens Roberts Schwägerin war und nicht seine Frau.

Doch das war bei Weitem nicht der einzige Grund, weshalb sie es nicht mehr erwarten konnte, Roberts Frau zu werden. Sie wollte schlicht und einfach Tag und Nacht mit ihm zusammen sein. Erst gestern Abend hätte sie fast dem drängenden Wunsch nachgegeben, zu ihm in sein Zimmer hinüberzugehen. Letztlich war sie jedoch froh, dass sie es nicht getan hatte, denn nach kurzer Zeit, während sie wach gelegen und noch darüber nachgedacht hatte, war Franz in ihr Schlafzimmer gekommen und zu ihr unter die Decke gekrabbelt. Das hatte er früher auch öfter gemacht, öfter sogar als heute. Damals jedoch war es noch das Ehebett gewesen, das sie mit Karl geteilt hatte, und Franz hatte es als vollkommen selbstverständlich angesehen. Sie wollte jedoch nicht, dass die Kinder womöglich einen falschen Eindruck gewännen, solange sie nicht auch vor Gott als Roberts Frau galt.

Für sie selbst hätte es keine Rolle gespielt, nicht nach allem, was geschehen war. Sie war nicht mehr das junge unschuldige

Ding, sondern eine erwachsene Frau und Mutter zweier Kinder, die sich nach körperlicher Nähe sehnte. Und wie sehr sie sich sehnte! Nachts, wenn sie allein in ihrem Zimmer lag, träumte sie davon, dass Robert sie umarmen und überall streicheln würde. Sie wollte ganz und gar seine Frau sein. Sie wollte von ihm begehrt werden und ihn begehren dürfen. Sie wollte Leidenschaft erleben und sich ihm hingeben, und sie wusste, dass er genauso für sie empfand.

Denn vorgestern Nacht hatte sie, als sie wieder einmal wach lag und an ihn dachte, deutlich gehört, wie die Tür seines Zimmers, das neben ihrem lag, geöffnet wurde und die Holzdiele direkt vor ihrer Tür unter seinem Gewicht geknarrt hatte. Sie hatte den Atem angehalten und in die Dunkelheit gelauscht. Vermutlich hätte sie ihn in ihr Bett gelassen, wenn er sich getraut hätte, die Tür zu öffnen. Doch das hatte er nicht. Er hatte offenbar eine Weile davor gestanden und mit sich gerungen. Dann hatte Therese erneut das Knarren der Diele gehört und kurz darauf das Klicken des Schlosses, als Robert in sein Zimmer zurückgeschlichen war. Therese hatte noch einen Moment gelauscht, doch es tat sich nichts mehr. Sie war enttäuscht gewesen und hatte noch Stunden danach keinen Schlaf gefunden. Ja, es war an der Zeit, dass sie heirateten. Das stand für sie zweifelsfrei fest.

»Jambo, Sango.« Ein junger Mann, ein Duala, war von der Plantage gekommen und an Robert herangetreten.

»Jambo, Adisa«, grüßte Robert zurück.

»Sango kommen, Bäume krank.«

Hamza fing den Ball, den Franz soeben noch geworfen hatte, und hielt ihn fest. Dann sprach er ein paar Worte auf Duala mit Adisa und wandte sich dann an Robert.

»Die Kakaopflanzen sind befallen«, klärte er auf. »Ich weiß nicht, wie es in eurer Sprache heißt. Es sind kleine Tiere, die die

Bäume wie mit einem Netz überziehen und sie krank machen. Die Blätter werden braun, und die Bäume tragen keine Früchte mehr.«

Robert verzog sorgenvoll das Gesicht. Seit er die Plantage in Kamerun gekauft hatte, hatte er sich mit allen möglichen Schädlingen rund um die Kakaopflanzen beschäftigt. Das, was Hamza beschrieb, deutete auf Spinnmilben hin. Robert hoffte inständig, dass dies nicht der Fall wäre.

Wegen des Überfalls im letzten Jahr, bei dem sein Verwalter Heinrich Begemann das Leben verloren hatte und eine gesamte Schiffsladung Kakaobohnen vernichtet worden war, hatte die Familie erhebliche finanzielle Verluste erlitten. Zwar war es Robert mithilfe von Hamza gelungen, von den umliegenden Plantagen genug Kakaobohnen aufzukaufen, um alle Bestellungen erfüllen zu können. Doch hatte er dafür viel Geld bezahlt und musste die Plantage mitsamt seinen Duala ebenfalls versorgen, sodass er an den Bohnen so gut wie nichts verdient hatte. Die Hauptsache war jedoch, dass die Belieferung seiner Kunden sichergestellt war. Schließlich hatte er einen Ruf zu verlieren und konnte keinesfalls riskieren, seine Verträge nicht einzuhalten und dadurch die Kunden an andere Händler zu verlieren. Nicht nach allem, was er in den vergangenen Jahren aufgebaut hatte.

Es war schwer genug gewesen, dem Namen Hansen wieder die Bedeutung zu verleihen, die er einmal gehabt hatte. Robert hatte hart dafür arbeiten müssen, und er hatte viel gegeben, um das Kontor nach dem Tode des Vaters erneut zur Blüte zu führen. Unermüdlich war er gewesen, hatte manche Nacht durchgearbeitet und sich bis zur Erschöpfung angetrieben. Seine Ehe mit Elisabeth war zu Bruch gegangen, obgleich man das kaum als Verlust bezeichnen konnte. Die Zeiten waren hart gewesen, und es hatte nur die ferne Hoffnung gegeben, dass die Plantage in Kamerun die Rettung bringen könnte. Er hatte alles investiert und auch gegen den Willen Georgs seinen und Karls Plan durchgesetzt, das Hauptgeschäft von Kaffee- auf Kakaobohnen umzustellen. Das Kontor verkaufte seither beides, und inzwischen hatte das Kakaogeschäft fast den Umfang des Kaffeehandels erreicht. Robert konnte und wollte nicht darüber nachdenken, was passieren würde, wenn ihm nun erneut Umsatzeinbußen entstehen sollten. Nicht nach allem, was er geschafft hatte.

»Franz, gehst du bitte mit deiner Schwester für eine Weile zu deiner Mutter? Hamza und ich haben etwas Wichtiges zu erledigen.«

»Sind die Pflanzen wirklich krank?«, fragte Franz, der nur das aus dem kurzen Gespräch entnommen hatte.

»Möglich. Genau deshalb müssen wir nach ihnen sehen, damit wir sie wieder gesund machen können.«

»Kommt dann der Doktor?«

Robert streichelte ihm übers Haar. »Hamza ist unser Pflanzendoktor, er wird die Kakaobäume wieder gesund machen.«

Franz blickte zu Hamza auf. »Viel Glück«, wünschte er ihm, nahm ihm den Ball ab, streckte Helene die Hand hin, die sie sogleich nahm, und ging folgsam mit seiner kleinen Schwester zur Veranda hinüber.

Therese war aus ihrem Rattanstuhl aufgestanden und half Franz und Helene, die Stufen zur Veranda zu nehmen. Sie warf Robert einen besorgten Blick zu.

»Es wird alles gut«, sagte er und bemühte sich um ein Lächeln. Doch Therese konnte ihm die Sorge aus dem Gesicht ablesen.

Wortlos gingen Robert, Hamza und Adisa zur Plantage, wo die Duala sich bereits an den Pflanzen zu schaffen machten und bereitwillig den Blick darauf freigaben, als sie die drei Männer kommen sahen. Robert trat nah an die Bäume heran, konnte aber im ersten Moment nichts erkennen.

»Hier.« Adisa riss einer der noch jungen Pflanzen ein Blatt ab und reichte es Robert.

Hamza befühlte in der Zwischenzeit die Bäume, rieb mit den Fingern über die Blätter.

»Spinnmilben«, sagte Robert mehr zu sich selbst, als er die kleinen, feinen Sprenkel auf den Blättern sah. »Verdammt!«, schimpfte er dann laut.

Hamza sagte nichts, ging von einem Baum zum nächsten, bückte sich zur Erde, befühlte dann wieder die Stämme und Blätter. »Es ist zu trocken«, sagte er dann. »So können sie sich ausbreiten.«

»Was können wir tun?«

»Wir müssen Wasser haben. Viel Wasser.« Hamza rieb die Blätter zwischen seinen Fingern. »Die Luft ist zu trocken.« Er sah sich um. »Wir werden nicht alle Pflanzen retten können, das schaffen wir nicht.«

»Wie ist dein Plan?«

Hamza deutete mit dem Arm auf den oberhalb der Plantage gelegenen Stausee. »Wir müssen einen Abzweig bauen, durch den das Wasser mit hoher Geschwindigkeit fließen kann. Und wir müssen alle Laken, Decken und Tücher zusammentragen, die wir bekommen können.«

»Weshalb das?«

»Diese …« Hamza rieb mit den Fingern, weil ihm gerade das Wort nicht mehr einfiel, das Robert genannt hatte.

»Spinnmilbe.«

»Ja, Spinnmilbe. Sie breitet sich während der Trockenzeit aus, wie gesagt. Wir werden die Bäume auf nicht mehr als drei Meter Höhe stutzen und von oben mit viel Wasser abspülen. Dann werden wir Stoffbahnen darüberspannen und die immer wieder befeuchten. Dadurch erhöhen wir die Luftfeuchtigkeit für die Pflanzen und machen sie so wieder gesund.«

»Genial. Der Plan ist wirklich genial«, freute sich Robert

und klopfte Hamza auf den Rücken. Dann sah er auf die Bäume. »Aber wie sollen wir das schaffen? So viele Tücher und Decken gibt es in ganz Kamerun nicht.«

»Wir werden nicht alle retten können«, wiederholte Hamza. »Aber wir werden viele retten können. Und wir müssen sofort beginnen. Ich werde die Duala ausschicken, um von überallher Laken, Decken und Stoffe zu besorgen.«

»Die Weberei!«, rief Robert aus, dem dieser Einfall soeben gekommen war. »Die Weberei in Viktoria. Dort können wir auf einmal mehr Stoff kaufen, als wir anderswo einsammeln können.«

»Das sollten wir möglichst schnell machen.« Hamza sah Robert ernst an. »Nicht sehr viele wissen, wie man den Pflanzen helfen kann. Doch einige schon. Und es ist überall trocken zurzeit. Die Spinnmilben«, er sprach das Wort langsam aus, unsicher, ob er es sich richtig gemerkt hatte, »werden sich ausbreiten, und alle Plantagenbesitzer haben dann das gleiche Problem. Der Stoff wird schon bald knapp werden. Dann sollten jedoch unsere Bäume bereits überspannt sein.«

Fast erschreckte es Robert ein wenig, wie kühl Hamza plante und dabei genau kalkulierte, um Schaden von der Plantage abzuwenden. Er war ein kluger, ein sehr kluger junger Mann, und er würde es gewiss weit bringen in seinem Leben. Robert ertappte sich bei der Überlegung, welche Möglichkeiten Hamza wohl gehabt hätte, wenn er nicht mit schwarzer, sondern weißer Haut zur Welt gekommen wäre.

»Lass es uns so machen«, sagte er schließlich.

»Gut. Ich nehme alle Karren, die wir haben, und werde mit einigen Männern nach Viktoria aufbrechen.«

»Viktoria kann unsere Rettung bedeuten«, sagte Robert mit einem Lächeln. »Die Stadt trägt denselben Namen wie Luises Tochter. Wenn das kein gutes Zeichen ist!«

Hamza bemühte sich ebenfalls um ein Lächeln, doch

die Bemerkung schnitt in eine Wunde, die noch lange zum Verheilen brauchen würde. »Ich mache mich gleich auf den Weg«, sagte er und wandte sich zum Gehen.

»Hamza?«, hielt Robert ihn noch einmal zurück.

»Ja?« Er wandte sich seinem Herrn wieder zu.

»Ich bin unglaublich froh, dich an meiner Seite zu haben. Du bist einer der klügsten Menschen, mit denen ich das Vergnügen habe, zu arbeiten.«

Hamza freute sich über das Lob, doch seine Gedanken kreisten um die Pflanzen und darum, so viele wie möglich von ihnen zu retten. »Danke. Darf ich jetzt gehen?«

»Aber ja, natürlich. Ich wollte es dir nur einmal gesagt haben, weil es oft im Alltag untergeht.«

Hamza nickte. »Adisa«, sagte er dann zu seinem Stammesbruder, »du kümmerst dich um den Abzweig. Wir brauchen immer enger werdende Rohre, um die Fließgeschwindigkeit zu erhöhen. Und wir müssen Stützen setzen. Das Wasser nützt uns nichts, wenn es im Boden versickert. Baut Pfähle zwischen den Bäumen auf, damit die Rinnen darauf zu liegen kommen. Wenn die Bäume gestutzt sind und wir den Stoff haben, spannen wir ihn über die Bäume und legen die Rinnen auf die Stützen. Ihr müsst kleine Löcher in die Rinnen bohren, damit das Wasser gleichmäßig abgegeben wird. Hast du verstanden?«

»Ja, Hamza«, antwortete Adisa beflissen und rannte los, um die anderen Duala zu holen.

»Komm«, sagte dann Robert. »Gehen wir zur Farm. Ich gebe dir genug Geld mit, damit du allen Stoff kaufen kannst, der verfügbar ist.«

Hamza sagte nichts, als er an Roberts Seite zum Haus zurückeilte. Offenbar war er ganz in Gedanken. Robert empfand aufrichtige Bewunderung für ihn, weil er Adisa soeben so klar und deutlich angeleitet hatte. Offenbar sah Hamza die gesamte Konstruktion schon genau vor sich.

Als sie die Farm erreichten, saß Therese noch immer auf der Veranda und spielte mit den Kindern. »Und? Wie schlimm ist es?«, fragte sie.

»Es ist ernst, doch Hamza hat bereits einen Plan, wie er einen Großteil der Pflanzen retten kann. Ich erkläre es dir gleich«, sagte Robert. »Doch erst muss ich Hamza Geld geben, damit er Stoff kaufen kann. Wir dürfen keine Zeit verlieren.«

Robert ging ins Haus, während Hamza bei Therese und den Kindern auf der Veranda stehen blieb.

»Kannst du die Pflanzen wirklich gesund machen?«, fragte Franz.

»Nicht alle, aber die meisten schon«, antwortete Hamza.

»Dann bist du wirklich ein richtiger Doktor«, befand Franz und sah dann zu Robert, der in diesem Moment wieder herauskam.

Dieser reichte Hamza eine prall gefüllte Geldtasche. »Keinem außer dir würde ich so viel Geld anvertrauen, Hamza. Ich muss dringend nach Hamburg telegrafieren und mir Geld schicken lassen, sonst sind die Pflanzen gesund, während wir nichts mehr zu essen haben«, scherzte Robert, doch Hamza erwiderte das Lächeln nicht.

»Ich werde so wenig wie möglich ausgeben«, kündigte er an.

»Ich weiß. Pass gut auf dich auf!«

»Das werde ich.« Hamza machte kehrt und ging fort, ohne sich noch einmal umzudrehen.

»Er ist ein wirklich bemerkenswerter junger Mann«, sagte Robert zu Therese und setzte sich dann auf den Stuhl neben ihr. »Weißt du, was sein Plan ist? Wir werden ein ausgeklügeltes Luftbefeuchtungssystem für die Pflanzen bauen. Und das ist ihm einfach so eingefallen, mit allem Drum und Dran, während er über die Kakaoblätter gestrichen hat. Er wusste sofort, was zu tun ist.«

»Wie du es eben sagtest, er ist wirklich bemerkenswert«, pflichtete Therese ihm bei. »Gibt es irgendetwas, das ich tun kann?«

»Ich fürchte, nein. Aber auf mich wirst du für einige Tage verzichten müssen. Wir müssen Rohre bauen und einen Abzweig vom Stausee anlegen. Dafür brauchen wir jeden Mann, den wir kriegen können. Hamza wird recht lange brauchen, bis er mit den Männern und dem Stoff zurück ist. Er muss vor Ort verhandeln, und vermutlich werden die Karren schwer beladen sein. Der Weg wird einige Zeit in Anspruch nehmen, und in dieser Zeit müssen wir so viel wie möglich schaffen.«

»Kann ich auch mithelfen?«, fragte Franz. »Ich werde auch ganz genau machen, was du mir sagst.«

»Aber nein, Franz, das ist nur etwas für die Großen«, widersprach Therese.

»Aber ich bin schon ganz schön groß!«, empörte sich Franz.

»Das stimmt, Franz, aber …«, setzte Robert an, überlegte es sich dann jedoch anders. »Du hast vollkommen recht. Du bist wirklich schon ein großer Junge. Weißt du, was wir unbedingt brauchen?«

»Was?«

»Wir brauchen jemanden, der groß und kräftig genug ist, in ein Holzrohr Löcher zu bohren.«

»Aber, Robert, das kann er doch unmöglich«, warf Therese ein.

»Ich habe ein Werkzeug, das wir für diesen Zweck nehmen können, und ich bin sicher, du kriegst das hin. Willst du es versuchen?«

»Ja!«, rief Franz begeistert. »Bitte, Mama, bitte.«

»Ich werde ja ohnehin überstimmt«, gab Therese nach.

»Danke!« Franz fiel ihr um den Hals und gab ihr einen dicken Kuss auf die Wange.

»Wartet hier«, bat Robert, lief ins Haus und kam kurz

darauf mit einem Werkzeug zurück, das Therese entfernt an einen Kleiderbügel von der Größe einer Hand erinnerte, an dessen Ende eine Spitze mit einem Gewinde nach unten ragte.

»Komm, Franz«, sagte Robert, »ich zeige dir, wie es geht.« Zusammen gingen sie ans Ende der Veranda. Robert ging in die Hocke und piekte das Werkzeug mit der Spitze ins Holz. »So, siehst du? Und jetzt musst du drehen, bis ein Loch im Holz ist.«

Franz kniete sich hin, nahm das Werkzeug und verfuhr genauso, wie Robert es ihm soeben gezeigt hatte.

Er drehte einige Male, bis Robert sagte: »Das genügt schon. Du sollst ja schließlich nicht die Veranda zum Einsturz bringen.«

Franz lachte fröhlich auf.

»Sehr gut. Und nun dreh in die andere Richtung, bis du den Bohrer wieder herausziehen kannst.«

Franz tat, wie ihm geheißen, und als er das Werkzeug wieder aus dem Holz zog, war dort ein kleines rundes Loch zu erkennen. »Ich habe es geschafft! Sieh nur Mutter, ich habe ein Loch gebohrt!«

Therese stand auf, und auch Helene, die zuvor ganz ruhig dagesessen und mit dem kleinen Stoffkissen, das sie immer bei sich trug, gespielt hatte, sah, durch den Jubel ihres Bruders alarmiert, auf.

»Das hast du wirklich prima gemacht«, lobte Robert. »Dann stelle ich dich hiermit als offiziellen Lochbohrer zur Rettung unserer Plantage ein.« Er hielt Franz die Hand hin, der mit gewichtiger Miene einschlug.

Therese beugte sich hinunter, um das Loch ebenfalls zu begutachten. »Sehr schön, Franz. Wirklich. Ich bin stolz auf dich.«

»So«, Robert erhob sich, »nun muss ich aber gehen. Bestimmt hat Adisa schon die Duala zusammengetrommelt und ist mit ihnen auf dem Weg nach oben zum Stausee.«

»Kann ich mitkommen?«, fragte Franz.

»Nein, Franz, jetzt nicht. Wir müssen erst zum Stausee hoch, und einige werden bereits mit der Fertigung der Rinnen beginnen, durch die das Wasser auf die Kakaobäume fließen soll. Sobald die ersten fertig sind, kommt dein großer Moment, und du kannst mit dem Löcherbohren beginnen. Aber vorher geht es nicht. Jeder hat seine Aufgabe. Das verstehst du doch?«

Franz schien seine Antwort abzuwägen. Zwar wollte er am liebsten gleich mitgehen, doch Robert hatte ihm erklärt, wann er zum Einsatz käme. Und das war jetzt noch nicht der Fall. »Ja«, entschied er. »Das verstehe ich.«

»Gut. Sehr gut. Und bohr bis dahin bitte keine Löcher mehr in die Veranda, hast du gehört?«

»Jawoll, Herr Oberadmiral!« Franz sprang auf und stand stramm. Diesen Ausdruck hatte er aus einer der Geschichten in Erinnerung behalten, die ihm ein Stammgast im Wiener Kaffeehaus erzählt hatte.

Robert lächelte, stand auf und wuschelte Franz durchs Haar. »Du bist aber auch wirklich ein Original!« Er sah Therese verliebt an. »Ich kann mir nach gerade einmal einer Woche nicht mehr vorstellen, dass ihr irgendwann nicht hier wart. Mit euch ist einfach alles schöner!« Er machte einen Schritt auf Therese zu, zog sie ganz selbstverständlich an sich und küsste sie.

Franz sah verlegen zu Boden. Er fand es peinlich, wenn sich zwei Menschen küssten. Aber da seine Mutter und sein Onkel es taten, störte es ihn nicht besonders.

11. Kapitel

Hamburg, Samstag, 6. April 1895

Sie hatte eine unruhige Nacht verbracht und fühlte sich nun wie gerädert. Luise war es einfach nicht mehr gewohnt, ohne Hans einzuschlafen und ihn nicht neben sich zu haben, wenn sie sich umdrehte, um ihn in den Arm zu nehmen.

Ja, es war schon eine reife schauspielerische Leistung, die Hans und Luise am gestrigen Abend aufs Parkett gelegt hatten. Luise hatte Hans, als er nach Hause kam, abgefangen und ihm in knappen Sätzen erklären wollen, dass sie Oscar Thalmann entdeckt und zur Rede gestellt hatte und auch über Peter Friedrichs Bescheid wusste. Doch Hans hatte die ganze Geschichte bereits von Thalmann erfahren, der vollkommen aufgelöst in seinem Büro erschienen war und ihm alles erzählt hatte. Auch von Luises spontaner Ausrede und dem gespielten Gefühlsausbruch, weil ihr Ehemann ihr angeblich nachspionierte, hatte dieser ihm berichtet. Gerade als Luise Hans fragen wollte, welchen Verdacht er denn eigentlich gegen Richard habe, nahm sie wahr, wie eine Kutsche vorfuhr.

Sie reagierte sofort und schrie ihren Mann an, was ihm

denn eigentlich einfalle, ihr einen seiner Angestellten als Spion auf den Hals zu hetzen. Gleich darauf betrat Richard die Villa. Hans hatte kurz gestutzt, dann aber zu Luise gesagt, dass sie sich ja gern einmal ein paar Gedanken darüber machen könne, weshalb er sich genötigt sähe, zu solchen Mitteln zu greifen. Es war wohl das Erste gewesen, was ihm eingefallen war. Die beiden hatten sich noch einige Beschimpfungen an den Kopf geworfen, dann hatte Luise Hans mitgeteilt, dass ihr egal sei, wo er heute Nacht schlafen werde. In ihrem Bett jedenfalls nicht. Dann war sie die Treppe hinaufgestapft und hatte die Tür hinter sich zugeknallt.

Kurz darauf war Elsa in ihr Schlafzimmer gekommen, um nach ihr zu sehen. Es war Luise schwergefallen, die Lügengeschichte weiterzuspinnen, doch sie hatte keine Wahl gehabt. Also hatte sie auch Elsa erzählt, dass ihr Ehemann ihr misstraute und einen Aufpasser auf sie angesetzt habe. Elsa war entsetzt gewesen und hatte Luise versichert, dass sie Hans so etwas wirklich niemals zugetraut hätte. Vor allem auch deshalb nicht, weil er und Luise immer so glücklich auf sie gewirkt hätten. Noch während sie miteinander sprachen, bereute Luise, dass ihr vorhin bei Richard auf die Schnelle keine bessere Ausrede eingefallen war. Diese ganze Lügerei nervte sie bereits, und sie wollte nur, dass es rasch wieder vorbei wäre.

Nun, nach einer Nacht, die ihr kaum Schlaf und definitiv keine Erholung gebracht hatte, hob sie müde die Beine aus dem Bett und stand auf. Es war bereits nach zwei Uhr gewesen, als Hans sich zu ihr ins Zimmer geschlichen hatte und sie im Flüsterton den Plan ersonnen hatten, den sie heute in die Tat umsetzen wollten. Entweder sie würden sich fürchterlich blamieren, oder aber es würde etwas ans Tageslicht kommen, das alles für immer veränderte. Luise hoffte auf Ersteres. Alles andere konnte und wollte sie zum jetzigen Zeitpunkt einfach noch nicht glauben.

Nachdem Hans wieder gegangen war, hatte Luise noch bis in die frühen Morgenstunden wach gelegen und sich von einer Seite auf die andere gewälzt. Sie gähnte herzhaft und hoffte, dass das, was sie planten, möglichst bald vorbei wäre. Vielleicht könnte sie sich dann am späten Nachmittag eine Stunde – oder wenigstens eine halbe Stunde – hinlegen und ein wenig Schlaf nachholen.

Es klopfte, und kurz darauf steckte ihr Mann den Kopf herein.

»Hans!« Sie lächelte ihn liebevoll an.

Sofort schüttelte er den Kopf, riss die Augen auf und deutete in die Richtung, in der Elsas und Richards Zimmer lag. Offenbar hatte er von dort bereits Geräusche gehört. »Guten Morgen«, sagte Hans nun laut, trat ein und schloss die Tür.

»Es dürfte wohl kaum ein guter Morgen werden«, gab Luise ebenso laut zurück, musste sich aber ein Lachen verkneifen.

Hans trat auf Luise zu. »Ich erwarte von dir, dass du dich beruhigst und wir wieder einen vernünftigen Umgang miteinander pflegen.« Zärtlich zog er sie zu sich heran und küsste sie.

»Einen vernünftigen Umgang«, rief sie. »Dass ich nicht lache!« Sie lächelte ihn an, erwiderte den Kuss.

»Du bist meine Frau, und ich erwarte von dir, dass du dich auch so benimmst.« Er strich mit dem Zeigefinger über ihren Hals und die Brüste hinab bis zum Bauch.

»Und wie ich deine Frau bin«, kicherte Luise leise und fügte dann laut hinzu: »Du, Hans Petersen, hast von mir überhaupt nichts zu erwarten.«

»Du hast mir heute Nacht gefehlt«, flüsterte er ihr zu.

Von nebenan war ein leises Greinen zu hören. Viktoria war wach geworden, wie es bei ihrem Schauspiel zu erwarten gewesen war. Doch sie musste ohnehin aus dem Bettchen geholt werden.

»Na wunderbar, du hast unsere Tochter geweckt!«, rief Luise. »Das muss reichen«, fügte sie dann leise hinzu. »Ich möchte nicht, dass wir so miteinander reden, wenn ich sie hole.«

»Ich auch nicht«, gab Hans ebenso leise zurück und küsste Luise abermals. »Ich werde heute früher das Haus verlassen und noch bei Peter Friedrichs zu Hause vorbeifahren, um alles mit ihm zu besprechen. Benimm du dich nur ganz wie sonst auch.«

Luise wollte nachfragen, doch Hans legte ihr den Finger auf die Lippen. »Aber natürlich«, sagte er laut, »ich habe sie geweckt, weil ich ja hier an allem die Schuld zu tragen scheine.«

»Wir treffen uns heute Mittag hier zu Hause. Komm etwas früher, damit wir Viktoria daheim lassen können und dann erneut aufbrechen«, flüsterte er dann.

»Was hast du vor?«

Hans schüttelte den Kopf. »Wir müssen ihn auf frischer Tat ertappen. Thalmann hat gehört, dass Richard diesem Greuter ankündigte, heute zahlen zu wollen. Er muss sich also Geld besorgen. Und ab Samstagmittag ist niemand mehr im Kontor. Die Gelegenheit ist günstig.« Laut sagte er dann: »Ich werde mich lieber im Bad ankleiden.«

»Ja, tu das«, gab sie in gereiztem Tonfall zurück, strich ihm aber nochmals zärtlich über die Wange. Hans zwinkerte ihr zu, ging dann zum Schrank, nahm frische Sachen heraus und warf Luise, die nach nebenan ging, um Viktoria aus ihrem Bettchen zu holen, noch einen Luftkuss zu.

»Könnt ihr euch nicht leiser streiten?«, hörte Luise nun Richards Stimme auf dem Flur, der offenbar gerade vorbeiging, als Hans das Schlafzimmer verließ.

»Du weißt doch, wie Luise ist«, erwiderte Hans. Luise schmunzelte, trat an Viktorias Kinderbettchen und hob die Kleine auf ihren Arm. »Guten Morgen, meine Süße«, flüsterte sie und drückte das Baby an sich. Zärtlich küsste sie Viktorias Wange und wiegte sie auf ihrem Arm. Dann zog sie ihr die Nachtkleidung aus, wusch sie und kleidete sie für den Tag an. Als Viktoria dann wieder in ihrem Kinderbettchen saß, machte sie sich selbst zurecht. Danach verließ sie mit ihrer Tochter das Schlafzimmer und ging zum Frühstück nach unten, wo Richard, Elsa und Hans mit betretenen Mienen im Esszimmer saßen und schweigend ihr Frühstück einnahmen. Fast hätte Luise ihre Rolle vergessen, so sehr hatte sie die Momente mit Viktoria genossen und gar nicht mehr daran gedacht, dass sie Hans ja weiter böse sein musste.

»Guten Morgen, gnädige Frau«, grüßte Anna, die Haushälterin, die gerade Kaffee eingoss. Ihrer Miene war anzusehen, dass sie alles mitbekommen hatte.

»Guten Morgen alle zusammen«, sagte Luise und ging mit Viktoria zu ihrem Stuhl.

Anna füllte auch ihre Tasse und fragte dann: »Kann ich Viktoria mitnehmen?«

»Ja, bitte.« Luise reichte ihr die Kleine.

»Was möchten Sie gern frühstücken, gnädige Frau? Darf ich Ihnen ein Ei bringen?«

»Nein, danke. Ich trinke heute Morgen nur einen Kaffee.«

»Sehr wohl, gnädige Frau.«

Es dauerte nicht lange, bis Hans sich erhob. »Mir ist der Appetit ebenfalls vergangen«, sagte er, und Luise musste sich ein Schmunzeln verkneifen, denn er hatte zuvor seinen Teller leer gegessen. Ja, er gab sich alle Mühe bei diesem Schauspiel, doch Hans war gewiss nicht der Mann, der so weit ging, dafür sein Frühstück stehen zu lassen.

»Ach, bitte.« Elsa sah Hans an. »Findet ihr nicht, dass ihr euch aussprechen solltet?«

»Das musst du schon Luise fragen«, stellte Hans kühl fest. »Sie ist diejenige von uns beiden, die eine Versöhnung ablehnt.«

»Ich lehne eine Versöhnung nicht ab, ich verschiebe sie nur«, stellte Luise fest. »Ich habe an dem Brocken, den du mir hingeworfen hast, noch ein wenig zu kauen.«

»Wenigstens bekommst du dann überhaupt etwas zwischen die Zähne«, gab Hans süffisant zurück.

Luise fiel es schwer, ein Schmunzeln zu unterdrücken. Sie liebte Hans' Wortwitz und hätte am liebsten mit ihm gemeinsam schallend über die Doppeldeutigkeit seiner Worte gelacht.

»Ich bin in meiner Firma, falls du mich suchen solltest und vielleicht doch noch vernünftig mit mir sprechen möchtest.«

»Wunderbar. Und wo du mich findest, weißt du ja immer, da deine Wachhunde dir Bericht erstatten werden.«

Hans warf seine Stoffserviette empört auf den Stuhl und verließ grußlos das Esszimmer.

»Ich möchte möglichst bald ins Kontor«, kündigte Luise an. »Bist du schon so weit, oder soll ich schon mal vorfahren und dir die Kutsche wieder zurückschicken?«

»Himmelherrgott! Jetzt kann man hier nicht mal mehr in Ruhe frühstücken«, beschwerte sich Richard. »Gib mir zehn Minuten, dann bin ich fertig.«

»Gut, zehn Minuten.«

Richard stand ebenfalls vom Tisch auf und ging nach oben.

Nachdem er das Esszimmer verlassen hatte, wandte sich Elsa Luise zu. »Findest du nicht, dass ihr euch bemühen solltet, euren Streit nicht gar zu sehr ausufern zu lassen? Ehrlich gesagt, bin ich froh, dass Marie bisher nichts von euren lautstarken Wortwechseln mitbekommen hat.«

»Wo ist Marie überhaupt?«, erkundigte sich Luise daraufhin.

»Sie schläft noch. Ich glaube, sie hat sich etwas eingefangen. Schon gestern hatte sie etwas erhöhte Temperatur, und heute Morgen schlief sie so tief und fest wie sonst nie um diese Zeit.«

»Hoffentlich ist es nichts Ernstes!«, sagte Luise und meinte es aufrichtig. Sie liebte Richards und Elsas kleine Tochter und mochte auch nicht darüber nachdenken, dass diese Viktoria womöglich anstecken könnte.

»Aber nein, bestimmt nicht. Wahrscheinlich nur eine kleine Erkältung. Kein Wunder, bei diesen Temperaturen! Hoffentlich wird es bald wärmer. Dieses ewige Grau in Grau schlägt einem ja aufs Gemüt.«

»Hamburger Schmuddelwetter hat mein Großvater immer dazu gesagt.« Luise lächelte bei der Erinnerung an ihn.

»Ja, das trifft es ziemlich gut.« Elsa schmunzelte. »Mein Großvater hatte auch immer für alles Mögliche einen Spruch parat.«

»Ja? Zum Beispiel?«

»Hm, wenn du mich jetzt so fragst, muss ich glatt überlegen. Nein, warte, einer fällt mir ein. Er hat seine Überzeugungen immer so verpackt, dass sie wie Lebensweisheiten klangen. Eine lautete: ›Es gibt zwei Sorten von Menschen. In der einen Schlange stehen die, die fleißig sind und arbeiten wollen, in der anderen die, die nur darüber reden, wie fleißig sie sind, und den ganzen Tag nichts schaffen. Stell dich in der ersten Schlange an. Die ist kürzer.‹«

Luise lachte herzlich auf. »Ja, der Spruch ist gut. Und so wahr. Hat er sich den ausgedacht?«

»Ich habe keine Ahnung. Das wusste man bei ihm sowieso nie so genau.« Elsa trank einen Schluck Kaffee.

»Mein Großvater hat oft irgendwelche Sprüche über das Wetter gemacht«, erinnerte sich nun Luise. »Zum Beispiel: ›Sturm im Norden ist, wenn die Schafe keine Locken mehr haben. Alles andere ist nur Wind.‹«

Elsa prustete fast ihren Kaffee aus vor Lachen.

»Witzig, wirklich.« Richard stand im Türrahmen und verdrehte genervt die Augen. »Können wir jetzt gehen?«

»Ja, natürlich.« Luise stand auf. »Wir sollten die gesammelten Weisheiten unserer Großväter irgendwann mal aufschreiben.

Das würde sich als Buch bestimmt gut verkaufen.« Luise berührte im Vorbeigehen kurz Elsas Schulter. »Gib Marie einen Kuss von mir und wünsch ihr gute Besserung.«

»Danke. Hab einen schönen Tag!«

Ohne sich mit einem Kuss oder auch nur einem Wort von Elsa zu verabschieden, ging Richard zur Haustür.

»So, da ist sie auch schon«, sagte Anna, die mit Viktoria auf dem Arm herbeigeeilt kam. »Sie hat schon ein wenig Brei bekommen, wollte aber nicht viel.«

»Um diese Zeit ist es meistens noch zu früh für sie«, erwiderte Luise und nahm Viktoria entgegen. »Einen guten Tag, Anna.«

»Ihnen auch einen guten Tag, gnädige Frau.« Die Haushälterin machte sich nicht die Mühe, sich auch von Richard zu verabschieden, der gerade die Haustür öffnete. Luise konnte es verstehen. Richard war wirklich einer der übellaunigsten Menschen, die ihr je begegnet waren, und er störte sich nicht daran, seine Mitmenschen dies auch spüren zu lassen.

Als Luise mit Viktoria auf dem Arm aus dem Haus trat, war Hugo damit beschäftigt, den Kinderwagen hinten an der Halterung der Kutsche zu befestigen. »Guten Morgen, die Herrschaften«, sagte er. Richard gab nur einen mürrischen Laut von sich, während Luise den Kutscher freundlich begrüßte. Als Hugo sich dann bückte, um das Seil um den Kinderwagen festzuzurren, ließ er einen vernehmlichen Seufzer hören.

»Alles in Ordnung, Hugo?«, fragte Luise sogleich.

»Aber ja, gnädige Frau. Alles bestens, alles bestens. Nur jünger werden wir eben alle nicht.«

Luise warf ihm einen sorgenvollen Blick zu. Kam es ihr nur so vor, oder hatte der Kutscher in der letzten Zeit noch mehr abgebaut? Dies war einer der Momente, wo sie nur zu gern ihren Vater an der Seite gehabt hätte. Er hatte eine sehr gute Menschenkenntnis und auch eine ganz besondere Art, mit seinen Angestellten umzugehen. Vor allem aber fand er stets den richtigen Ton. Luise fiel es schwer, mit einem alten Mann wie Hugo über seinen Gesundheitszustand zu sprechen und ob es nicht ratsam wäre, langsam an den Ruhestand zu denken. Wer war sie, dass sie einem erfahrenen Mann sagen durfte, was für ihn das Beste wäre?

Sie gab Viktoria an Richard weiter, der bereits in der Kutsche Platz genommen hatte. Hugo reichte ihr die Hand, damit sie besser einsteigen konnte. Sie dankte ihm, setzte sich und ließ sich Viktoria von Richard zurückgeben.

»Na los, altes Mädchen«, hörten sie Hugo sagen, als er die Zügel aufgenommen hatte und die Stute antrieb. »Dann wollen wir mal.«

Das Gefährt setzte sich in Bewegung, und Luise beschäftigte sich ein wenig mit Viktoria, doch in Gedanken war sie noch immer bei Hugo und der Frage, wie sie die Situation angehen sollte. Sie würde ihrem Vater schreiben und ihn um seinen Rat bitten. Mehr konnte sie im Moment nicht tun.

Sie erreichten das Kontor, und während Richard, ohne auf sie zu warten, direkt in sein Büro ging, ließ Luise sich von Hugo den Kinderwagen herunterheben, setzte Viktoria hinein und schlug als Erstes den Weg ins Lager ein, um dort die Mitarbeiter zu begrüßen. Peter Friedrichs warf sie einen längeren Blick zu als sonst. Täuschte sie sich, oder war er angespannt wegen der Aussicht auf das, was heute womöglich noch geschehen würde?

Sie fuhr mit dem Aufzug in das obere Stockwerk und begrüßte dort Fräulein Schreiber, die wie üblich sofort Viktoria auf den Arm nahm und die Kleine herzte. Frau Regener war etwas früher dran als sonst, denn noch während Luise in ihr Büro ging, kam bereits die Kinderfrau und nahm ihr Viktoria ab. Fräulein Schreiber brachte Luise den gewohnten Kaffee, die Zeitung und die Korrespondenz. Dann ging sie wieder.

Luise hatte Schwierigkeiten, sich zu konzentrieren, und blätterte die Zeitung eher lustlos durch. Einen Artikel über die im Mai geplante Eröffnung des Vergnügungsparks »Venedig in Wien« las sie zur Hälfte, brach dann aber ab und faltete die Zeitung zusammen. Sie war in Gedanken einfach nicht bei der Sache.

Einerseits sprach viel dafür, dass Hans' Verdacht nicht ganz von der Hand zu weisen war und Richard in irgendeiner Weise in die Diebstähle involviert war. Er war es gewesen, der in der Zeit, als Luise nach Viktorias Geburt zu Hause geblieben war, die Bücher geführt hatte. Er hatte die Waren bestellt und Verkäufe getätigt. Er war es auch gewesen, der neue Händler aufgetan hatte, mit denen das Kontor nie zuvor Geschäfte gemacht hatte. Überall schien er beteiligt zu sein. Doch Luise konnte und wollte nicht wirklich glauben, dass er das Kontor seiner eigenen Familie bestohlen hatte oder es womöglich immer noch tat.

Thalmann hatte gehört, dass Richard diesem Greuter angekündigt hatte, seine Schulden heute bezahlen zu wollen. Also musste er davon ausgehen, an diesem Tag auf irgendeine Weise zu Geld zu kommen.

Die Lohnzahlungen waren vor einiger Zeit im Kontor von wöchentlich auf monatlich umgestellt worden, was eine große Zeitersparnis bedeutete. So bekamen nun immer alle Beschäftigten – und damit auch Luise und Richard, die die Firma führten – kurz vor dem letzten Tag des Monats ihr Geld. Richard hatte seines also genau wie Luise bereits letzte Woche erhalten, sodass er heute zumindest nicht mit Zahlungen aus dem Kontor rechnen durfte. Jedoch konnte es natürlich auch sein, dass er aus einer ganz anderen Quelle Geld erwartete, beispielsweise von einem Freund, dem er ausgeholfen hatte. Aber eigentlich glaubte Luise nicht daran. Doch würde Richard wirklich so weit gehen, das Kontor zu bestehlen oder zumindest den Diebstahl eines anderen gegen ein Schweigegeld zu decken? Er war immerhin ein Mitglied dieser Familie, auch wenn ihm das Kontor niemals gehören würde.

Luise griff nach der Korrespondenz, die Fräulein Schreiber für sie bereitgelegt hatte, und überflog sie kurz, konnte sich jedoch auch darauf nicht recht konzentrieren. Sie war in Versuchung, noch einmal ins Lager zu gehen und Peter Friedrichs zu fragen, ob Hans, wie er angekündigt hatte, am Morgen wirklich bei ihm zu Hause gewesen war und alles Notwendige mit ihm besprochen hatte. Doch sie wollte nicht riskieren, dass sie sich anders verhielt als sonst. Und dem Blick nach zu urteilen, den Friedrichs ihr vorhin zugeworfen hatte, hatte Hans tatsächlich schon mit ihm gesprochen.

Luise stand auf und ging ans Fenster. Sie schmunzelte, als sie auf den Spalt zwischen den Häusern hinunterblickte, in dem gestern Oscar Thalmann gekauert hatte. Dass dieser am heutigen Tage sicher nicht dort stand, wusste sie nur zu gut, sah aber dennoch hinüber.

Für einen kurzen Augenblick nahm sie am Fenster der Erdgeschosswohnung im Gebäude gegenüber eine Bewegung wahr. Fast glaubte sie, dort jemanden gesehen zu haben, der zum Kontor hinüberblickte und rasch seine Beobachtungsposition aufgab, als er Luise oben am Fenster stehen sah. Sie schüttelte den Kopf. Jetzt sah sie wirklich schon Gespenster.

Sie wandte sich ab, ging wieder an ihren Schreibtisch und versuchte sich zu konzentrieren. Doch es gelang ihr einfach nicht. Hoffentlich kam Frau Regener bald von ihrem Spaziergang mit Viktoria zurück. Luise würde nur das Notwendigste im Kontor erledigen und dann mit der Kleinen zurück zur Villa fahren. Hans hatte sie zwar lediglich gebeten, am Mittag etwas früher da zu sein, doch sie würde heute ohnehin nichts Rechtes schaffen, da sie mit ihren Gedanken ständig woanders war. Dann konnte sie ebenso gut Frau Regener freigeben, mit Viktoria nach Hause fahren und dort mit ihrer Tochter spielen.

Sie mahnte sich zur Konzentration, als sie nun wieder am Schreibtisch Platz nahm. Wenigstens die Korrespondenz musste erledigt werden. Die Stunde, die Frau Regener meist am Morgen mit Viktoria spazieren ging, würde sie genau dafür nutzen.

Es war noch nicht einmal elf Uhr, als Luise mit Viktoria in die Villa zurückkehrte. Elsa war mit Marie draußen im Garten.

»Ach, hier seid ihr«, begrüßte Luise die Frau ihres Cousins. »Geht es Marie besser?«

»Ja, ihre Temperatur ist wieder normal, und ich dachte mir, ein wenig frische Luft wird ihr gewiss nicht schaden. Aber was macht ihr denn um diese Zeit schon hier?«

Luise setzte Viktoria auf der Decke ab, auf der Elsa und Marie saßen. Dann hockte sie sich ebenfalls dazu. »Ich bin zu aufgewühlt, um mich auf die Arbeit konzentrieren zu können«, erklärte Luise, wobei sie den Grund dafür selbstredend für sich behielt.

»Das verstehe ich gut. Es ist wirklich ein böser Streit, den du mit Hans hast.«

Luise machte eine Handbewegung, als wollte sie ein Insekt verscheuchen. »Lass uns darüber bitte nicht reden. – Sag, wie geht es dir denn eigentlich? Möchtest du nächste Woche mal wieder im Kontor aushelfen?«

»Schrecklich gern.« Elsa war sichtlich erfreut über das Angebot. Sie war in den vergangenen Monaten auf Luises Einladung hin immer mal wieder ins Kontor gekommen, hatte bei der Ablage geholfen oder kleinere Arbeiten erledigt, die Fräulein Schreiber ihr auf Luises Wunsch gegeben hatte. Luise hoffte, dass sie irgendwann eine Aufgabe finden würden, die Elsa nicht nur zeitweise, sondern dauerhaft ausfüllen konnte. Sie mochte sich nicht vorstellen, wie es für die junge Frau war, tagaus, tagein in der Villa zu sitzen und sich ausschließlich mit der kleinen Marie zu beschäftigen, so entzückend dieses Kind auch war. Selbst wenn Luise sich immer mal wieder zwischen ihren Aufgaben als Mutter und denen im Kontor hin- und hergerissen fühlte, so war ihr dies doch tausendmal lieber, als einfach nur herumzusitzen, mit dem Kind zu spielen und darauf zu warten, dass der Mann am Abend nach Hause kam. Nein, das wäre wirklich ein Albtraum.

»Sehr gut«, freute sich Luise. »Dann komm am besten gleich nächsten Montag mit. Marie kann mit zu Frau Regener gehen, und du kannst mir bei verschiedenen Aufgaben helfen.«

»Danke, Luise.« Elsa reckte sich zu ihr und nahm ihre Hand. »Ich meine das ernst. Ich weiß genau, dass du meine Hilfe nicht brauchst, sondern mir eine Beschäftigung verschaffen willst. Womöglich sollte ich zu stolz sein und ablehnen, weil ich keine Almosen möchte. Doch ich bin dir einfach nur dankbar.«

»Ich brauche deine Hilfe, glaub mir. Fräulein Schreiber hat mehr als genug zu tun, und wenn ich mich selbst jeder Kleinigkeit annehmen muss, fehlt mir die Zeit dann bei anderen Sachen.« Sie drückte Elsas Hand. »Du verkaufst dich unter Wert, weißt du das?«

»Findest du?« Es klang traurig. Elsa zog ihre Hand zurück, zupfte an dem Band, das sie Marie ins Haar gebunden hatte, die voll und ganz auf das Spielzeug konzentriert schien, das sie in den Händen hielt.

»Ja, allerdings. Oder bist du etwa glücklich so?«

»Wie meinst du das?«

Luise zuckte die Schultern. »Ich möchte dir bestimmt nicht zu nahe treten, doch Marie wird im November zwei Jahre alt. Und ich glaube wirklich, je regelmäßiger du sie Frau Regener überlässt, desto besser wird sie mit den vorübergehenden Trennungen für einige Stunden zurechtkommen. Und dann könntest du im Kontor auch andere Aufgaben übernehmen, als nur gelegentlich ein bisschen Ablage zu erledigen.«

»Richard will es nicht«, stellte Elsa fest. »Er sagt, dass es ihm auf die Nerven geht, wenn Marie und ich ebenfalls mit im Kontor sind.«

»Warum? Du hältst dich doch die meiste Zeit entweder bei Fräulein Schreiber auf, oder wir beide sind zusammen. Und Marie bekommt er ja nicht mal zu Gesicht.«

Elsa zuckte die Schultern. »Er hat gesagt, ich würde mich zu sehr aufdrängen. Ich weiß genau, dass es selbst wegen der paar Stunden, die ich nächste Woche in die Arbeit gehe, wieder einen riesigen Streit zwischen uns geben wird. Doch das nehme ich in Kauf.« Als Elsa zu Luise aufblickte, hatte sie Tränen in den Augen. »Ich liebe Marie über alles und will mich nicht mit Richard streiten. Doch wenn ich nur hier im Haus bin – mit dem Hauspersonal und der Kleinen als einziger Gesellschaft –, werde ich irgendwann wahnsinnig.«

»Mich würde der Wahnsinn, wenn ich an deiner Stelle wäre, noch wesentlich rascher befallen, das kann ich dir sagen«, erwiderte Luise und brachte Elsa damit zum Schmunzeln.

»Frau Petersen, ich habe Sie gar nicht kommen hören«, rief Anna in diesem Moment von der Terrasse herüber. »Kann ich den Damen etwas bringen?«

»Nein, danke, Anna«, antwortete Luise und sah dann Elsa an. »Möchtest du etwas?«

Elsa schüttelte den Kopf. »Oder doch – aber das kann Anna mir nicht holen.«

»Was denn?«

»Dein Selbstvertrauen hätte ich gern.«

Luise musste laut lachen.

Die Haushälterin, die Elsas letzte Bemerkung nicht hatte hören können, ging zurück ins Haus, während die beiden Frauen mit ihren Kindern noch eine Weile im Garten blieben.

Es war gegen halb eins, als Hans nach Hause kam. Er bat Elsa, auf Viktoria zu achten, um ungestört mit seiner Frau sprechen zu können. Elsa willigte sofort ein, denn sie dachte sicher, dass die beiden ihren Streit beilegen wollten. Luise und Hans gingen nach oben ins Schlafzimmer, um sich zu besprechen.

Kaum dass die Tür hinter ihnen geschlossen war, umarmten und küssten sie sich. Es war eigenartig, doch jetzt, da sie eine Ehekrise vorgaben, hatte Luise noch mehr als sonst das Bedürfnis nach körperlicher Nähe. Und Hans schien es ebenso zu gehen, denn er hielt Luise so fest im Arm, als wollte er sie niemals wieder loslassen.

Dann setzten sie sich aufs Bett, Hans nahm ihre Hände. »Ich hoffe, dass ich mich irre, aber ich habe Erkundigungen über diesen Greuter eingezogen, und wie es aussieht, veranstaltet er illegale Pokerrunden, bei denen es um erhebliche Summen geht.«

»Richard spielt?«

»Es scheint so, ja. Das würde auch erklären, weshalb er diesem Greuter und offenbar auch einigen anderen Geld schuldet.« Hans verzog das Gesicht. »Ich glaube tatsächlich, dass mit diesem Greuter nicht zu spaßen ist. Er betreibt zwei Lokale in Hamburg, richtige Spelunken, wenn du mich fragst, lässt sich dort aber nur selten blicken. Greuter ist einer, der alles liefert, was Geld bringt. Seine Hauptgeschäftszweige sind Prostitution und Glücksspiel, Letzteres aber immer nur in privaten Runden, bei denen es um hohe Summen geht.«

Luise schlug erschrocken die Hand vor den Mund.

»Natürlich kann es auch sein, dass Richard in einem seiner Lokale groß gefeiert und die Zeche nicht gezahlt hat. Doch eigentlich passt das, was Oscar Thalmann beobachtet hat, eher zum Glücksspiel.«

Luise schüttelte den Kopf. »In was ist Richard da nur hineingeraten?«

»Er hat einen labilen Charakter«, urteilte Hans. »Insofern

müsste uns das alles nicht überraschen. Die Frage ist nur, wie gehen wir damit um, wenn sich unser Verdacht bestätigen sollte?«

»Du meinst, wenn wir ihn sozusagen beim Griff in die Kasse erwischen?«

»Ganz genau.«

Luise presste die Lippen aufeinander und fasste sich mit einer nervösen Geste in den Nacken. »Ehrlich gesagt, hoffe ich immer noch, dass wir uns irren.«

»Und wenn nicht?«

»Wenn er uns wirklich bestohlen haben sollte, werfe ich ihn raus.« Luise hob den Kopf. »Richard war noch nie ein Musterknabe und hat sich auch schon früher so manches geleistet. Dennoch hat er wieder und wieder die Gelegenheit bekommen, sich zu beweisen. Aber wenn er wirklich das Kontor und damit die Familie bestohlen hat, dann ist hier eine Grenze überschritten und ein Punkt erreicht, an dem es kein Zurück gibt. Ein solches Verhalten ist durch nichts zu entschuldigen.«

»Ich stimme dir da vollkommen zu«, erklärte Hans. »Nur wollte ich, dass du die Entscheidung triffst. Denn es ist dein Kontor.«

»Es ist das Kontor der Familie«, korrigierte Luise.

»Nein, Luise«, widersprach ihr Mann. »Es ist deines. Dein Vater ist in Kamerun, und er hat die Leitung schon zuvor mehr und mehr an dich übergeben. Richard ist eingesprungen, doch wenn sich das, was wir glauben, als wahr herausstellen sollte, hat er mehr Schaden angerichtet als Nutzen gebracht. Du stehst in der Verantwortung, musst Entscheidungen treffen. Ich werde an deiner Seite sein und dir den Rücken stärken, doch du bist diejenige, die nach vorn treten muss. Du lehnst überholtes Denken ab und stehst als Frau deinen Mann. Womöglich wirst du heute gezwungen sein, eine Entscheidung zu treffen, die die ganze Familie entzweien kann, denn wenn du Richard aus der

Firma wirfst, hat das auch Folgen für alle anderen, dessen musst du dir bewusst sein.«

»Du sprichst von Elsa und Marie.«

»Von Elsa und Marie und ebenso von deinem Onkel Georg, deiner Tante Vera und auch deiner Cousine Frederike. Niemand kann sagen, ob sie sich nicht auf die Seite des Sohnes und Bruders schlagen und sich damit von dir abwenden. Und was Elsa und Marie angeht, wird es noch schwieriger werden.«

Luise presste abermals die Lippen zusammen. Erst jetzt, wo Hans es aussprach, wurde ihr bewusst, dass die möglichen Folgen dieser Angelegenheit weit mehr Auswirkungen haben würden, als sie selbst bisher überblickt hatte. Sie dachte einen Moment nach, dann sagte sie: »Wenn Richard das Kontor und damit die Familie bestohlen hat, dann war er es, der die Entscheidung traf, sich von den Hansens abzuwenden. Nicht ich. Und wenn dies ein Handeln meinerseits erforderlich macht, werde ich nicht zögern.«

»Du bist eine wirklich bemerkenswerte Frau.« Hans zog sie an sich und gab ihr einen leidenschaftlichen Kuss. »Wenn ich dich nicht schon lieben würde, hätte ich mich genau in diesem Moment in dich verliebt.«

Luise erwiderte den Kuss und sagte dann: »Bewahre dir genau dieses Gefühl, das du gerade hast. Denn heute Abend werde ich keinesfalls zulassen, dass du nicht hier in diesem Bett schläfst.«

Hans zog sie erneut an sich, küsste sie so stürmisch, dass sie kaum mehr Luft bekam. Als er sich von ihr löste, sagte er: »Es wird Zeit. Wir sollten uns auf den Weg machen.«

Luise nickte. Die bangen Gedanken und die Hoffnung, dass alles nur ein Irrtum sein könnte, waren verschwunden. Sie wollte Klarheit haben, so oder so. Die beiden erhoben sich vom Bett, verließen ihr Schlafzimmer und gingen Hand in Hand nach unten.

Elsa war mit den Kindern im Wohnzimmer und war erleichtert, zu sehen, dass Luise und Hans sich bei den Händen hielten, als sie eintraten. »Ist alles wieder in Ordnung?«, fragte sie.

»Das wissen wir noch nicht. Doch wir werden es schon bald erfahren«, antwortete Luise. Dabei warf sie Hans einen Blick zu, den Elsa nicht deuten konnte. Fast, so fand sie, lag etwas Unheilvolles darin.

12. Kapitel

Wien, Samstag, 6. April 1895

»Ich glaube, er war die ganze Nacht da draußen.« Vera warf Frederike einen bangen Blick zu. »Am Abend hatte ich starke Kopfschmerzen und bin früh zu Bett gegangen. Ich nahm an, Georg würde länger im Kontor bleiben. Aber als ich heute Morgen die Vorhänge aufzog, hat er dort auf der Terrasse gesessen. Er hat kein einziges Wort gesagt und nur vor sich hin gestarrt.«

Frederike, die sofort gekommen war, als Käthe im Auftrag von Vera die Nachricht überbracht hatte, dass etwas mit Georg nicht stimme, betrachtete nun ihren Vater, der vollkommen erschöpft wirkte und mit offenen Augen im Sessel saß. Er schien weder sie noch seine Frau wahrzunehmen.

»Es ist richtig unheimlich«, fügte Vera hinzu.

»Hast du nach dem Arzt geschickt?«

Vera schüttelte den Kopf. »Nein, ich wollte erst mit dir sprechen, was du davon hältst.«

Frederike berührte ihn an der Schulter. »Vater?« Sie rüttelte ihn sanft.

Er regte sich nicht, sondern murmelte nur: »Ich bin so müde, ich kann nicht mehr. Bitte lasst mich einfach hier sitzen.«

»Wir müssen unbedingt den Arzt holen«, beschloss Frederike.

Vera drehte sich zu Käthe um, die im Türrahmen stand und in einiger Entfernung abwartete, was passierte. Sie hatte am Morgen mitgeholfen, Georg behutsam von dem Terrassenstuhl hochzuziehen und ihn mit langsamen Schritten zu dem Sessel zu führen, in dem er jetzt saß.

»Hol den Doktor«, ordnete Vera an. »Und sag ihm, dass er sich beeilen soll.«

»Jawohl, gnädige Frau.« Käthe knickste und eilte davon.

Ein paarmal sprach Frederike ihren Vater noch an, gab es aber dann auf. Ob er deshalb nicht auf sie reagierte, weil sie sich gestern gestritten hatten? Womöglich war sie zu hart mit ihm ins Gericht gegangen. Doch sie hatte sich so sehr über ihn geärgert, weil sie einfach nicht verstehen konnte, weshalb er sich gerade jetzt, wo ein Ruck durch ihre Mutter gegangen war und alles gut werden könnte, so benahm. Was fehlte ihm denn in seinem Leben, dass er so unglücklich war?

Sie musste an gestern Abend denken, als Anton zu ihr gekommen war, um ihr von der Beförderung zu erzählen, die er erhalten hatte. Er wollte mit ihr feiern, doch eigentlich war ihr nach der Auseinandersetzung mit ihrem Vater so gar nicht danach gewesen. Doch sie wollte Anton nicht enttäuschen und ihm die Freude über die Beförderung nicht verderben. So willigte sie ein, den Wein mit ihm zu trinken, den er eigens zur Feier des Tages gekauft hatte. Je mehr sie davon getrunken hatte, desto weniger dachte sie noch an den Streit mit ihrem Vater und gab sich ganz dem Glücksgefühl hin, das Anton mit ihr teilte. Er war so selig, so ausgelassen, ja er war über die Maßen erleichtert und hatte Frederike wieder und wieder erzählt, dass er kurz nach Arbeitsbeginn in das Büro von

Florentinus Loising, dem Chef der Loising Eisenwarenfabrik, gerufen wurde.

Er war nie zuvor in dessen Büro gewesen, nicht einmal, als er damals eingestellt wurde. Denn Vorgänge wie Einstellungen oder auch Entlassungen überließ Loising stets den jeweiligen Abteilungsleitern. Er selbst hatte Wichtigeres zu tun, als sich um die Belange der Angestellten zu kümmern. Entsprechend nervös war er deshalb zur Sekretärin Florentinus Loisings gegangen, hatte seinen Namen genannt und gesagt, dass er zum Chef bestellt worden sei. Sie hatte freundlich erwidert, dass er bereits erwartet werde, was Anton endgültig in Schweiß ausbrechen ließ. Mit etwas zaghaften Schritten war er durch die Tür getreten und hatte sich mehrfach unauffällig die Hand an der Hose abgewischt, bevor er sie Florentinus Loising gereicht hatte.

Wie Anton erzählte, hatte sich Florentinus einen kleinen Spaß daraus gemacht, ihn eine Weile zappeln zu lassen, bevor er mit der Nachricht herausgerückt war, dass er fortan die Stelle des Leiters im Verkauf einnehmen werde.

Selbst als Loising es ausgesprochen hatte, konnte Anton noch nicht glauben, ihn richtig verstanden zu haben. Eine solche Position wurde in einer Firma wie der Loising Eisenwarenfabrik normalerweise nur langjährigen Mitarbeitern übertragen, die meist schon etwas fortgeschrittenen Alters waren und weit mehr Erfahrung als Anton Messinger hatten. Doch Loising hatte betont, dass er Antons enormen Einsatz registriert habe und es zu schätzen wisse, wie engagiert und ehrgeizig er sich hochgekämpft hatte.

Für Anton war es der bisher glücklichste Tag in seinem Leben, denn diese Beförderung bedeutete neben neuen Aufgaben und der hiermit verbundenen Verantwortung vor allem auch, dass er künftig ein beachtliches Gehalt verdienen würde und sich alles leisten könnte, was sein Herz begehrte. Er hatte Frederike vorgeschwärmt, dass sie ihre Kleider nun in den teuersten Schneidereien fertigen lassen könnte. Sie würde Hüte tragen, die in Paris Mode waren, Kristallflakons mit edlen Parfüms würden auf ihrem Spiegeltisch stehen. Sie würden in der feinen Gesellschaft Wiens verkehren, und man würde Antons Rat suchen, wenn es um neue Verkaufsmethoden und andere geschäftliche Angelegenheiten ging.

Der Wein war an diesem Abend in Strömen geflossen, und irgendwann waren sie sich in die Arme gesunken, und Frederike hatte sich ihm hingegeben. Es war das erste Mal gewesen, denn eigentlich hatte Frederike damit bis nach der Hochzeit warten wollen. Doch es waren nur noch drei Monate, bis sie Antons Frau würde, und in der ausgelassenen Stimmung des gestrigen Abends hatte es sich einfach richtig angefühlt.

Am nächsten Morgen jedoch direkt wieder ins normale Alltagsleben zu tauchen und mit den Schwierigkeiten ihrer Eltern konfrontiert zu sein, machte es ihr schwer, dem Gefühl noch nachzuspüren. Aber so war es nun einmal.

»Komm, lassen wir ihn in Frieden«, entschied Frederike. »Wir gehen lieber in die Küche, bis der Arzt kommt. Hier können wir im Moment ohnehin nichts tun.«

Vera nickte wortlos, warf aber noch einen letzten Blick auf Georg. Kam es ihr nur so vor, oder war ihr Mann innerhalb eines Tages um Jahre gealtert?

Mit sorgenvoller Miene folgte sie Frederike, die bereits Wasser in den Kessel füllte und ihn auf die Gasflamme stellte. »Ist denn gestern Abend etwas vorgefallen, als er nach Hause kam?«, fragte sie ihre Mutter. »Ich meine, habt ihr euch gestritten oder irgendetwas in der Art?«

Sie setzten sich zusammen an den Tisch, während das Wasser im Kessel langsam heiß wurde.

»Ich habe ihn ja nicht mal zu Gesicht bekommen«, erklärte Vera. »Ich habe mir tatsächlich Sorgen gemacht, weil er nicht wie gewohnt aus dem Kontor nach Hause gekommen ist, dachte dann aber, dass er womöglich dort aufgehalten wurde, und bin irgendwann einfach zu Bett gegangen.« Sie schlug die Hand vor den Mund. »Ich habe gestern Abend noch die Gardinen zur Terrasse zugezogen. Womöglich hat er da schon in seinem Stuhl gesessen, und ich habe ihn einfach übersehen.«

»Wahrscheinlich war er noch gar nicht da. Mach dir keine Vorwürfe.«

Der Kessel begann zu pfeifen, und Frederike nahm ihn von der Flamme und ließ das kochende Wasser durchs Teesieb in die Porzellankanne laufen.

»Hoffentlich bin ich nicht schuld daran«, sagte Vera.

»Wieso du? Was hast du denn getan?«

»Nun ja, wir haben uns vorgestern Abend, nachdem du und ich den wunderbaren Spaziergang gemacht haben, zusammengesetzt und das erste Mal seit vielen Wochen richtig miteinander gesprochen. Und dabei haben wir festgestellt, dass wir wohl beide nicht mehr glücklich sind.«

»Was soll das heißen?«

»Dein Vater hat mir gestanden, dass er in der letzten Zeit sein Leben immer mehr hinterfragt hat. Ich glaube, er kämpft mit sich wegen der Fehler, die er begangen hat. Doch ich habe ihm gesagt, dass er sich deshalb nicht mehr grämen soll, denn wir tragen beide unseren Anteil an den Fehlern in der Vergangenheit. Und weißt du, das erste Mal seit langer Zeit hatte ich wieder das Gefühl, deinen Vater zu verstehen.«

Frederike schluckte schwer. Das, was ihre Mutter sagte, klang anders als das, was sie am gestrigen Tag von ihrem Vater gehört hatte. »Aber was verstehst du denn?«

»Er ist sehr unglücklich, Frederike, doch das habe ich wegen meines eigenen Kummers und meiner Wut gar nicht erkennen können. Nun jedoch, als wir uns ausgesprochen haben, wurde mir und wohl auch ihm klar, dass wir beide in dieser Ehe verharren, die uns nicht guttut.« Sie räusperte sich. »Es ist mein

Wunsch, nach Hamburg zurückzugehen. Du kennst deinen Vater. Er ist ein Ehrenmann und würde nicht zulassen, mich unversorgt zu wissen. Vielleicht wäre es wirklich am besten so.« Sie lächelte liebevoll in der Erinnerung an das Gespräch. »Ich glaube, ich habe die ganze Zeit eine solche Angst davor gehabt, wieder von ihm verlassen zu werden, dass ich gar nicht gemerkt habe, dass eine Trennung in Wirklichkeit das Einzige war, was ich selbst wollte.«

Frederike räusperte sich. »Ich habe Vater gestern Morgen, bevor ich selbst zur Arbeit ging, im Kontor besucht«, erzählte sie. »Da hat er mir gesagt, dass ihr miteinander gesprochen habt und er in Erwägung zieht, dich zu verlassen.«

Vera lächelte milde. »Er ist ein wahrer Gentleman. Wahrscheinlich wollte er es auf sich nehmen, damit ich besser dastehe und nicht als eine Frau, die ihren Mann im Stich lässt. Eigenartig«, sagte sie nachdenklich. »Wenn ich jetzt so in mich hineinspüre, dann ist da doch noch sehr viel Gefühl für ihn. Womöglich musste erst alles so kommen, damit ich das wieder spüren kann.«

Frederike wurde ganz übel. All die Gemeinheiten, die sie ihrem Vater an den Kopf geworfen, und die Beleidigungen, die sie ihm entgegengeschleudert hatte! Sie versuchte sich zu erinnern, was genau sie gestern gesagt hatte, doch ihre Gedanken kreisten zu wild in ihrem Kopf, als dass sie einen zu fassen bekam.

Aus dem Eingangsbereich waren Geräusche zu hören. Kurz darauf rief Käthe: »Gnädige Frau? Der Arzt ist da!«

Vera und Frederike sprangen auf und verließen eilig die Küche.

»Doktor Vogler.« Vera ging auf ihn zu. »Haben Sie vielen Dank, dass Sie so rasch gekommen sind.«

»Guten Tag, Frau Hansen.« Er reichte Vera die Hand und nickte Frederike zu. »Wo ist Ihr Mann?«

»Dort drin.« Vera deutete zum Wohnzimmer.

Ohne zu zögern, ging der Arzt hinüber, verlangsamte dann aber seinen Schritt, als er Georg sah, und trat behutsam an ihn heran. »Herr Hansen, guten Tag. Können Sie mich hören?«

Georg starrte weiter vor sich hin, ohne auf die Ansprache des Arztes zu reagieren.

»Hat er ein Medikament genommen?«, fragte Dr. Vogler und drehte sich zu Vera um.

»Nicht, dass ich wüsste. Ich dachte gestern, dass er noch länger im Kontor wäre, und bin irgendwann ins Bett gegangen. Als ich dann heute Morgen die Vorhänge aufzog, sah ich ihn auf der Terrasse sitzen. In demselben Zustand wie jetzt.«

»Hm«, machte Dr. Vogler, klappte seine Tasche auf und zog ein Stethoskop hervor, um Georg abzuhören. Er öffnete Georgs Weste und knöpfte das Hemd im Brustbereich ein wenig auf.

Vera, Frederike und Käthe wagten fast nicht zu atmen. Gebannt warteten sie auf eine Reaktion des Arztes, der sich jedoch Zeit ließ.

Dr. Vogler legte das Stethoskop beiseite, fasste Georgs Handgelenk und prüfte den Puls. Dann stellte er sich wieder aufrecht hin.

»Körperlich scheint auf den ersten Blick alles in Ordnung zu sein.« Er bückte sich, zog Georgs Hosenbeine bis zu den Knien hoch und ließ sie nach einigen prüfenden Blicken wieder herunter. Dann öffnete er das Hemd noch ein wenig weiter und betrachtete den Bauch. »Soweit ich feststellen kann, ohne dass ich ihn entkleidet habe, hat er keine äußeren Verletzungen.«

»Aber warum hört er uns denn dann gar nicht?«

»Was hat Ihr Mann gemacht, bevor er in diesen Zustand fiel?«

Vera zuckte mit den Schultern. »Wie gesagt, ich weiß nicht einmal genau, wann er nach Hause gekommen ist. Als er gestern Morgen zur Arbeit ging, war noch alles in Ordnung.«

»Ich hatte gestern einen Streit mit ihm«, brachte sich Frederike ein. »Könnte das der Grund sein?«

»Nun, ein einfacher Streit dürfte wohl kaum ausreichen, um einen solchen Zustand hervorzurufen«, meinte Dr. Vogler. »Ich bin kein Facharzt für Neurologie. Doch es scheint vieles auf einen Nervenzusammenbruch hinzudeuten. War er in letzter Zeit ungewöhnlich großer Belastung ausgesetzt?«

Vera zuckte die Schultern. »Er hat zwar viel im Kontor zu tun, aber ob es mehr ist als sonst, kann ich beim besten Willen nicht beurteilen.«

Dr. Vogler schien zu überlegen. »Bitte, meine Damen, helfen Sie mir, ihn dort drüben hinzulegen.« Er deutete zur Couch.

Dr. Vogler trat neben Georgs Stuhl, legte sich dessen Arm um die Schulter, während Frederike auf die andere Seite ging und ihn am Arm unterhakte. »Bei drei. Eins, zwei, drei.« Mit einem Ruck zogen sie Georg hoch, wobei die größte Last der Arzt trug. Georgs Füße bewegten sich zwar, schlurften aber in kleinen Schritten über den Teppich. Langsam ließen sie ihn auf die Couch sinken, und Dr. Vogler nahm Georgs Beine und legte sie hoch.

Vera zog ihrem Mann die Schuhe aus, und Käthe holte eine Decke, die sie über ihn ausbreitete.

Dr. Vogler öffnete abermals seine Tasche und holte eine Spritze hervor, mit der er aus einem kleinen Fläschchen etwas Flüssigkeit aufzog.

Vera hob Georg noch einmal an, um ihm das Jackett auszuziehen, wobei Frederike ihr zur Hand ging. Dann krempelte sie den Hemdsärmel auf.

»Ich werde ihm jetzt etwas zur Entspannung geben, dann wird er eine Weile schlafen«, kündigte Dr. Vogler an. »Wenn er wieder zu sich kommt und sich keine Besserung einstellt, werden wir ihn ins Hospital bringen müssen.«

Der Arzt setzte die Spritze und drückte langsam die klare Flüssigkeit in Georgs Vene. Vera drehte den Kopf weg.

Als er fertig war, erhob sich Dr. Vogler. »Ich werde morgen wiederkommen, um nach ihm zu sehen«, sagte er.

»Am Sonntag?«, vergewisserte sich Vera verwundert. »Das ist wirklich sehr freundlich von Ihnen, Herr Doktor. Haben Sie vielen Dank.«

Dr. Vogler nickte, warf noch einen letzten Blick auf Georg, der die Augen nun geschlossen hatte. Offenbar zeigte die Spritze bereits Wirkung. Der Arzt hatte schon von Fällen gehört, in denen Patienten von einem Tag auf den anderen überhaupt nichts mehr wahrgenommen hatten.

Es blieb zu hoffen, dass dies hier nicht der Fall war und Körper und Geist einfach nur Ruhe brauchten, um danach ihren Dienst wieder aufzunehmen. Wenn nicht, gäbe es nicht allzu viel, was man für Georg Hansen tun könnte. Doch das musste die Zeit zeigen.

13. Kapitel

Hamburg, Samstag, 6. April 1895

Martha war nervös. Vier Mal war sie innerhalb einer Woche zu Auguste gefahren und hatte für wirklich viel Schmuck immer nur ein paar Pillen bekommen, die manchmal gerade einen Tag lang reichten. So konnte es nicht weitergehen. Ihre Schmuckschatulle war bis auf wenige Stücke leer geräumt, und jeder, der einen Blick hineinwerfen würde, müsste annehmen, dass sie bestohlen worden war.

Energisch klopfte sie an die Tür, nachdem Ottokar sie vor dem Haus der vermeintlichen Freundin abgesetzt hatte. Es dauerte nicht lange, bis Auguste öffnete und sie einließ. Martha ging entschlossenen Schrittes in die Küche, nahm aber nicht Platz.

»Guten Tag«, sagte Auguste. »Geht es dir nicht gut? Du wirkst ein wenig gereizt.«

»Ich bin hier, um dir zu sagen, dass es so nicht weitergehen kann.« Martha stemmte die Hände in die Hüften.

Auguste blieb vollkommen gelassen. »Was kann so nicht weitergehen?«

»Das mit dem Schmuck. Ich habe dir innerhalb einer Woche fast alles gegeben, was ich besitze, und dafür nur ein paar Pillen bekommen, von denen ich das Gefühl habe, dass sie immer weniger Wirkung zeigen.«

»Nun, die Pillen sind noch die gleichen wie am Anfang. Du hast dich nur einfach daran gewöhnt und brauchst deshalb immer mehr.«

»Schön, aber ich kann nicht fortfahren, dich wie bisher zu bezahlen«, sagte Martha und verschränkte die Arme. »Du hast ein kleines Vermögen von mir bekommen. Ich weiß jetzt, was für ein Mensch du bist und dass du nie meine Freundin warst. Ich verlange, dass du mir genug Pillen gibst, damit ich zurechtkomme, und dann gehe ich.«

Auguste sah sie durchdringend an. Ein amüsiertes Lächeln spielte um ihre Lippen. »Soso, du *verlangst* also.« Auguste gab einen verächtlichen Laut von sich. »Ich will dir jetzt mal was sagen, Fräulein Hochwohlgeboren. Du kannst hier gar nichts *verlangen.* Du wolltest Pillen haben. Die habe ich dir gegeben, und weil du kein Geld hast, durftest du mit deinem Schmuck bezahlen, weil ich ja schließlich ein gutes Herz habe. Aber wenn du mir noch mal auf diese überhebliche Art kommst und einen solchen Ton mir gegenüber anschlägst, dann trete ich dir in deinen vornehmen Arsch, dass du vorne durch die Eingangstür fliegst und direkt in deiner Kutsche landest. Haste verstanden?«

Martha starrte Auguste entsetzt an. Nie zuvor hatte sie die vermeintliche Freundin solche Reden führen hören. Diese furchtbar gewöhnliche Sprache! Alles, was Martha zuvor nett und hilfsbereit, ja freundschaftlich erschienen war, war wie weggefegt.

»Und nun klapp den Mund wieder zu und mach, dass du rauskommst!« Auguste deutete mit dem ausgestreckten Arm zur Tür.

»Wie redest du denn mit mir?« Martha stand im wahrsten Sinn des Wortes wie angewurzelt da, unfähig, sich zu bewegen und der Aufforderung Folge zu leisten.

»Ich rede so mit dir, dass du mich verstehst, Prinzesschen. Und jetzt raus und besorg dir deine Pillen in Zukunft woanders!«

»Aber, Auguste, du …«

»Nichts da mit Auguste. Kommst hierher und fängst an, mich zu beschimpfen, weil du glaubst, was Besseres zu sein, pah!« Sie machte einen Schritt auf Martha zu und hielt ihr den ausgestreckten Zeigefinger vors Gesicht. »Ich will dir jetzt mal was sagen. Solche wie dich kenne ich zu Hunderten. Einen auf feine Dame machen und sich dann die Pillen einwerfen oder den Schnaps in die Kehle schütten, weil sie ihr sorgloses, vornehmes Leben ja so schrecklich anstrengt. Keinen Blick hättest du mir auf der Straße gegönnt, wenn du nicht meine kleinen Pillen hättest haben wollen. Luft wäre ich für dich gewesen, weiter nichts. Doch jetzt stehst du hier in meiner Küche und schwingst große Reden, weil du Angst hast, nichts mehr zu kriegen.« Sie tippte mit dem Zeigefinger grob gegen Marthas Brust. »Und soll ich dir was sagen: Genauso ist es auch. Entweder du bezahlst, oder du wirst in deiner hübschen Villa in Blankenese sitzen und nicht mehr wissen, wie du deine Hände still halten sollst, weil du deine Pillen nicht kriegst. Dir wird heiß und kalt werden. Und wenn du glaubst, du hättest schon gelitten, als du deinen geliebten Schnaps nicht mehr gekriegt hast, dann kannst du dich schon mal darauf freuen, was dir jetzt bevorsteht.«

Martha war total schockiert, sie schluckte schwer. »Du bist doch Krankenschwester! Wie kannst du nur Gefallen daran finden, wenn es einem Menschen schlecht geht?«

Auguste lächelte, jedoch nicht freundlich, sondern mit einem arroganten Zug um den Mund. »Ich helfe Menschen, die es verdient haben, weil eine echte Krankheit über sie hereingebrochen ist. Du und deinesgleichen, ihr seid doch selbst dafür verantwortlich, wie es euch geht. Es war kein böses Schicksal oder eine schreckliche göttliche Fügung, die dir geschehen ist. Nein. *Du* warst es, die sich die Flasche an den Mund gesetzt hat. *Du* hast die Pillen genommen. *Du* und niemand sonst.«

Martha fuhr sich mit der Zunge über die aufgesprungenen Lippen. Wie hatte ihr nur entgehen können, was für ein Mensch Auguste wirklich war und welchen Hass diese auf Menschen wie sie hatte?

»Aber ich brauche die Pillen«, beharrte sie noch einmal leise. »Nur noch für kurze Zeit. Nur bis ich davon loskomme.«

»Pah«, machte Auguste und grinste sie höhnisch an. »Du wirst nie davon loskommen, weil du dafür viel zu schwach bist.«

»Bitte!«

»Du kannst hier betteln, solange du willst. Ich gebe dir nichts, wenn ich nicht dafür bezahlt werde.«

»Aber ich habe kein eigenes Geld und auch fast keinen Schmuck mehr. Die paar Stücke, die ich noch behalten habe, sind Geschenke, an die besondere Erinnerungen geknüpft sind.«

Auguste trat einen Schritt zurück und zuckte die Schultern. »Ich kann da gar nichts für dich tun. Geschäft ist Geschäft, und ich muss auch sehen, wo ich bleibe.«

»Bitte«, flehte Martha wieder. »Nur noch ein paar Wochen. Dann schaffe ich es. Ganz sicher. Ich schaffe das.«

»Mir ist egal, ob du es schaffst oder nicht. Ich bekomme entweder was für die Pillen, oder du kriegst keine. Und jetzt verschwende nicht weiter meine Zeit.«

»Bitte!« Martha sank auf die Knie und legte die Hände wie zum Gebet zusammen. »Ich brauche etwas, wirklich. Ich halte es so nicht aus!«

Augustes Miene spiegelte keine Gefühlsregung wider. Einen Moment sagte keine von beiden ein Wort, dann änderte sich Augustes Gesichtsausdruck. »Ich bin kein Unmensch, weißt du?«

»Das weiß ich, das weiß ich doch!« Marthas Augen schwammen in Tränen, und in ihrer Stimme lag ein Flehen.

»Hässlich bist du ja nicht«, stellte Auguste fest, während sie auf Martha herabsah. »Nur ein bisschen aus dem Leim gegangen.«

Martha schniefte. Auguste streckte ihr die Hand entgegen, um ihr aufzuhelfen. Dann ließ Martha sich kraftlos auf einen Stuhl fallen.

Auguste drehte sich um, öffnete die Schranktür und griff in die kleine Dose, die dort offen stand. Als sie die Hand wieder herauszog, hielt sie Martha eine der kleinen Pillen hin. Martha sah Auguste an, dann griff sie eilig zu und ließ die Tablette blitzschnell in ihrem Mund verschwinden.

»Möchtest du einen Tee?«

Martha nickte.

Auguste holte zwei Tassen aus dem Schrank, schenkte Tee aus der bereitstehenden Kanne ein, stellte die Tassen auf den Tisch und setzte sich dann zu Martha.

Martha nahm gleich einen kleinen Schluck, aber nur einen ganz kleinen, da sie erwartete, dass der Tee heiß sein würde. Doch das war nicht der Fall. Er schmeckte bitter und stand vermutlich schon mehrere Stunden in der Kanne.

»Ich hätte da etwas, womit du ein bisschen Geld verdienen kannst, damit du dich nicht ohne die Pillen quälen musst.«

Martha war überrascht. »Ach ja? Aber ich kann nicht wirklich viel. Ich habe nichts gelernt.«

»Das kann jeder«, tat Auguste den Einwand ab.

Martha wusste nicht, worauf Auguste hinauswollte.

»Es gibt bestimmt etliche Kerle, denen es gefallen würde, mal eine Dame der Gesellschaft beglücken zu dürfen.«

Martha verschluckte sich an dem kalten Tee, von dem sie gerade einen Schluck trank, und hustete heftig. Es dauerte, bis sie sich beruhigt hatte und wieder normal atmen konnte. »Niemals!«, brachte sie krächzend hervor.

Auguste zuckte mit den Schultern. »Dann eben nicht. Ich wollte dir nur einen Ausweg anbieten.«

Martha schüttelte den Kopf. »Nein, das kann ich nicht tun. Es muss einen anderen Weg geben.«

»Wenn du einen kennst, bitte.« Auguste hob die Tasse und trank ihren Tee. »Mir soll es recht sein.«

»Auguste, bitte, das kann unmöglich dein Ernst sein! Ich kann mich doch nicht prostituieren.«

»Deine Einstellung mag sehr moralisch sein. Die Frage ist nur, ob du sie dir leisten kannst.«

Martha schlug das Herz bis zum Hals. Sie glaubte, das Blut in ihren Adern rauschen zu hören.

Abrupt stand Auguste auf. »Überleg es dir. Doch wenn du das nächste Mal herkommst«, sie zählte an den Fingern ab, »dann hast du entweder Geld dabei oder Schmuck, oder du bist bereit, deine Röcke zu heben. Ohne eins von diesen dreien brauchst du hier überhaupt nicht wieder vorzufahren, denn ich werde dir nichts mehr geben.« Sie drehte sich zu dem Schrank um, öffnete ihn und nahm noch einmal drei Pillen aus dem Döschen heraus. »Hier, teile sie dir gut ein.«

»Die reichen ja gerade mal einen Tag«, jammerte Martha.

»Du solltest jetzt gehen. Denk über mein Angebot nach. Aber jetzt habe ich keine Zeit mehr für dich. Ich habe noch anderes zu tun, als hier herumzusitzen und mir dein Gejammer anzuhören.«

Martha erhob sich wie in Trance, in der Hand die Pillen, die sie fest umschloss. Ohne es selbst zu merken, setzte sie einen Fuß vor den anderen, bis sie die Tür erreichte. Auguste öffnete ihr und wünschte ihr noch einen guten Tag. Dann sperrte sie hinter Martha wieder ab und legte den Riegel vor. Martha strauchelte ein wenig, als sie die Stufen hinabging.

Ottokar sah es, sprang von seinem Kutschbock und eilte ihr zu Hilfe. »Ist Ihnen nicht wohl, gnädige Frau?«

»Es geht schon«, antwortete sie matt, wartete, bis Ottokar den Schlag geöffnet hatte, und nahm seine Hand, um einzusteigen.

Bevor er die Tür schloss, bat er: »Wenn Ihnen übel werden sollte, sagen Sie es mir bitte. Dann halte ich sofort an.«

Martha reagierte nicht auf seine Worte. Sie war in Gedanken viel zu sehr mit der Frage beschäftigt, was sie nun tun sollte.

Wie hatte es nur so weit kommen können? Sie war ein Mädchen aus gutem Hause und verheiratet mit einem angesehenen Hamburger Geschäftsmann. Sie hatte alle Möglichkeiten gehabt, alle. Wie hatte es geschehen können, dass sie hier saß und sich fragte, ob sie sich wohl überwinden könnte, ihren Körper zu verkaufen? Und wofür? Für Pillen. Für kleine Pillen, die dazu dienten, ihr etwas von dem Schmerz zu nehmen, der ihr Leben ausfüllte.

Auguste hatte ihr die Verachtung, die sie für Martha empfand, mitten ins Gesicht gespien. Doch in diesem Moment erkannte Martha, dass Augustes Verachtung nichts war gegen die, die sie selbst für sich empfand. Was sollte sie nun tun? Sie wollte nicht einmal in ihren schlimmsten Albträumen die Möglichkeit in Betracht ziehen, sich fremden Männern hinzugeben. Wie hätte sie damit weiterleben können, wie je wieder in den Spiegel sehen? Ihr blieb nur eine einzige Möglichkeit: Sie musste die Pillen aufgeben. Doch was dann? Sie brauchte sie, sie wollte sie. Nur die Pillen betäubten das, was sie nicht ertrug, und ließen sie das spüren, was sie spüren wollte. Nichts sonst tat ihr so gut. Sehnsüchtig dachte sie daran, wie schön es immer war, wenn die Wirkung einsetzte und ihre Sinnesreise begann. Es waren die Menschen, die ihr Schmerzen zufügten – die Pillen hingegen waren gut zu ihr, die Pillen waren freundlich. Und diese Freundschaft wollte sie nicht aufgeben, denn es war die einzig wahre, die sie in ihrem Leben hatte. Die Menschen waren falsch zu ihr, sie täuschten ihr Liebe vor, die sie gar nicht empfanden. Die Pillen trösteten sie und waren für sie da, wenn sonst niemand da war.

Sie öffnete die Hand, in der sie die letzten drei Pillen hielt, die Auguste ihr gegeben hatte. Sie würde nicht lange damit auskommen, das wusste sie nur zu genau. Schon jetzt fühlte sie sich müde und ausgelaugt, dabei hatte sie gerade erst eine genommen. Woher sollte sie die Kraft nehmen, wie sollte sie es nur schaffen?

Selbst wenn sie versuchte, von den Pillen loszukommen – wozu sie sich keinesfalls bereit fühlte –, könnte dies nicht von heute auf morgen geschehen. Sie brauchte also noch mehr Tabletten, zumindest für eine Weile. Der Schmuck, den sie noch zu Hause hatte, würde dafür nicht reichen. Sie benötigte Geld – doch woher nehmen? Ludwig würde ihr nichts geben. Was hätte sie ihm auch sagen sollen, wofür sie es brauchte? Sie dachte an Augustes Worte. Nein, keinesfalls würde sie sich prostituieren. Niemals! Es *musste* einen anderen Weg geben. Sie überlegte fieberhaft. Dann kam ihr eine Idee. »Ottokar, Ottokar!«, rief sie laut.

Die Kutsche wurde langsamer und hielt schließlich an. Nur Sekunden später öffnete Ottokar den Schlag. »Ist Ihnen nicht gut, gnädige Frau?«

»Fahr mich zur Villa Hansen«, befahl sie, ohne auf seine Frage einzugehen.

»Jawohl, gnädige Frau.« Ottokar stieg wieder auf den Bock und trieb das Pferd an.

Martha lockerte ihre Hand und legte die Pillen in das Taschentuch, das sie in ihrem Handtäschchen dabeihatte. Ja, Luise hatte das Geld, um ihr zu helfen. Sie würde ihre Schwester überreden. Ihr musste nur schnell eine gute Geschichte einfallen.

»Martha? Das ist ja eine Überraschung«, begrüßte Elsa sie, die gerade die Treppe herunterkam, als Martha die Villa betrat.

»Guten Tag, Elsa. Sag bitte, ist Luise da?«

»Das tut mir leid. Du hast sie gerade verpasst. Sie ist mit Hans noch einmal weggefahren.«

Martha atmete geräuschvoll aus. »Hat Luise gesagt, wann sie wiederkommen?«

»Nein. Weshalb denn? Kann ich dir vielleicht weiterhelfen?«

»Du?« Martha schüttelte den Kopf. »Nein, ganz sicher nicht.« Es klang barscher, als sie es beabsichtigt hatte. »Verzeih bitte, es war nicht böse gemeint«, fügte Martha rasch hinzu.

Elsa nahm die letzte Stufe und trat in den Flur. »Tja, dann kann ich dir nicht helfen«, gab sie nun auch etwas schnippisch zurück.

»Richte Luise bitte aus, dass sie mich anrufen soll, sobald sie zurück ist. Ich habe etwas mit ihr zu besprechen.«

»Ist gut. Dann noch einen schönen Tag.« Damit ging sie und ließ Martha einfach stehen. Offenbar hatte Marthas unfreundliche Art sie doch mehr gekränkt als erwartet.

Grußlos machte sie kehrt und verließ die Villa Hansen. Hoffentlich würde es nicht so lange dauern, bis Luise anrief. Sie musste die Situation so rasch wie möglich bereinigen, sonst würde sie noch die Wände hochgehen.

* * *

»Jeder weiß, was er zu tun hat«, sagte Hans und vergewisserte sich, dass es keine Fragen mehr gab. »Wir müssen absolut unsichtbar sein. Zwei meiner Männer sind in der Nähe des Tors, das zum Hinterhof führt. Von dort aus sehen sie jeden, der das Kontorgebäude betreten oder verlassen will. Und wir nehmen hier unsere Plätze ein, sobald sich etwas tut.«

»Jawohl, Herr Petersen«, sagte Friedrichs beflissen und tauschte einen Blick mit seinen Kollegen Alfred, Borgward und Walter. Alle vier waren schon seit Jahren im Kontor beschäftigt und absolut verlässliche Männer. Peter Friedrichs hatte Hans ihre Namen für das Vorhaben genannt, nachdem dieser ihn eingeweiht hatte, was Luise und er vorhatten.

Draußen am Tor standen Oscar Thalmann und Arthur Gottwald, die für Hans und seinen Onkel Wilhelm Petersen arbeiteten und die er als genau richtig für diese Aufgabe einschätzte. Oscar Thalmann, weil er ohnehin schon in die ganze Sache involviert war und so seinen Fehler, von Luise bei seiner Observation ertappt worden zu sein, wiedergutmachen konnte. Und Arthur Gottwald, weil er ein wahrer Hüne von einem Kerl war mit Oberarmen, die aussahen, als brächten sie jeden Hemdsärmel zum Platzen. Bevor er die Stellung im Haus der Familie Petersen erhalten hatte, bei der es hauptsächlich um das Laden und Entladen von Waren ging, war er als Bademeister tätig gewesen, und Hans zweifelte keinen Moment daran, dass er nötigenfalls auch fünf oder sechs Menschen auf einmal aus den Fluten gerettet hätte.

»Wir sollten alle auf unsere Posten gehen«, erklärte Hans. »Sobald sich jemand Zutritt zum Gebäude verschafft, dürfen wir uns nicht mehr bewegen und müssen absolut still sein. Und erst wenn ich das Zeichen gebe, kommen alle, so rasch es geht, aus ihrem Versteck.«

Die Männer nickten zum Zeichen, dass sie Hans verstanden hatten, dann verteilten sie sich auf die vorbereiteten Plätze und stapelten die Säcke vor sich, um nicht gesehen zu werden. Wer nichts von ihrer Anwesenheit wusste, würde die Männer ebenso wenig ausmachen können wie Luise und Hans, die nun ebenfalls ihren Platz im hinteren Bereich des Kontors unter den frei gemachten Regalen einnahmen und sorgsam die Säcke vor sich aufstapelten.

Hans legte den Arm um seine Frau und zog sie an sich. »Gemütlich«, fand er. »Das sollten wir öfter machen.«

»Was ist, wenn er nicht kommt? Was ist, wenn überhaupt

niemand kommt?«, fragte Luise, der die Anspannung an der Stimme anzuhören war.

»Dann haben wir uns geirrt, haben einen Nachmittag zwischen Kakao- und Kaffeesäcken verbracht, du hast eines deiner Kleider ruiniert, und wir müssen uns in Gedanken bei Richard entschuldigen. Aber wirklich nur in Gedanken«, fügte er hinzu.

»Ich hoffe, dass es genau so kommen wird.«

»Nach dem, was mir berichtet wurde, hat Richard bereits gegen zwölf Uhr das Kontor verlassen. Um zwei sind die anderen Arbeiter gegangen. Jetzt ist es halb drei. Er kann unmöglich in der Zwischenzeit hier gewesen sein. Wie wir aber wissen, war er auch nicht zu Hause«, fasste Hans zusammen.

»Und was denkst du, wo er seit zwölf Uhr war?«

»Ich weiß es nicht. Doch wenn er wirklich die Diebstähle begangen hat, könnte ich mir vorstellen, dass er seine Abnehmer aufgesucht hat, um für den Nachmittag etwas zu vereinbaren.«

»Er könnte aber auch irgendwo hingefahren sein, um das Geld zu besorgen, das er diesem Greuter schuldet.«

»Ja, das ist ebenso möglich. Und vielleicht ist es so, und wir sitzen hier jetzt stundenlang vergebens.« Er zog Luise noch ein bisschen näher zu sich heran. »Aber ich könnte mir wahrlich Schlechteres vorstellen, als hier mit dir zu sitzen und die Zeit zu haben, ein wenig zu plaudern.«

»Gibt es eigentlich irgendetwas oder irgendeine Situation, an der du nicht noch etwas Gutes findest, so absurd sie auch sein mag?« Sie schmiegte sich an ihn.

»Pst! Still«, hörten sie Peter Friedrichs, der etwa fünf Meter von ihnen entfernt hockte, zischen. »Ich habe etwas am Tor gehört. Keinen Laut mehr!«

Luise hätte nicht sagen können, ob die anderen zuvor noch leise miteinander gesprochen hatten. Gehört hatte sie zumindest nichts. Nun jedoch hätte man eine Stecknadel fallen hören können, so still war es im Lager.

Luise bekam eine Gänsehaut. Sie lauschte in die Stille hinein. Tatsächlich war nun deutlich zu hören, dass sich jemand am hinteren Tor, wo die Waren an- und ausgeliefert wurden, zu schaffen machte. Schlüsselgeklapper war zu vernehmen, dann ein quietschendes Geräusch. Kurz darauf wurde das Tor geöffnet.

»So, hinein in die gute Stube!«

Luise schloss für einen Moment die Augen. Sie hatte die Stimme ihres Cousins sofort erkannt.

»Halt mal vorne dagegen, damit ich nicht zu weit rübergerate«, hörten sie eine andere Stimme sagen.

»Nicht so weit rein. Ich muss nachher den Zossen noch davorspannen.« Die Stimme gehörte einem weiteren Mann. Sie waren also mindestens zu dritt.

Scharrende Geräusche waren zu hören, als würde etwas über den Boden gezogen oder geschoben.

»Wo sollen wir anfangen?«

»Ladet erst mal die Säcke mit dem Sand ab und legt sie da an die Seite. Wir nehmen alle Säcke aus dem linken Regal und stapeln sie auf. Dann legen wir die Sandsäcke dort rein.«

Das hatte eindeutig Richard gesagt.

»Sollen wir wieder welche mit Bohnen davorlegen?«

»Ja«, antwortete Richard. »Falls hier mal jemand rumschnüffelt, darf es nicht auf den ersten Blick auffallen.«

Luise wandte den Kopf zu Hans und sah ihn an. Ohne ein Wort verstand er die stumme Frage, ob sie bereits aus ihrem Versteck hervorstürmen sollten, weil sie genug gehört hatten. Doch Hans schüttelte kurz den Kopf.

Also blieben sie noch fast zwanzig Minuten sitzen, bis sie Richard sagen hörten: »So, der Karren ist voll. Bringt ihn weg und kommt dann noch mal wieder, damit wir uns den Rest vornehmen können.«

»Jetzt!«, rief Hans so laut, dass Luise sich fast zu Tode erschrak. Mit wenigen festen Tritten hatte er die Säcke vor ihrem

Versteck herausgestoßen und ihnen den Weg frei gemacht. Er reichte Luise die Hand, die mit Schwung hervorkam.

Sofort liefen sie zum hinteren Tor und schlossen zu Peter und Borgward auf, die direkt vor ihnen waren. Nur einen Wimpernschlag später hatten sie Richard und die beiden anderen Männer erreicht. Kurz darauf kamen auch Walter und Alfred hinzu.

Richard stand da wie vom Donner gerührt. Hektisch sah er zu seinen Kumpanen, die genauso verblüfft waren wie er. Der Kleinste von ihnen rührte sich als Erster, wirbelte herum und wollte durch den Hinterhof des Kontors und das offen stehende Tor fliehen, das jedoch soeben von Oscar Thalmann und Arthur Gottwald verschlossen wurde. Sie saßen in der Falle.

»Mein eigener Cousin!« Luise trat auf Richard zu. »Großvater würde sich im Grab umdrehen, wenn er das mit ansehen müsste.«

Richards Kopf war rot angelaufen. »Es ist anders, als du denkst.«

»Ach ja? Na, dann erkläre mir mal, was ich denke und was genau anders ist.« Sie verschränkte die Arme vor der Brust.

Richard sah sie an, seine Kiefer mahlten, doch er sagte nichts.

»Na, wird's bald? Oder willst du erst bei der Kriminalpolizei deine Zunge lösen?«

»Das wagst du nicht!«, erwiderte Richard.

»Was wage ich nicht? Diebe anzeigen, auf dass ihnen der Prozess gemacht wird? Wie schlecht du mich doch kennst, Cousin.«

»Ich habe mir nur genommen, was mir zusteht.«

»Was dir *zusteht,* hast du stets am Ende des Monats ausgezahlt bekommen«, stellte sie klar.

Richard machte ebenfalls einen Schritt nach vorn und kam bedrohlich nah mit seinem Gesicht an Luises. »Einen

Dreck hab ich gekriegt. Einen Hungerlohn. Ich hätte das Kontor erben sollen, ich und niemand sonst. Ich bin der einzige männliche Nachfolger in der Familie, und es hätte mir zugestanden.«

»Und nun hat dich deine kleine Cousine glatt überholt und ausgebootet. Das ist es doch, was du denkst, nicht wahr?« Sie schüttelte den Kopf. »Dieses Kontor hat genau die Führung, die es braucht, um auch noch Jahrzehnte seine Angestellten zu versorgen, nämlich meine. Und du, Cousin«, sie betonte das letzte Wort, »wirst nie wieder einen Fuß in dieses Gebäude setzen. Ich werde dafür sorgen, dass deine Diebstähle zur Anzeige kommen. Für zumindest diesen hier habe ich genug Zeugen. Und die beiden dort«, sie deutete auf die Männer, die die Säcke mit verladen hatten und nun wie begossene Pudel neben dem voll beladenen Karren standen, »werden bestimmt mit Freuden über alles Auskunft geben, was du in den letzten Wochen und Monaten an sie verkauft hast, wenn sie dadurch eine geringere Strafe erwarten dürfen.« Die beiden Männer tauschten einen Blick. »Aber freut euch nicht zu früh, ihr werdet auf jeden Fall bestraft werden. Nur nicht so hart wie er.« Sie blickte Richard direkt in die Augen.

»Wärst du elende Hexe doch nur unter den Sandsäcken verreckt!«, spie er ihr entgegen.

Luise musste sich sammeln, um zu begreifen, was er da gerade gesagt hatte.

»Ja, glotz nur blöd«, giftete Richard, »weil du gar nicht anders kannst.«

Nun erkannte Luise den Zusammenhang zwischen ihrem vermeintlichen Unfall im Lager und dem, was Richard soeben gesagt hatte. »Du hast versucht, mich umzubringen?«

Die Befriedigung darüber, dass sie ihn verstanden hatte, stand ihm ins Gesicht geschrieben. Er verzog arrogant den Mund. »Das habe ich nicht gesagt. Und keiner hier kann später etwas anderes behaupten. Ich habe lediglich klargestellt, dass ich mich gefreut hätte. Und das ist nicht gegen das Gesetz.«

Hans war hinter Luise getreten. »Das genügt. Wir alle wissen, was wir soeben gehört haben.« Er legte von hinten die Hände auf die Schultern seiner Frau und nahm das leichte Zittern wahr, das durch ihren Körper lief. »Ihr setzt euch jetzt da rüber und wartet, bis die Kriminalpolizei kommt.«

»Einen Dreck werden wir tun …« Weiter kam Richard nicht, weil Hans augenblicklich Luise zur Seite schob und ihm mitten ins Gesicht schlug. Richard taumelte, Blut spritzte aus seiner Nase. Er sah auf, da holte Hans schon das zweite Mal aus und traf ihn noch mal. Dieses Mal ging Richard zu Boden, ohne sich noch abfangen zu können.

»Wenn auch nur einer von euch einen kleinen Finger mit einer zu raschen Bewegung rührt, ist er der Nächste«, drohte Hans den beiden anderen Männern an.

Oscar Thalmann und Arthur Gottwald hatten ihren Posten am Tor aufgegeben und waren in die Lagerhalle gekommen, um zu sehen, was sich dort tat.

»Oscar«, sagte Hans zu seinem Mitarbeiter. »Du läufst los und holst die Polizei. Die sollen mit mindestens vier Leuten kommen.«

»Ja, Herr Petersen.« Er eilte schon davon, als Hans ihn noch einmal zurückhielt.

»Geh vorne raus.« Hans deutete in die andere Richtung. »Der Weg ist kürzer.

»Ja, Herr Petersen«, wiederholte Oscar eifrig, kehrte um und lief los.

»Ihr habt gehört, was er gesagt hat«, brachte sich nun Peter Friedrichs ein. »Setzt euch da rüber, dann bleiben eure Nasen vielleicht heil.«

Die Angesprochenen folgten der Aufforderung sofort.

Richard kam langsam wieder zu sich. Arthur Gottwald

bemerkte es, packte ihn am Kragen und schleifte ihn zu den anderen. Dort ließ er ihn los, sodass er unsanft auf dem Boden aufschlug.

Richard stöhnte, blinzelte und versuchte sich aufzusetzen.

»Wenn ich dir was raten soll«, sagte Gottwald, »dann bleib einfach da unten liegen.« Er grinste Richard breit an. »Denn wenn *ich* zuhaue, wachst du danach nie wieder auf.«

14. Kapitel

Kamerun, Freitag, 12. April 1895

Es war schlichtweg fantastisch, wie tüchtig diese Männer waren. In den wenigen Tagen, die vergangen waren, seit Adisa Robert und Hamza die Spinnmilben an den Kakaopflanzen gezeigt hatte, hatten die Duala die Befeuchtungsanlage fast vollständig errichtet, sodass sie sicherlich einsatzbereit wäre, wenn Hamza aus Viktoria zurückkehren und die Stoffe aus der Weberei herbringen würde. Robert erwartete ihn jeden Tag zurück und hoffte inständig, dass er ausreichend Stoff bekommen hatte, um so viele Pflanzen wie nur möglich abdecken zu können.

Franz hatte seine Aufgabe sehr ernst genommen, so ernst, dass seine kleinen Hände von dem unermüdlichen Einsatz des Bohrwerkzeugs Blasen bekommen hatten. Natürlich hatten auch viele Duala Löcher gebohrt. Doch Franz hatte es sich nicht nehmen lassen, bis zur Erschöpfung mitzuarbeiten, um seinen Beitrag zu der Befeuchtungsanlage für die Plantage zu leisten.

Auch wenn es Robert von Herzen leidtat, dass der Junge Verletzungen an den Händen davongetragen hatte, fand er doch den Einsatz, den Franz zeigte, geradezu überwältigend. Ja, er war so stolz auf ihn, wie ein Vater auf seinen Sohn nur sein konnte, und er hoffte inständig, dass er genau das eines Tages für Franz sein würde. Nein, er wollte Karl und die liebevollen Erinnerungen, die vor allem Franz an ihn hatte, da Helene noch zu klein war, nicht aus dessen Herz verdrängen. Aber er wollte für Franz der Vater werden, der im Hier und Jetzt für ihn da war. Auch aus diesem Grund sehnte er den Mai herbei, da Therese und er diesen Monat für ihre Hochzeit ausgewählt hatten. So könnten sie zur Hochzeit von Frederike und Anton Messinger, die ihnen per Telegramm mitgeteilt hatten, dass die Trauung am 6. Juli stattfinden würde, bereits als Eheleute nach Wien reisen und dort mit der gesamten Familie feiern. Robert konnte es kaum noch abwarten, bis es endlich so weit war.

Sie hatten nach dem letzten Gottesdienst mit Vater Jan besprochen, ihre Hochzeit im kleinen Rahmen zu halten. Aus diesem Grund – und um keinen der deutschen Kolonisten zu übergehen – hatten sie gemeinsam entschieden, dass die Vermählung im Anschluss an einen Gottesdienst stattfinden sollte. Robert und Therese würden für ein kleines Mahl sorgen, um die Hochzeit mit allen Bekannten zu feiern. Lieselotte und Erich Heemsen würden als Trauzeugen fungieren, wenngleich Robert ahnte, dass seine Entscheidung Sigmund Leffers, den er hier in Kamerun am längsten kannte, nicht gefallen würde. Doch Robert war es leid, sich nach anderen zu richten und stets darauf zu achten, einen möglichst korrekten Umgang mit jedermann zu pflegen – selbst mit einem Mann, dessen Ansichten über die Einheimischen derart feindselig und menschenverachtend waren, dass Robert bei dessen Reden regelmäßig übel wurde.

»Jambo, Sango.« Adisa war an Robert herangetreten, der am Stausee gerade die Zuleitung der Rohre überprüfte.

»Jambo, Adisa.«

»Adisa gegangen viermal Weg von See zu Plantage. Alles gut. Rohre werden Wasser fließen lassen.«

»Ich bin die Strecke auch noch mal abgegangen«, berichtete Robert. »Ich gebe dir recht. Sobald Hamza mit den Stoffen kommt, ziehen wir sie über die Bäume und setzen die Rohre mit den Löchern auf.«

»Oder setzen jetzt Rohre und ziehen dann Stoff darunter.« Adisa streckte eine Hand aus, um Robert zu zeigen, was er meinte. »Bäume.« Er tippte mit dem Zeigefinger von unten gegen seine Handfläche. »Pfosten über Bäume. Wenn Stoff kommen, ziehen über Bäume unter Rohr.«

Robert verstand, was er meinte. »Du hast recht. So könnten wir die Rohre mit den Löchern jetzt schon setzen und müssten nicht warten, bis Hamza mit dem Stoff kommt. Sehr gut, Adisa, so machen wir es.«

»Können Wasser laufen lassen ohne Stoff. Waschen von oben.«

»Du meinst, um die Spinnmilben abzuspülen?«

»Ja, Sango.«

Robert nickte. »Lass die Männer alles vorbereiten«, ordnete er an. »Wir beginnen noch heute mit dem Setzen der Rohre.«

»Ja, Sango.« Adisa rannte los.

Als Robert vom Stausee zur Farm zurückging, kam ihm Therese mit den Kindern auf halbem Weg entgegen. Sie hielt ein Glas in der Hand.

»Trink mal etwas«, bot sie Robert an und hielt ihm das Glas hin. »Du bist den ganzen Tag am Schuften und isst und trinkst nichts.«

»Danke.« Er trank das Glas in großen Schlucken leer. »Ah, das tat gut.«

»Einer muss ja auf dich achten, wenn du es schon nicht selbst tust«, meinte Therese fürsorglich.

»Guck mal.« Franz hielt Robert die Hände hin, die mit Binden umwickelt waren. »Das muss ich bis morgen umbehalten, hat Mutter gesagt.« Der Stolz über die offensichtlichen Verletzungen seiner Hände stand Franz ins Gesicht geschrieben.

Robert wuschelte ihm liebevoll durchs Haar. »Na, kommt«, sagte er dann. »Lasst uns zurückgehen. Wir wollen gleich mit dem Setzen der Wasserrinnen beginnen und so bald wie möglich das Wasser hineinlaufen lassen, damit die Pflanzen schon gespült werden und es diese Milben hoffentlich von den Blättern wäscht.«

»Eine gute Idee«, befand Therese.

»Ja, aber sie ist nicht von mir, sondern von Adisa. Ich wünschte, ich hätte das Wissen der Duala über die Pflanzen.«

Therese nahm Helene auf den Arm, als sie sich auf den Rückweg machten. »Du siehst erschöpft aus«, sagte sie zu Robert, als sie neben ihm ging.

»Das bin ich auch. Nur noch ein paar Tage, dann steht das Befeuchtungssystem, und wir werden wieder ein wenig zur Ruhe finden.«

»Darauf freue ich mich schon«, stimmte Therese zu. »Ich glaube, ganz so aufregend, wie es jetzt ist, hatte ich mir das Leben hier nicht vorgestellt.«

»Ich hoffe, du bist nicht enttäuscht?«

»Nicht im Geringsten«, stellte Therese lächelnd fest. »Aber wenn gelegentlich die Ruhe der ersten Tage, die wir hier verbracht haben, wieder Einkehr hält, hätte ich nichts dagegen.«

»Wem sagst du das? Ich glaube, ich werde zwei Tage durchschlafen, wenn das alles erst einmal geschafft ist. Mir tut jeder verdammte Knochen in meinem Körper weh.«

»Verdammt sagt man nicht«, mischte sich Franz ein.

»Da hast du vollkommen recht«, lobte Robert. »Also nehmen wir das Wort« – Robert tat, als pflückte er es mit zwei Fingern von seiner Zunge – »und schleudern es in den Staub.«

Franz lachte und fingerte dann ebenfalls in seinem Mund herum.

»Was machst du da?«, wollte Robert wissen.

»Ich habe gestern auch ein Schimpfwort gesagt.«

»Welches denn?«, fragte Robert, als Franz bereits ausholte.

»Das kann ich dir jetzt nicht mehr sagen. Ich habe es aus dem Mund gepflückt und da in den Sand geworfen.«

Therese lachte, bis sie kurz darauf die Farm erreichten. Robert ging rasch mit hinein und holte sich von Malambuku zwei Teigtaschen, um seinen knurrenden Magen zu beruhigen. Dann verabschiedete er sich von Therese und den Kindern und eilte wieder hinüber zur Plantage, um bei den Duala mitzuhelfen.

Als es am Abend zu dunkel wurde, um noch weiterzuarbeiten, hatten sie bereits die Hälfte der Konstruktion aufgestellt. Morgen würde noch vor dem Mittag das erste Wasser durch die Anlage laufen.

In der Nacht weckten Robert Geräusche von der Veranda, obwohl die Sonne noch nicht aufgegangen war. Als er hinunterging, um nach dem Rechten zu sehen, fand er Hamza schlafend auf zwei Rattanstühlen vor. Offenbar hatte er die anderen nicht wecken wollen und war deshalb einfach hier unten geblieben und eingeschlafen. Robert holte eine Decke, die er über ihn legte, und ging zurück in sein Bett. Schon jetzt freute er sich darauf, am nächsten Morgen aufzuwachen in dem Wissen, dass Hamza sicher heimgekehrt war und gewiss sein Bestes gegeben hatte, um so viel Stoff wie nur möglich zu besorgen.

»Guten Morgen.« Robert war soeben von oben gekommen und ging auf Hamza zu, der auf der Veranda stand und in die Ferne blickte. Die Decke, die Robert ihm in der Nacht übergelegt hatte, lag zusammengefaltet auf einem Stuhl. Robert trat neben Hamza und legte ihm freundschaftlich die Hand auf den Rücken. »Ich bin glücklich, dich wohlbehalten wieder hier zu haben.«

Hamza strahlte über das ganze Gesicht. »Ich habe gute Nachrichten.« Er hielt Robert die Geldtasche hin, die dieser ihm mitgegeben hatte. Zwar war sie um einiges schmaler, aber immer noch so gut gefüllt, dass Robert fast ein ungutes Gefühl beschlich. Allzu viel Stoff konnte Hamza nicht erworben haben.

»Wir haben genug Stoff, um fast die gesamte Plantage abzudecken«, berichtete Hamza zu Roberts Überraschung. »Ich habe alles auf die Karren geladen, doch es kommen noch vier weitere Fuhren heute oder morgen an.«

»Aber wie hast du das gemacht?« Robert öffnete die Geldtasche und sah hinein. »Oder bezahlen wir erst, wenn alles angeliefert ist?«

Hamza schüttelte den Kopf. »Ich habe minderwertigen Stoff genommen«, erklärte er. »Er hat Webfehler und lässt sich nicht gut verkaufen.« Hamza grinste. »Unseren Pflanzen ist das egal, doch deshalb musste ich weniger bezahlen.«

»Hamza, wie soll ich dir bloß danken?« Robert hätte den jungen Duala am liebsten umarmt, doch er hielt sich zurück. Er meinte schon einmal bemerkt zu haben, dass Hamza ein allzu vertraulicher Umgang nicht gefiel.

»Wie weit ist die Befeuchtungsanlage?«, fragte Hamza, ohne auf Roberts Dankesworte einzugehen.

»Wir sind fast fertig. Komm, sehen wir es uns gemeinsam an. Und dann frühstücken wir zusammen, ja? Therese ist mit den Kindern noch oben, doch Franz wird begeistert sein, dass du zurück bist, und dich unbedingt begrüßen wollen.«

Ein Lächeln huschte über Hamzas Gesicht, das Robert verriet, dass er den Jungen ebenfalls ins Herz geschlossen hatte und sich schon darauf freute, ihn gleich wiederzusehen.

Gemeinsam gingen sie bis zum Stausee hinauf und danach wieder zurück. Hamza prüfte etliche Male, ob die ausgehöhlten

Baumstämme sicher miteinander verbunden waren und nicht auseinanderzubersten drohten, sobald das Wasser sich mit Kraft seinen Weg hindurchbahnte. Er zeigte sich zufrieden. Seine Stammesbrüder und Robert hatten wirklich gute Arbeit geleistet.

»Adisa hat vorgeschlagen, dass wir die Rinnen über den Bäumen schon vor den Stoffbahnen installieren und erst einmal alle Spinnmilben herunterwaschen, bevor wir den Stoff einziehen, um die Luftfeuchtigkeit zu erhöhen«, erklärte Robert den Plan.

»Das ist klug«, urteilte Hamza. »Das hätte ich bedenken sollen.«

»Hamza, all das hier ist dein Werk«, entgegnete Robert. »Ich weiß ja nicht, wie es den anderen Plantagenbesitzern geht. Doch ich glaube kaum, dass sie einen so kundigen und klugen Vorarbeiter haben, der sich nicht nur mit den Pflanzen hervorragend auskennt, sondern dem auch in den schwierigsten Situationen eine Lösung einfällt, so wie dir dieses Befeuchtungssystem. Wirklich, Hamza, du kannst stolz auf dich sein!«

»Danke.«

Sie gingen zurück, und es kostete Robert einige Überredungskunst, damit Hamza einwilligte, erst noch mit ihnen zusammen das Frühstück einzunehmen, statt gleich mit der Arbeit zu beginnen. Er wollte sich keine Pause gönnen – die Sorge um die Pflanzen und sein Ehrgeiz, so viele wie möglich zu retten, machten ihn ruhelos.

»Guten Morgen!« Therese strahlte über das ganze Gesicht, als sie Hamza zusammen mit Robert auf die Farm zukommen sah.

»Guten Morgen, Frau Hansen«, grüßte Hamza.

»Wie schön, dass du wohlbehalten zurück bist! Ich freue mich so.«

»Hamza!« Franz schoss wie ein Pfeil aus dem Haus, lief an seiner Mutter vorbei und rannte, so schnell er konnte, Robert und Hamza entgegen.

Hamzas Gesicht hellte sich auf, als er Franz auf sich zusausen sah. Sie waren noch einige Meter voneinander entfernt, als Franz schon die Arme ausbreitete und Hamza dann fast umrannte, der die stürmische Begrüßung nicht nur über sich ergehen ließ, sondern den Kleinen ebenfalls herzlich umarmte.

»Du bist zurück! Du bist zurück!« Franz sprang fröhlich an ihm hoch, sodass Hamza ihn schließlich auf den Arm nahm und noch einmal an sich drückte.

»Hast du hier gut auf alles aufgepasst, wie ich es dir gesagt habe?«, fragte Hamza in gespielter Strenge.

»Guck mal.« Franz hob seine noch immer mit Binden umwickelten Hände. »Ich habe so hart geschuftet und so viele Löcher in die Rinnen gebohrt, dass meine Hände ganz kaputt sind«, erzählte er und strahlte übers ganze Gesicht.

Hamza warf Robert einen kurzen fragenden Blick zu. Die begeisterte Reaktion des Kleinen verriet ihm jedoch, dass es für ihn offenbar etwas Gutes bedeutete. »Also warst du sehr fleißig.«

»Ja, Hamza.« Franz nickte heftig. »Wenn ich mal groß bin, will ich genauso stark und klug sein wie du, und ich will auch immer wissen, was ich tun muss, damit es den Pflanzen gut geht, und ich will, dass Gott meine Haut genauso dunkel macht wie deine.«

Hamza blieb stehen. »Warum willst du, dass Gott deine Haut dunkel macht?«, fragte er überrascht.

»Weil es schöner aussieht«, erwiderte Franz und wunderte sich, dass Hamza das offenbar nicht von selbst klar war.

Hamza schüttelte den Kopf und lachte. Er warf Robert einen vielsagenden Blick zu. Wie viele Konflikte gab es ausschließlich der unterschiedlichen Hautfarben wegen. Und hier war ein kleiner weißer deutscher Junge, der frei heraus erzählte, lieber schwarz sein zu wollen, weil er fand, dass es einfach schöner aussah. Waren es wirklich die Kinder, die noch nicht alles verstanden, oder doch eher die Erwachsenen?

Hamza und Therese schüttelten sich die Hand zur Begrüßung, dann setzten sich alle zusammen an den bereits von Malambuku eingedeckten Tisch. Er selbst, so hatte er Therese gesagt, würde trotz ihrer nett gemeinten Einladung nicht die Zeit finden, mit ihnen zu essen. Dafür war einfach zu viel zu tun.

Seine Küchenhilfen, die ihm sonst viel Arbeit abnahmen, waren in den letzten Tagen genau wie alle anderen Duala mit dem Bau der Befeuchtungsanlage beschäftigt gewesen, sodass alle Pflichten an Malambuku hängen geblieben waren. Therese hatte ihre Hilfe angeboten, was Malambuku jedoch rundweg abgelehnt hatte. Keinesfalls durfte sie ihm zur Hand gehen! Obwohl sie beteuerte, dass sie geschickt in der Küche war, und ihm auch davon erzählt hatte, dass sie in Wien sogar ihr eigenes Kaffeehaus betrieb. Für Malambuku machte das jedoch keinen Unterschied, selbst als sie ihm erklärt hatte, was so ein Kaffeehaus überhaupt war und dass sie dort zusammen mit ihren Angestellten die Gäste bewirtete. Es war, wie sie ihm versicherte, also eine ganz ähnliche Aufgabe wie die, die er hier auf der Farm hatte. Malambuku hatte ihr zugehört, dann aber entschieden, dass er und niemand sonst für die Arbeit in der Küche zuständig war. Therese hatte es schließlich aufgegeben, ihn überzeugen zu wollen, und ihn nur gebeten, ihr Bescheid zu sagen, sollte er seine Meinung ändern. Sie wusste jedoch schon jetzt, dass es dazu niemals kommen würde. Dafür war Malambuku einfach zu stolz.

»War deine Reise nach Viktoria erfolgreich? Hast du bekommen, was du wolltest?«, fragte Therese Hamza.

Er nickte und erzählte ihr dann ebenfalls, dass er die Stoffe günstiger als erwartet bekommen hatte, weil er einfach alle aufkaufte, die Webfehler oder generell eine schlechtere Qualität aufwiesen und damit schwer verkäuflich oder sogar komplett unverkäuflich waren.

»Das klingt ja wunderbar!«, freute sich Therese.

»Wir haben eben noch einmal zusammen die Rohre kontrolliert«, sagte Robert. »Hamza meint auch, dass alles gut geworden ist. Noch vor dem Mittag werden wir die letzten Rinnen auf die Pfosten gesetzt haben und dann das Wasser einfließen lassen. Dann wird es auf der Plantage zu regnen beginnen.«

Therese lächelte, doch dann veränderte sich schlagartig ihr Gesichtsausdruck. Die kleine Helene hatte sich müde bei ihr angelehnt, und Therese berührte erst ihre Wangen, dann die Stirn.

»Was ist?«, fragte Robert.

»Ihre Stirn ist ganz heiß.« Therese sah ihre Tochter an, befühlte nochmals die Wangen und die Stirn. »Sie hat Fieber, Robert.«

»Viele weiße Menschen bekommen das hier«, sagte Hamza.

»Ich werde sie ins Wohnzimmer bringen und dort auf die Couch legen«, kündigte Therese an. »Hamza, könntest du wohl Malambuku bitten, mir Tücher und einen Eimer kaltes Wasser zu bringen?«

Hamza nickte und stand ohne ein Wort auf.

»Sie muss sich erst an das hiesige Klima gewöhnen«, sagte Robert. »Wie Hamza schon sagte, das Fieber haben viele Deutsche hier.«

Therese hörte nur mit halbem Ohr hin, hob ihre Tochter auf den Arm und eilte mit ihr ins Haus.

»Ist Helene krank?«, fragte Franz.

»Nicht richtig krank. Es geht ihr nur nicht so gut. Wir werden uns um sie kümmern, ja?«

»Ist gut.« Franz überlegte einen Moment, dann fragte er: »Aber ich darf doch trotzdem dabei sein, wenn die letzten Rohre auf die Pfosten gesetzt werden?«

»Aber ja, natürlich. Deine Mutter wird bei Helene bleiben. Für sie kannst du ohnehin nichts tun.«

»Gut.« Franz war erleichtert, denn er hatte schon befürchtet, gerade den spannendsten Teil – wenn die Sperre am Stausee geöffnet und die Anlage in Betrieb genommen würde – zu verpassen, weil er auf der Farm bleiben musste.

Robert und Franz folgten Therese ins Wohnzimmer, wo sie gerade Helene auf das Sofa gebettet hatte. Die Kleine wirkte schläfrig, ja fast benommen, und ihr Gesichtchen war unnatürlich rot.

Es dauerte nicht lange, bis Malambuku mit Tüchern auf dem Arm und Hamza mit einem Eimer Wasser kamen.

Schweigend legte Therese den Bereich unter Helenes Beinen mit mehreren Lagen Handtüchern aus, dann tauchte sie zwei kleinere Tücher in den Eimer mit Wasser, wrang sie aus und wickelte sie um die Waden des Kindes.

Noch einmal befühlte sie Helenes Stirn. »Sie glüht geradezu, und das kam von einem Moment auf den anderen. Als ich sie heute Morgen hochnahm, war noch nichts davon zu spüren.« Die Sorge um ihr Kind war Therese deutlich anzuhören.

»Gönn ihr ein wenig Ruhe.« Robert trat an Therese heran und legte seine Hand auf ihre Schulter. »Das ist hier in Kamerun nicht ungewöhnlich, Kinder fiebern leicht einmal.« Er erinnerte sich an seine eigenen Töchter. Luise hatte zwar, soweit er sich erinnern konnte, eigentlich nie etwas gehabt, Martha jedoch hatte oft gekränkelt und einige Male auch mit Fieber zu kämpfen gehabt.

»Ich bin nur beunruhigt, weil ich das von Helene gar nicht kenne. Sie hatte zwar hier und da mal eine Erkältung, doch Fieber ist bei ihr ungewöhnlich.«

»Mach dir keine Sorgen. Die Wadenwickel werden sie abkühlen, und in ein paar Stunden ist sie wieder wohlauf. Du wirst schon sehen.«

»Hoffentlich hast du recht.« Therese strich zärtlich über Helenes Arm. Diese schien nichts davon mitzubekommen, sondern wirkte vollkommen abwesend.

»Komm.« Robert zog Therese sanft ein Stück zur Seite. »Lass sie ein wenig in Ruhe, damit sie sich gesund schlafen kann.«

»Ich kann nicht gut damit umgehen, wenn etwas mit meinen Kindern nicht in Ordnung ist«, bekannte sie.

»Was wärst du auch für eine Mutter, wenn du das könntest?« Robert gab ihr einen Kuss auf die Wange.

»Können wir jetzt endlich zur Plantage gehen?«, drängelte Franz, was ihm sogleich einen strafenden Blick seiner Mutter einbrachte.

Therese ärgerte sich, dass der Junge nur an die Pflanzen dachte, während seine Schwester hier lag und litt. Doch sogleich mahnte sie sich selbst, nicht zu streng mit Franz zu sein. Er wusste mit seinen knapp fünf Jahren einfach noch nicht, wie mit einer solchen Situation umzugehen war. »Geh du mit Robert und Hamza. Ich werde hier bei Helene bleiben.«

»Ist gut.« Franz griff nach Roberts Hand. »Nun komm doch!«

Robert gab Therese einen raschen Kuss, dann verließ er zusammen mit Hamza und Franz das Haus.

Therese setzte sich auf die Kante der Couch, strich Helene zärtlich die feuchten Haare aus der Stirn. Hoffentlich wirkten die Wadenwickel bald! Sie betete leise.

15. Kapitel

Hamburg, Freitag, 12. April 1895

»Hier sind die Papiere.« Sie reichte dem Kriminalpolizisten einen Umschlag. »Wenn Sie jetzt bitte aufsperren würden.«

Richard erhob sich von seiner Pritsche, auf der er nun schon fast eine Woche ausgeharrt hatte, und trat an die Gitterstäbe. »Tante Elisabeth?« Die Verwunderung war ihm ins Gesicht geschrieben.

Der Kriminalpolizist hatte die Prüfung der Unterlagen abgeschlossen, die dazu dienten, den Gefangenen vorerst auf freien Fuß zu setzen, bis endgültig entschieden war, ob genug Beweise vorhanden waren, um ihm den Prozess zu machen. Er zog den Schlüssel hervor und öffnete die Tür. »Er gehört Ihnen«, meldete er.

»Das steht zu befürchten«, erwiderte Elisabeth sarkastisch und verzog das Gesicht.

»Was machst du eigentlich hier?« Richard konnte noch immer nicht glauben, dass es wirklich seine Tante war, zu der er seit Jahren keinen Kontakt mehr hatte, die nun vor ihm stand und offenbar dafür gesorgt hatte, dass er freigelassen wurde.

»Na, einer musste sich ja um dich kümmern. Und nach allem, was vorgefallen ist, gehe ich eher nicht davon aus, dass jemand aus der Familie Hansen das tun wird.«

»Aber warum du?« Er trat langsam durch die Tür.

»Nun, nur weil ich Abstand gewahrt habe, heißt das nicht zwangsläufig, dass ich mich nicht auf dem Laufenden gehalten hätte.«

Sie verließen den Zellentrakt, und der Polizist brachte sie bis zu der nächsten Tür, wo sie ein weiterer Diensthabender in Empfang nahm.

»Hier entlang«, sagte er, und Elisabeth und Richard folgten ihm, bis sie den hinteren Bereich der Kriminalwache erreicht hatten, wo sich die Büros anschlossen und es schließlich ins Freie ging.

»Wenn Sie mir das hier noch unterzeichnen, wäre alles erledigt.« Der Polizist hielt Elisabeth einen Stift hin, und sie kritzelte eilig ihren Namen darauf.

»War's das?«, fragte Elisabeth knapp.

»Ja. Guten Tag.«

Elisabeth erwiderte den Gruß nicht, sondern ging wortlos hinaus. Richard trottete hinter ihr her. Draußen angekommen, fragte er sofort: »Und jetzt?«

»Als Erstes solltest du ein Bad nehmen«, befand Elisabeth und rümpfte die Nase.

Richard zuckte mit den Schultern. »Ehrlich gesagt, weiß ich nicht, wohin.«

»Du kommst natürlich erst einmal mit zu mir.« Sie deutete auf die Kutsche, die bereitstand. »Zunächst werde ich nach dem Schneider schicken und dich neu einkleiden lassen. So kannst du ja schlecht herumlaufen. Und dann werden wir weitersehen.«

»Danke, Tante Elisabeth. Ich wüsste wirklich nicht, was ich ohne dich tun sollte.«

»Mach dir keine Gedanken darum.« Sie machte eine wegwerfende Handbewegung. »Und nun lass uns fahren.«

Richard ließ Elisabeth höflich den Vortritt und stieg dann ebenfalls in die Kutsche ein. Er hatte ihr die Wahrheit gesagt – er wusste wirklich zum ersten Mal in seinem Leben nicht weiter. Wieder und wieder hatte er in den letzten Tagen, während er auf der schmutzigen Pritsche gelegen und an die Decke gestarrt hatte, darüber nachgedacht, wie Luise ihm wohl auf die Schliche gekommen war. Woher hatte sie gewusst oder zumindest geahnt, dass er hinter den Diebstählen steckte? Und weshalb war sie genau zur rechten Zeit im Lager gewesen und hatte die Falle zuschnappen lassen? Er konnte sich keinen Reim darauf machen.

Elisabeth musterte ihn. »Du hattest schon immer ein Händchen dafür, dich in Schwierigkeiten zu bringen.«

Richard wusste, dass es keinen Sinn hatte, ihr zu widersprechen. Nicht nur, weil sie recht hatte, sondern weil in diesem Fall die Tatsachen so klar und deutlich auf dem Tisch lagen, dass er trotz seiner Begabung, Ausreden und Geschichten aus dem Ärmel zu schütteln, dieses Mal an seine Grenzen stieß. »Das schwarze Schaf der Familie«, urteilte er über sich selbst.

»Einer sehr langweiligen Familie«, fügte Elisabeth hinzu. »Es ist eben nicht jeder von uns dafür gemacht, sich an die Regeln zu halten. Wer wüsste das besser als ich?«

Richard war überrascht, wie unverhohlen seine Tante damit Bezug auf den Ehebruch nahm, den sie sich mit seinem Vater erlaubt hatte. War sie deshalb hier? Hatte sie womöglich ein schlechtes Gewissen, weil durch ihre Affäre mit ihrem Schwager auch seine Zukunft in Mitleidenschaft gezogen worden war? Er sah ihr in die Augen. Nein. Diese Frau hatte kein schlechtes Gewissen. Vermutlich besaß sie überhaupt keines.

»Warum hast du mich da rausgeholt?«, fragte er sie nun direkt.

»Wie ich schon sagte, es hätte wohl sonst niemand getan, und ich kann dich doch nicht einfach auf dieser Polizeiwache verrotten lassen.«

»Ich hatte eigentlich nie das Gefühl, dass ich dir besonders am Herzen liege«, entgegnete Richard. »Insofern finde ich diese Frage berechtigt.«

»Du gehörst zu meiner früheren Familie«, stellte Elisabeth fest. »Und nur, weil du nicht frei von Lastern bist, hast du es mitnichten verdient, in den Dreck getreten zu werden.«

Richard sah sie an. »Du willst irgendwas von mir, richtig?«

»Ein wenig zynisch für einen Mann, der gerade erst wieder die Luft der Freiheit atmet, findest du nicht?«

Richard erwiderte nichts, und nach einer Weile umspielte ein Schmunzeln Elisabeths Lippen. »Selbstverständlich will ich etwas«, gab sie dann freimütig zu.

»Und was?«

»Niemand ist gern allein, Richard. Nicht einmal ich.«

Richard verstand nicht, worauf sie hinauswollte.

»Mein Mann ist gerade gestorben. Hast du nicht davon gehört?«

»Doch, habe ich. Mein Beileid.«

»Danke«, gab Elisabeth kühl zurück.

»Ich vermute aber hoffentlich richtig, dass du nicht ihn durch mich ersetzen möchtest?«

»Ich bitte dich, Richard! Hol deine Gedanken aus der Gosse und bleib realistisch.« Sie hob arrogant die Augenbrauen. »Ich habe viel über alles, was geschehen ist, nachgedacht, und … nun ja, ich muss zugeben, dass ich noch immer ein wenig gekränkt bin.«

»Gekränkt?«

»Aber ja. Ich bin der Auffassung, dass Robert sich mehr hätte anstrengen müssen, um mich zu halten. Auch dass sich Luise und Martha von mir abgewandt haben, war unverhältnismäßig.«

Richard behielt für sich, dass er Elisabeths Einstellung nicht im Geringsten teilte. Aber es amüsierte ihn, wie dreist sie die Schuld auf andere schob. »Und was erwartest du von mir? Dass ich hingehe und ihnen eins über den Kopf ziehe? – Bei Luise wäre es mir allerdings eine Freude«, fügte er noch hinzu.

»Ich bitte dich, Richard! Ein etwas subtileres Vorgehen würde ich dir durchaus zutrauen.«

»Und ich vermute, du hast auch schon eine Idee?«

»Noch nichts Konkretes. Doch ich verfüge über erhebliche Geldmittel, und mit vereinten Kräften wird uns doch etwas Interessantes einfallen, meinst du nicht?«

Die Kutsche hielt an. Kurz darauf öffnete der Kutscher den Schlag und reichte Elisabeth seine helfende Hand zum Aussteigen. Richard folgte. Er pfiff durch die Zähne, als er an der prächtigen Villa hinaufsah, vor der sie standen. »Alle Achtung! Das nenne ich mal ein Häuschen.«

»Mein verstorbener Gatte hatte einen exquisiten Geschmack«, bemerkte Elisabeth spitz. »Komm.«

Zusammen gingen sie zum Haus, dessen Tür soeben geöffnet wurde. Ein Diener trat heraus, der Elisabeth mit einer tiefen Verbeugung begrüßte. »Guten Tag, gnädige Frau.«

»Uwe, das ist mein Neffe Richard Hansen. Richte ihm ein Gästezimmer her.«

»Jawohl, gnädige Frau.«

»Richard, Uwe war der persönliche Diener meines Mannes. Und jetzt ist er mir ebenso treu ergeben«, sagte Elisabeth. »Ist es nicht so, Uwe?«

»Wie gnädige Frau meinen«, gab dieser zurück.

Sie gingen ins Haus, wo Elisabeth den teuren Mantel, den sie trug, einfach von ihren Schultern gleiten und achtlos zu Boden fallen ließ. Mit zwei schnellen Schritten war Uwe zur Stelle und hob das luxuriöse Stück auf.

»Komm, Richard. Setzen wir uns, bevor du dich frisch

machst.« Richard folgte ihr ins Wohnzimmer, das fast doppelt so groß war wie das in der Hansen-Villa. Uwe kam ebenfalls hinterher und wartete an der Tür weitere Befehle seiner Herrschaft ab.

»Uwe, gib dem Personal Bescheid, dass für meinen Neffen ein Bad eingelassen wird. Und lass den Schneider meines Mannes kommen. Ich erwarte, dass er innerhalb der nächsten zwei Stunden hier eintrifft. Sag ihm das.«

»Jawohl, gnädige Frau.«

»Gut.« Sie machte eine Handbewegung, als wollte sie ihn verscheuchen. »Nun geh schon, oder glaubst du, die Aufträge erledigen sich von selbst?«

»Wie Sie wünschen, gnädige Frau.« Er verbeugte sich tief und schloss dann die Tür von außen.

»Er hasst mich«, stellte Elisabeth mit einem maliziösen Lächeln fest. »Er hat mehr als zwanzig Jahre meinem Mann gedient, und der hat in seinem Testament verfügt, dass Uwe eine Anstellung auf Lebenszeit bei demjenigen haben soll, der ihn beerbt. Und das bin eben ich.«

»Gibt es keine Möglichkeit, ihn dennoch zu entlassen? Beispielsweise mit einer Abfindung?«

»Aber nein, warum sollte ich denn so etwas tun? Er ist pünktlich, fleißig und über jeden Zweifel erhaben im Anleiten des Personals. Weshalb sollte ich ihm kündigen wollen?«

»Sagtest du nicht eben, dass er dich hasst?«

»Allerdings.« Sie lachte laut. »Aber ich störe mich durchaus nicht daran. Ganz abgesehen davon«, sie hob den Zeigefinger, »wenn Uwe selbst es ist, der kündigt, wäre die letztwillige Verfügung hinfällig. Ich kann also nur gewinnen. Schön, nicht wahr?«

Es klopfte.

»Herein«, sagte Elisabeth.

Ein Dienstmädchen, Richard schätzte sie nicht älter als

achtzehn oder neunzehn Jahre, trat ein und knickste. Sie trug ein Tablett in der Hand, auf dem ein einzelnes gefülltes Glas stand. »Ihr Champagner, gnädige Frau.« Sie ging auf Elisabeth zu und wartete, bis diese das Glas vom Tablett genommen hatte.

»Danke, Lotte. Der junge Mann dort ist mein Neffe, Richard Hansen.«

Das Dienstmädchen wandte sich Richard zu und knickste erneut. »Guten Tag, gnädiger Herr.«

»Guten Tag, Lotte.«

Das Mädchen lächelte schüchtern.

»Was möchtest du trinken, Richard? Ich bevorzuge Champagner. Es ist Lottes wichtigste Aufgabe, stets dafür zu sorgen, dass ich ein eiskaltes Glas Champagner bekomme, sobald ich nach Hause komme.«

»Dann nehme ich auch eines.«

»Sehr wohl, gnädiger Herr.« Noch einmal knickste Lotte und ging wieder hinaus.

»Hübsches Ding«, urteilte Richard.

»Nimm sie dir. Aber nur, wenn sie es auch will. Ich habe gewisse Prinzipien.«

»Danke, aber ich bin verheiratet.«

»Ach ja, richtig. Mit dieser Elsa, nicht wahr? Und eure Tochter heißt Marie.« Elisabeth trank einen Schluck und sah Richard über den Rand des Champagnerglases an. »Und wo ist deine Angetraute jetzt?«

Die Frage versetzte Richard einen Stich. Er hatte tatsächlich nicht einen einzigen Moment darüber nachgedacht, wie es wohl Elsa und Marie seit seiner Verhaftung ergangen war. Waren die beiden, weil er schließlich ihr Ehemann und Vater war, von Luise vor die Tür gesetzt worden? Eigentlich konnte er es sich nicht vorstellen, denn Luise und Elsa hatten sich immer gut verstanden. Fast schon zu gut für seinen Geschmack, da Luise seiner Frau immer wieder Flausen in den Kopf setzte mit ihrem Gefasel, wie wichtig es auch für Frauen sei, zu arbeiten, und derlei Unfug.

»Ich vermute mal, dass sie noch in der Villa ist«, antwortete er dann auf Elisabeths Frage.

»Du vermutest?«

»Ich hatte seit meiner Verhaftung keine Gelegenheit, mit Elsa zu sprechen.«

»Sie hat dich also nicht ein einziges Mal besucht?« Elisabeth verzog den Mund. Es war schwer zu deuten, ob sie versuchte, ein Schmunzeln zu unterdrücken.

»Ganz so einfach ist es sicher nicht, in eine Kriminalpolizeiwache zu spazieren und einen Gefangenen sprechen zu wollen.«

»Da irrst du, mein Lieber. Für die Ehefrau ist es ein Leichtes, glaub mir. Könnte es womöglich sein, dass sie dich gar nicht besuchen *wollte?*«

Es klopfte, und auf Elisabeths Weisung betrat Lotte erneut den Raum. Wie schon vorhin hielt sie ein Tablett mit einem einzigen gefüllten Champagnerglas in der Hand, nur dass sie dieses Mal vor Richard knickste und wartete, bis er sich das Glas nahm.

»Danke, Lotte.«

»Bitte, gnädiger Herr.«

Sein Blick haftete noch auf ihrem Hinterteil, als sie das Wohnzimmer wieder verließ.

Richard überlegte einen Moment, dann fragte er: »Wenn ich hier wohnen kann, wie verhält es sich mit meiner Familie? Ich trage schließlich die Verantwortung für Elsa und Marie.«

»Ach, wenn deine Mutter dich doch jetzt hören könnte! Sie wäre gewiss sehr stolz auf dich«, amüsierte sich Elisabeth. »Aber ich will es dir nicht schwer machen. Du kannst die Kutsche nehmen und die beiden holen.«

»Gestattest du, dass ich vorher mein Bad nehme?«

»Ich würde dir sogar dazu raten.« Sie ging zu ihm hinüber, griff nach dem Revers seines Anzugs, schnupperte daran und verzog das Gesicht. »Es wäre reichlich dumm, sich so in der Villa Hansen sehen zu lassen.« Sie ging zur Tür. »Uwe!«, rief sie laut.

»Ja, gnädige Frau?«

»Mein Neffe wünscht nun sein Bad zu nehmen.«

»Sehr wohl, gnädige Frau.«

Richard trat aus dem Wohnzimmer in den Flur.

»Wenn der gnädige Herr mir bitte folgen wollen. Das Badezimmer befindet sich oben.«

»Danke sehr.« Richard ging zur Treppe.

»Ach, Uwe, gib meinem Neffen zunächst etwas von meinem verstorbenen Gatten zum Anziehen. Und verbrenn das Zeug, das er anhatte. Das ist ja widerlich.«

»Sehr wohl, gnädige Frau.«

Damit gingen Richard und Uwe nach oben, und Elisabeth rief nach Lotte, die ihr noch ein Glas Champagner bringen sollte. Ja, ihr war wahrlich zum Feiern zumute.

Richard und sie waren sich sehr ähnlich, wie sie meinte. Es tat gut, jemanden um sich zu haben, vor dem sie sich nicht zu verstellen brauchte. Und gewiss würde es der Stimmung im Haus guttun, wenn Elsa mit der Tochter Marie hier ebenfalls eine Bleibe fände. Obwohl Elisabeth nicht behaupten konnte, dass sie es früher besonders genossen hätte, als ihre eigenen Mädchen noch klein gewesen waren und oftmals reichlich Lärm im Haus verursacht hatten. Aber nun ja, zumindest war sie jetzt nicht mehr allein und konnte endlich an ihren Zukunftsplänen arbeiten. Vor allem aber würde sie der Familie Hansen einen empfindlichen Schlag versetzen, indem sie Richard, der das Kontor bestohlen hatte, bei sich aufnahm.

Dabei fiel ihr ein, dass sie den Mann, den sie zu Beobachtungszwecken in der Erdgeschosswohnung gegenüber vom Kontor eingemietet hatte, nun getrost abziehen konnte.

Sie hatte alles über Richard erfahren, was sie erfahren wollte. Noch wusste sie nicht, ob sie ihm sagen würde, dass sie ihn hatte beschatten lassen. Womöglich hätte sie Richard warnen können, dass man ihm auf die Schliche gekommen war, denn ihr Angestellter hatte ja mitbekommen, dass Luise nur so getan hatte, als würde sie sich über das Ausspionieren durch ihren Mann echauffieren. Aber das war Schnee von gestern und jetzt ohnehin nicht mehr zu ändern, obwohl die Ereignisse, die zu Richards Verhaftung geführt hatten, Elisabeths Pläne tatsächlich ein wenig überholt hatten.

Es dauerte eine volle Stunde, bis Richard nach Elisabeths Dafürhalten so weit war, um zu den Hansens fahren zu können. Die größte Schwierigkeit hatte darin bestanden, eine passende Hose zu finden, da Elisabeths verstorbener Ehemann August um einen guten Kopf kleiner war als Richard, was sich in der Hosenlänge entsprechend bemerkbar machte.

Schließlich hatten sie Paul, einen Bediensteten aus der Küche, genötigt, seine Ausgehhose zu holen und Richard diese leihweise zu überlassen. Richard bekam noch ein passendes Hemd, und auch die Weste war kein Problem. Als Sakko wählte er eines von Augusts Freizeitjacketts, das etwas legerer saß und so seinen Zweck erfüllte.

Schließlich stieg Richard in die Kutsche. Elisabeth hatte darauf verzichtet, mitzufahren, und Richard darüber hinaus mit auf den Weg gegeben, ihren Namen vorerst ungenannt zu lassen. So genau wusste sie noch nicht, wie sie künftig vorgehen wollte. Nur dass es nicht klug wäre, den Hansens bereits jetzt zu offenbaren, mit welchem Gegner sie es zu tun hatten. Das würden sie schon früh genug herausfinden und zu spüren bekommen, dafür würde Elisabeth Sorge tragen.

Richard war tatsächlich nervös und rieb sich mehrfach die feuchten Hände an der Hose ab. Luise war um diese

Zeit vermutlich bereits zu Hause und ihr Mann ebenfalls. Es war schon mit Luise nicht zu spaßen, doch Richard hatte schmerzhaft herausfinden müssen, dass ihr Ehemann eine verdammt harte Rechte schlug und es gewiss wieder täte, sollte ihm Richards Besuch nicht gefallen. Kurz fragte er sich, ob er wohl auf die Unterstützung von Elisabeths Kutscher zählen konnte, verwarf den Gedanken aber schnell wieder. Er durfte es nicht so weit kommen lassen. Denn nach den Tagen in der Gefängniszelle hatte er einfach nicht mehr die Kraft für eine solche Auseinandersetzung.

Jetzt erst fragte er sich, wie es mit der Anzeige, die gegen ihn gestellt wurde, wohl weiterginge. Elisabeth hatte ihn aus der Untersuchungshaft freibekommen, das ja. Doch gewiss würde das Verfahren gegen ihn weiterbetrieben werden, und er würde sich vor einem Richter für den Diebstahl und die Unterschlagung verantworten müssen.

Es war eine verdammte Misere! Und schuld an all dem waren nur die verdammten Pokerrunden, bei denen er todsicher betrogen worden war, davon war er inzwischen überzeugt. Bestimmt steckten die anderen unter einer Decke, hatten ihn an der Nase herumgeführt und Stück für Stück ausgenommen. Das würden ihm diese Kerle noch büßen, so viel stand fest. Doch erst einmal musste er seine eigene Haut retten und versuchen, so unbeschadet wie möglich aus dieser unseligen Geschichte wieder herauszukommen.

Während der Zeit im Gefängnis hatte er überlegt, welche Optionen er hatte. Viele waren es nicht, genau genommen waren ihm nur zwei eingefallen: Er könnte sich an Kröger, dem er die gestohlenen Bohnen verkauft hatte, wenden und ihn um eine Anstellung bitten. Irgendetwas, mit dem er sich erst einmal über Wasser halten könnte. Oder aber sich nach Wien durchschlagen und seine Eltern um Hilfe bitten. Zweifellos konnte er ihnen nicht die Wahrheit darüber sagen, was geschehen war.

Aber er könnte jemand anders beschuldigen, ihm die Taten untergeschoben zu haben, und behaupten, Luise hätte die Chance genutzt, um ihn, der das Kontor so erfolgreich zu führen wusste, aus der Firma zu drängen. Schließlich war es Robert gewesen, der ihm die Anstellung gegeben hatte, und es war kein Geheimnis, dass Luise sich eher unwillig in die Entscheidung des Vaters, Richard eine Chance zu geben, gefügt hatte.

Nun jedoch, mit Elisabeths Hilfe und weil sie eigene Pläne im Hinblick auf die Hansens hatte, boten sich völlig neue Möglichkeiten. Zwar war seine Tante bisher nicht konkret geworden, was sie eigentlich vorhatte. Doch das lag daran, dass sie es selbst noch nicht genau wusste, wie sie ihm vorhin gestanden hatte. Und das glaubte er ihr auch.

Der Kutscher verlangsamte das Tempo und hielt schließlich vor der Hansen-Villa an. Noch bevor er vom Kutschbock heruntersteigen konnte, öffnete Richard den Schlag und stieg aus.

Er atmete tief durch, als er die Stufen zur Villa hinaufstieg. Kurz überlegte er, ob er anklopfen sollte, ließ es dann aber bleiben und drückte die Klinke herunter. Die Tür war jedoch verschlossen. Ungewöhnlich, denn normalerweise sperrte das Personal erst zu wesentlich späterer Stunde ab. Also zog er seinen Schlüssel hervor und schob ihn ins Schloss, drehen ließ er sich jedoch nicht. Er versuchte es abermals vergeblich, dann zog er den Schlüssel wütend wieder heraus und klopfte energisch an.

»Einen Moment«, hörte er Annas Stimme. Gleich darauf wurde von innen ein Schlüssel umgedreht und die Tür geöffnet. Anna machte erschrocken einen Schritt rückwärts, als sie Richard vor sich stehen sah. »Guten Tag, gnädiger … äh, Herr Hansen.«

Allein diese Anrede der Haushälterin, die ihm ihre deutliche Abneigung, ja Geringschätzung signalisierte, entfachte seine Wut noch mehr. Ohne zu zögern, trat er ein.

»Verzeihen Sie, aber Sie können nicht einfach … also, Sie dürfen nicht …«

»Lass nur, Anna. Ich werde das erledigen.« Hans war, vom Lärm alarmiert, aus dem Wohnzimmer in den Flur getreten. Luise mit Viktoria auf dem Arm folgte ihm. Direkt dahinter schloss sich Elsa zögerlich an.

»Wer hat dich denn rausgelassen?«, fragte Luise voller Abscheu. Dann ging sie zu Anna hinüber und gab ihr Viktoria in den Arm. »Wärst du so nett, mit ihr und Marie nach oben zu gehen?«

Die Haushälterin nickte ängstlich. »Jawohl, gnädige Frau.« Sie übernahm Viktoria und hielt Marie, die sich hinter dem Rock ihrer Mutter versteckte, die Hand hin. »Komm, Marie, Liebes.«

Die Kleine zögerte. Elsa nahm sie an die Hand und führte sie zu Anna. Dann trottete das Mädchen folgsam mit Anna die Stufen hinauf.

»Also«, fragte Hans, als Anna mit den Kindern oben angekommen war, »was willst du hier?«

»Keine Sorge, ihr seid mich gleich wieder los.«

»Wieso bist du überhaupt auf freiem Fuß?«, wollte Luise wissen.

»Nun, offenbar wiegt mein vermeintliches Verbrechen nicht so schwer, wie du denkst.« Er hob den Kopf.

»Das waren noch Zeiten, als man Dieben die Hände abhackte!«, gab Luise bissig zurück.

»Bitte, Luise.« Hans warf ihr einen kurzen Blick zu. »Er soll sagen, was ihn herführt, und dann wieder verschwinden.«

Luise nickte. Sie musste sich zusammenreißen, um Richard nicht noch weitere Beschimpfungen an den Kopf zu werfen.

Hans wandte sich wieder Richard zu und wiederholte: »Also?«

»Ich wollte mich vergewissern, dass es Elsa und Marie gut geht, und sie mitnehmen.«

»Mitnehmen? Ins Gefängnis?«

»Ich bin nicht mehr im Gefängnis, wie du siehst.«

»Sondern?«

»Das geht dich gar nichts an, du Hexe.«

Luise wollte auffahren, doch eine Geste von Hans mahnte sie zur Ruhe.

»Luise hat dich etwas gefragt. Oder meinst du nicht, dass zumindest deine Frau ein Recht hat, zu erfahren, wo du sie hinbringen willst?«

»Nun, genau genommen, in eine Villa. Und zwar eine sehr viel größere und schönere als diese hier.« Er sah zu Elsa und streckte ihr die Hand entgegen. »Pack das Nötigste, und dann kommen du und Marie mit mir.« Er lächelte sie an.

Elsa zögerte, ihre Augen füllten sich mit Tränen. »Hast du es getan?«, flüsterte sie mit gesenktem Blick.

Richard räusperte sich. »Wir können später darüber reden. Dann erkläre ich dir alles in Ruhe.«

Elsa schüttelte den Kopf. »Nein. Ich will das hier und jetzt klären, solange Luise und Hans dabei sind.« Sie hob den Blick und sah ihrem Mann jetzt in die Augen. »Sie haben mir erzählt, was geschehen ist, doch ich konnte es zuerst gar nicht glauben.« Sie machte einen Schritt auf ihren Mann zu. »Haben sie gelogen, Richard? Haben sie gelogen, als sie sagten, du wärst es gewesen, der das Kontor bestohlen hat?«

»Es ist nicht so einfach, wie du dir das vorstellst«, wollte sich Richard herauswinden.

Elsa schluckte schwer und räusperte sich. Sie atmete tief durch. »Doch, Richard, es ist so einfach«, sagte sie nun mit festerer Stimme. »Sag mir: Hast du mit zwei anderen Männern Säcke mit Bohnen gegen solche mit Sand ausgetauscht, die Bohnen auf eigene Rechnung verkauft und damit das Kontor bestohlen? Dir bleibt jetzt nichts als die Wahrheit.«

Richards Miene wurde ernst. »Das Geld, das ich mir damit

hinzuverdient habe, brauchte ich, um für uns ein gutes Leben aufzubauen.« Richard machte einen Schritt auf Elsa zu und fasste sie an den Schultern. »Ich verdiene nicht genug, damit wir uns all das leisten können, was uns zusteht. Es liegt nicht an mir, dass ich meines Erbes beraubt wurde. Das musst du doch einsehen.«

Elsa atmete nochmals tief durch. »Und dieser Mann, den du damals fristlos entlassen hast – hatte der etwas damit zu tun?«

Richard sah zu Boden. »Nein.« Er schüttelte den Kopf und sah auch nicht auf, als er weitersprach. »Er war ein Bauernopfer.«

Elsa nickte. »Wenigstens bist du jetzt ehrlich und beleidigst mich nicht, indem du weiter lügst.« Sie legte einen Zeigefinger unter sein Kinn und hob seinen Kopf an, sodass er ihr direkt in die Augen blicken musste. »Dann habe ich nur noch eine letzte Frage an dich: Hast du damals die Säcke auf Luise herabgeworfen, die sie fast getötet hätten?«

Richard suchte nach Worten. »Was soll das hier werden? Ein Verhör? Willst du mir ein Geständnis entlocken?«

»Ich muss es wissen. Ich muss einfach!« Es klang fast flehend.

»Genug damit«, entschied Richard. »Marie und du, ihr kommt jetzt mit mir, und wir können ein andermal über all das sprechen, was du noch wissen willst.«

»Also hast du es getan«, erkannte Elsa. »Und wie so oft hattest du nicht den Mut, zu deinen Taten zu stehen. Du wirst dich also niemals ändern.«

»Ich will jetzt nicht mehr darüber reden«, stellte Richard ärgerlich klar.

»Gut. Ich auch nicht.« Elsa trat einige Schritte zurück. »Ich werde nicht mit dir kommen, Richard. Ich bleibe hier und Marie auch.«

»Ich bin dein Mann, und ich entscheide für dich, Elsa. Und ich sage, dass du mit mir mitkommst!«

»Du hast sie doch gehört«, mischte sich Luise ein. »Wenn Elsa hierbleiben möchte, dann kann sie das. Sie gehört zur Familie, du nicht mehr.«

»Halt dein dreckiges Maul und misch dich hier nicht ein!«, fuhr Richard Luise an.

»Das reicht jetzt!«, ging Hans dazwischen. »Wag es nicht noch einmal, so mit meiner Frau zu sprechen, sonst wirst du es bereuen!«

»Das Recht ist auf meiner Seite. Elsa und Marie kommen mit mir.«

»*Das Recht*«, Hans hob den Zeigefinger, »wird gewiss keine Ehefrau zwingen, mit ihrem kriminellen Ehemann zu gehen. Abgesehen davon ist es schon fast komisch, dass ausgerechnet du auf das Recht pochst.« Er trat näher an Richard heran. »Und jetzt ist alles gesagt. Du hast die Familie bestohlen und sogar versucht, meine Frau zu töten. Was auch immer du vorhast, um Elsa zu dir zu holen – wir werden es zu verhindern wissen. Sie steht unter dem Schutz der Familie. Und zur Familie zähle ich auch jeden einzelnen Mitarbeiter im Kontor und alle, die für die Familie Petersen arbeiten. Glaub mir, Richard, bei aller Wut, die in dir schwelt, solltest du dein bisschen Verstand zusammennehmen und dich einfach davonmachen. Wenn du Elsa nur ein einziges Mal noch belästigst, gibt es keinen noch so kleinen Winkel in Hamburg, in dem du dich verstecken kannst, ohne dass wir dich finden.«

»Die Denkweise deiner Frau hat schon zu sehr auf dich abgefärbt«, sagte Richard höhnisch und machte einen Schritt rückwärts. »Von dir, Hans, hätte ich mehr erwartet. Doch ich werde mich zurückziehen, um die Situation für Elsa nicht noch schlimmer zu machen, als sie es schon ist. Doch ich sage euch, ihr werdet mich wiedersehen, und zwar unter ganz anderen

Umständen, als ihr euch vorstellen könnt. Ihr habt Feinde, mächtige Feinde, und ich werde ihnen dabei helfen, euch zu zerstören.« Ein gefährliches Lächeln spielte um seine Lippen. »Und das schon bald. Verlasst euch darauf!« Damit machte er kehrt und verließ im Eilschritt die Villa.

Er würde wiederkommen, dessen war er sich sicher.

16. Kapitel

Wien, Samstag, 13. April 1895

Etwas mehr als eine Woche war seit Georgs Nervenzusammenbruch vergangen, und Vera war erleichtert, zu sehen, dass es ihm von Tag zu Tag wieder besser ging. Er war letzte Woche nicht ein einziges Mal ins Kontor gegangen, hatte jedoch vor, die Arbeit am kommenden Dienstag wieder aufzunehmen.

Nachdem er die Spritze von Dr. Vogler bekommen hatte, war er in einen tiefen Schlaf gefallen, aus dem er ganze vierzehn Stunden nicht wieder erwachte. Dann hatte er die Augen aufgeschlagen und konnte sich an vieles von dem, was geschehen war, nicht mehr erinnern. Vera und er hatten danach lange miteinander geredet, und es hatte beiden ungeheuer gutgetan. Sie hatten sich nicht verhalten wie ein Ehepaar, sondern wie Freunde, die einander beistanden und halfen.

Georg hatte Vera von dem Streit erzählt, den er im Kontor mit Frederike gehabt hatte, und von den Vorhaltungen, die ihm seine Tochter gemacht hatte. Sowohl Vera als auch Georg zeigten dafür Verständnis, denn Frederike hatte damals in der Zeit ihrer

Trennung viel ertragen müssen. Dann, so hatte Georg seiner Frau berichtet, war er ziellos durch Wien geirrt und hatte sich in seinen Gedanken ausweglos verfangen. Ihn quälte immer wieder die Frage, was er bisher überhaupt in seinem Leben erreicht hatte, und vor allem: Sollte das schon alles gewesen sein?

Vera verstand ihn nur zu gut. Zum ersten Mal seit vielen Jahren hatten sie sich gegenseitig von ihren Wünschen und Träumen erzählt, die sie früher einmal, bei ihrem Kennenlernen, gehabt hatten. Vera konnte heute nur noch mit einem Kopfschütteln auf die Oberflächlichkeiten zurückblicken, die ihr damals als das Wichtigste im Leben erschienen waren. Georg hingegen hatte stets wie sein Vater sein wollen, und im Rückblick belastete ihn nun das Gefühl, nie wirklich sein eigenes Leben, sondern im Grunde das seines Vaters gelebt zu haben.

Schließlich hatten sie Käthe freigegeben, um ganz ungestört die Zeit miteinander verbringen und sich unterhalten zu können. Und zwar erstmals nicht mit irgendeiner Zielsetzung oder weil es etwas zu klären gegeben hätte. Nein, sie wollten zusammen sein, weil es ihnen guttat. So irrwitzig es auch schien: Die Tatsache, dass sie beide losgelassen und keine Erwartungen mehr an eine gemeinsame Zukunft hatten, war wohl der Grund dafür, dass sie einander wieder wahrnahmen. Vera hatte fast das Gefühl, als wäre Georg ein ganz anderer als noch vor ein paar Wochen, und sie freute sich auf die Momente mit ihm, in denen sie ihm ihr Herz ausschütten konnte. So wie sie auch ihm zuhörte und sich für seine Ansichten interessierte.

Niemand, der sie so beieinandersitzen gesehen hätte, hätte vermutet, dass es sich um Vera und Georg handelte. Genau genommen, erkannten sie sich selbst nicht wieder.

Vera hatte ein weites Kleid an, das sie niemals auf der Straße tragen würde, und Georg trug eine Stoffhose und ein Hemd, das überall Knitterfalten aufwies. Er hatte den Sessel nah an das

Sofa herangezogen, um darauf seine Füße abzulegen und Vera, die ausgestreckt auf dem Sofa lag und deren Kopf in seinem Schoß ruhte, eine bequeme Stütze zu bieten. Für Vera fühlte es sich herrlich an, so zwanglos, so vollkommen anders als sonst. Sie war nicht um eine aufrechte Haltung bemüht. Sie wollte einfach nur hier ganz nah bei ihrem Mann liegen und seinen Worten lauschen.

Einzig ein Thema hatten die beiden bisher ausgespart: die Zukunft. Es war wie eine stille Übereinkunft, um die besonderen Momente, die sie in den vergangenen Tagen geteilt hatten, nicht zu zerstören. Keiner von beiden traute sich, die Frage zu stellen, wie es mit ihnen weitergehen sollte.

An dem Donnerstagabend, bevor Georg am darauffolgenden Tag den Nervenzusammenbruch erlitt, waren sie übereingekommen, sich zu trennen. Vera wollte nach Hamburg zurückkehren und dort versuchen, alte Kontakte wieder aufzunehmen und sich ein neues gesellschaftliches Leben aufzubauen.

Georg hingegen war an dem Abend noch unschlüssig gewesen, hatte sogar angedeutet, seine Stellung im Kontor möglicherweise aufzugeben. Natürlich nicht übereilt, um Therese nicht im Stich zu lassen. Aber doch als konkretes Ziel und in absehbarer Zeit, bevor ihm weitere Jahre durch die Finger rinnen und es eines Tages nichts mehr geben würde, was noch vor ihm lag.

»Weißt du was?« Vera spielte mit einer Strähne ihrer Haare, die sie nicht wie sonst hochgesteckt trug.

»Hm?« Georg blickte auf sie hinunter und legte den Kopf etwas schief, um ihr in die Augen sehen zu können.

»Ich habe Hunger. Richtig großen Hunger.«

»Kein Wunder. Wir haben seit Tagen nichts Richtiges gegessen.«

»Ich fand die Eier und die Kartoffeln köstlich.«

»Man merkt, dass sonst immer Käthe kocht«, witzelte Georg und kassierte dafür einen spielerischen Schlag von seiner Frau.

»Worauf hast du Appetit?«, fragte Vera.

»Ich weiß nicht. Was haben wir denn da?«

»Nichts.« Vera seufzte. »Das ist es ja. Ich fürchte, wir müssen heute noch raus, wenn wir übers Wochenende nicht verhungern wollen.«

»Da raus?« Georg sah missmutig zur Tür. »Dann hungern wir lieber.«

Vera lachte auf. »Georg Hansen – du bist ein Faulpelz geworden.«

»Vera Hansen – das ist mir egal.«

Sie lachten gleichzeitig los.

»Na, komm«, sagte Vera aufmunternd. »Wir könnten zusammen auf den Markt gehen und uns dort erst überlegen, was wir kaufen wollen. Und dann kochen wir einfach irgendetwas. Ganz egal. Etwas, das wir sonst nie essen würden.«

»Schnitzel?«

»Wir essen sehr oft Schnitzel.« Vera verdrehte die Augen. »Nein, vielleicht etwas Exotisches. Etwas, das nicht aus diesem Land stammt.«

»Und woher willst du so etwas bekommen?«

»Vom Markt. Das habe ich doch gesagt.«

»Und du glaubst, dass dort ausgerechnet heute etwas Exotisches angeboten wird für den Fall, dass Vera Hansen spontan Appetit darauf bekommt?«

»Ganz genau. Und jetzt komm.« Vera schwang die Beine auf den Boden und stand auf.

»Ach, geh lieber allein und bring mir was mit«, bat Georg und ließ seinen Kopf nach hinten gegen die Sofalehne sinken.

»Kommt überhaupt nicht infrage.« Vera zog an seinem linken Arm und versuchte, ihn so zum Aufstehen zu bewegen.

»Aber dann muss ich mich ja umziehen«, jammerte Georg.

»Na, rate mal, wer noch! So gehe ich ganz bestimmt nicht vor die Tür.«

Georg stellte sich schwerfällig auf die Füße. »Also gut, wir gehen auf den Markt. Aber wehe, wir finden nichts Gutes!«

»Dann müssen wir eben von Luft und Liebe leben.« Vera lachte ihn augenzwinkernd an.

Vera hatte sich bei Georg rechts untergehakt, während er in der linken Hand den Korb trug, in dem noch nichts lag.

»Besonders exotisch sieht hier nichts für mich aus«, raunte Georg seiner Frau zu, die ihm mit einem Kopfschütteln recht gab.

Sie gingen weiter, kauften Obst und Kartoffeln, etwas Gemüse, Fisch, Eier und Brot. Und als sie am Fleischerstand vorbeikamen, dann auch noch ein paar Schnitzel, was Georg seiner Frau mit einem Lächeln und einem raschen Kuss auf die Wange dankte.

So kamen sie zwar mit einem vollen Korb nach Hause, doch irgendetwas von den Einkäufen als exotisch zu bezeichnen, auf diesen Gedanken wäre wohl niemand gekommen.

»Stell den Korb in die Küche«, bat Vera. »Und – was soll ich uns zubereiten?«

»Weißt du überhaupt, wie man das alles kocht?«

»Georg Hansen, das ist heute schon das zweite Mal, dass du meine Fähigkeiten als Köchin anzweifelst. Noch mal werde ich dir das nicht durchgehen lassen.«

»Ach was, du bist mir gar nicht böse.« Georg stupste Vera mit dem Ellenbogen in die Seite. »Du tust nur so.«

»Wie wäre es, wenn du mir beim Kochen zur Hand gehst?«, schlug sie vor.

Insgeheim glaubte sie nicht eine Sekunde daran, dass Georg einwilligen könnte. Solange sie sich kannten, hatte sie ihren

Ehemann noch nicht ein einziges Mal in der Küche hantieren sehen.

»Ich kann Eier in eine Pfanne schlagen«, brüstete sich Georg, als wäre es eine große Leistung. »Und ich weiß sogar, wie man Kartoffeln schält. Ich habe früher einmal unserer Haushälterin dabei zugesehen.«

»Hm, das klingt doch schon mal so, als müsste ich nicht verhungern«, erwiderte Vera. »Dann werde ich die Schnitzel braten. Oder lieber den Fisch?«

»Schnitzel, bitte!« Georg grinste seine Frau an.

»Aber vorher ziehe ich mich um. Bestimmt werde ich mich nicht mit meinem teuren Kleid in die Küche stellen.«

»Ich ebenfalls nicht. Nicht auszudenken, wenn mein Hemd einen Fettspritzer abbekäme.« Georg zog eine angewiderte Grimasse.

»Gibt es überhaupt noch einen Moment, in dem du ernst bist?«

Georg wandte den Blick zur Decke, als müsse er intensiv über diese Frage nachdenken. »Nein«, sagte er dann entschieden. »Ich denke, nicht. Ich war lange genug ernst, und es hat mir nicht gefallen.«

Sie prusteten beide los und fielen sich lachend in die Arme.

Vera löste sich schließlich von ihm. Noch immer hatte sie Lachtränen in den Augen, aber ihre Stimme klang plötzlich bewegt und ein wenig rau. »Wir haben so viele Jahre damit verschwendet, immer nur das zu tun, was von uns erwartet wurde. Oder von dem wir meinten, dass es von uns erwartet wurde. Vielleicht habe ich mich damals in dich verliebt, doch an das Gefühl kann ich mich gar nicht mehr richtig erinnern. Doch heute, da weiß ich genau, was ich fühle.«

»Vielleicht brauchten wir all diese Erfahrungen, damit wir jetzt als gute Freunde und Lebenskameraden miteinander glücklich sein können.« Georg strich ihr liebevoll übers Haar.

»Willst du das denn wirklich?«

»Ja.« Die Art, wie Georg es sagte, ließ keinen Zweifel zu.

»Ich bin jedoch nur unter einer Bedingung bereit, mich auf dieses Abenteuer mit dir einzulassen, auch auf die Gefahr hin, dass mir am Ende das Herz bricht.«

»Unter welcher Bedingung?«, fragte Georg.

»Ich will Ehrlichkeit. Ich will, dass wir so miteinander umgehen und sprechen und leben, wie wir es die letzten Tage getan haben. Und nicht so, wie *man* es von uns erwartet.«

»Die Bedingung erfülle ich von Herzen gern.«

»Dann muss ich dir jetzt ein Geständnis machen«, kündigte Vera an.

»Ja?«

»Ich habe noch etwas getan, von dem ich dachte, dass es sich so gehört und dass *man* es von mir erwartet.«

»Und das wäre?«

»Das Häkeln.«

Georg starrte sie an. »Jetzt willst du mich aber veralbern.«

»Nein, wirklich, ich hasse es! Ich habe nur gehäkelt, weil meine Mutter mir von klein auf beigebracht hat, dass die Männer zur Arbeit gehen und die Frauen derweil Handarbeiten zu erledigen haben. Das war das Bild, das mich nicht mehr losgelassen hat.«

Georg lachte los, erst leise, dann immer lauter. Schließlich stimmte auch Vera in das schallende Gelächter ein.

Sie waren so ausgelassen, dass sie gar nicht mitbekamen, wie Frederike das Haus betreten und sich wegen der ungewohnten Geräusche zur Küche geschlichen hatte. »Was ist denn hier los?«

»Um Himmels willen, hast du mich erschreckt!« Vera fasste sich, immer noch lachend, an die Brust.

Frederike stand völlig konsterniert in der Tür. Sie war in den letzten Tagen zweimal hier gewesen, um nach ihrem Vater zu sehen, und hatte erleichtert festgestellt, dass er sich immer mehr erholte. Dass sie ihre Eltern aber jemals so ausgelassen wie gerade eben erlebt hatte, daran konnte sie sich beim besten Willen nicht erinnern. Fast war ihr ein wenig unwohl, weil sie sich fragte, was der Grund dafür sein mochte. »Könntet ihr mir bitte erklären, was so lustig ist?«

»Deine Mutter hasst das Häkeln.« Georg grinste breit.

Frederike wandte sich ihrer Mutter zu. »Wie – du hasst das Häkeln?«

»Es stimmt«, beteuerte Vera. »Dein Vater hat vollkommen recht. Ich dachte immer, dass ich nur dann eine gute Ehefrau bin, wenn ich meine Zeit mit Handarbeiten verbringe, während mein Mann bei der Arbeit ist.«

Die beiden brachen erneut in Gelächter aus, und Frederike stand nur da und konnte die Ausgelassenheit ihrer Eltern überhaupt nicht verstehen. Deshalb wartete sie, bis die beiden sich wieder einigermaßen beruhigt hatten, und sagte dann: »Ich wollte mich eigentlich nur vergewissern, dass bei euch alles in Ordnung ist.«

»Alles bestens, wie du siehst. Zumindest, wenn es uns gelingt, aus diesen Zutaten eine Mahlzeit zu kochen.«

»Was ist denn mit Käthe? Hat sie immer noch frei?«

»Sie war gestern kurz hier«, berichtete Vera, »und hat nachgefragt, ob wir wirklich sicher seien, dass sie die ganze Woche freinehmen soll. Wir waren uns einig, dass es so und nicht anders sein soll.«

»Und jetzt wart ihr selbst einkaufen und wollt kochen?« Frederike sah skeptisch von ihrer Mutter zu ihrem Vater und wieder zurück.

»Du bist herzlich eingeladen, uns beim Essen Gesellschaft zu leisten, wenn du möchtest«, bot Georg an.

Im ersten Moment wollte Frederike ablehnen, dann besann sie sich jedoch. Sie war ganz froh über etwas Ablenkung, denn die Stimmung zwischen ihr und Anton war seit vorgestern mehr als angespannt. Frederike fand, dass er langsam, aber sicher die Bodenhaftung verlor. Seit er die neue Stellung und die damit verbundene Gehaltserhöhung bekommen hatte, gab es für Anton keine anderen Themen mehr als teure Schuhe, Anzüge, Automobile und alles andere, was seiner Meinung nach zu einem Leben in Saus und Braus gehörte. Sogar eine teure Perlenkette hatte er ihr vor zwei Tagen geschenkt, was dann endgültig das Fass zum Überlaufen gebracht hatte.

Nicht, dass die Kette nicht schön gewesen wäre, und unter anderen Umständen hätte Frederike sich von Herzen darüber gefreut. Doch die Art, wie er ihr das Geschenk überreicht hatte, ließ ihr auch jetzt noch bei der bloßen Erinnerung daran die Zornesröte ins Gesicht schießen. Er hatte die Kette hervorgeholt, die ganz zauberhaft in einer kleinen Schachtel mit einem roten Samtband verpackt gewesen war. Frederike hatte ihm gesagt, dass sie ein solches Geschenk nicht annehmen könne, dass die Kette viel zu teuer sei. Dann hatte er sie ihr umlegen wollen, und als sie ihm den Rücken zudrehte, hatte er ganz plötzlich nach ihren Brüsten gegrapscht und sie heftig auf den Hals geküsst. Sie hatte an seinem Atem gerochen, dass er Alkohol getrunken hatte, wie schon häufiger die letzten Tage.

Erst hatte Frederike noch versucht, sich scherzend aus seinem Griff herauszuwinden, und ihn in freundlichem Ton ermahnt. Doch da hatte er noch fester zugepackt und sie angeschnauzt, sie solle sich nicht so anstellen. Immerhin hätten sie es schon einmal getan, und andere Frauen wären froh, eine so gute Partie zu machen. Da war Frederike herumgewirbelt und hatte ihm eine schallende Ohrfeige verpasst. Wütend hatte er sie angestarrt und ihr gedroht, dass sie das gefälligst nie wieder wagen solle. Er, Anton Messinger, könne jede haben. Und wenn sie die Frau an seiner Seite werden wolle, solle sie sich lieber gut mit ihm stellen. Immerhin könne sie doch froh sein, überhaupt jemanden wie ihn zu kriegen.

Da war es Frederike zu viel geworden. Sie hatte ihm die Kette vor die Füße geschleudert, war zur Tür gegangen und hatte ihn hinausgeworfen. Erst als er begriff, dass sie es wirklich ernst meinte, hatte er noch in der Tür eine lahme Entschuldigung versucht. Doch Frederike hatte ihm einen kleinen Stoß versetzt, ihm die Tür vor der Nase zugeschlagen und sofort abgesperrt. Als er gestern Abend erneut auftauchte, zu später Stunde und – so wie seine Stimme durch die geschlossene Tür klang – abermals betrunken, hatte sie ihm gar nicht erst geöffnet.

»Wisst ihr was? Ich bleibe gern zum Essen«, sagte sie nun zu ihren Eltern.

»Gut. Aber nicht nur zum Essen, sondern auch zum Kochen«, korrigierte Georg. »Wer nicht mitkocht, kriegt auch nichts.«

»In Ordnung«, willigte Frederike ein. »Aber irgendwas ist anders mit euch«, fügte sie nachdenklich hinzu. »Ich weiß nur noch nicht, was.«

Georg zuckte die Schultern. »Keine Ahnung, was du meinst.« Er warf Vera einen liebevollen Blick zu. »Ich zumindest weiß sicher, dass ich Hunger habe und jetzt kochen will. Und dann essen. Und dann …« Er machte eine bedeutungsvolle Pause.

»Und dann?«, fragte Vera nach.

»Dann feuern wir den Kamin an und verbrennen alle Häkeldeckchen, die im Haus zu finden sind.«

Vera prustete los, und wieder fiel Georg in ihr Lachen ein.

Frederike schüttelte den Kopf. Wer waren diese albernen Menschen nur, die im Körper ihrer Eltern steckten?

17. Kapitel

Kamerun, Samstag, 13. April 1895

Das Wasser lief. Und wie es lief! Seitdem sie gestern die Sperre am Stausee geöffnet und das Wasser in den Abzweig eingelassen hatten, strömte es in schöner Gleichmäßigkeit durch die hohlen Baumstämme hinunter zur Plantage und in das Rinnensystem, aus dem es nun in großen Tropfen auf die Pflanzen herabregnete. Die ganze Zeit tropfte und plätscherte es, und der Boden unter den Kakaopflanzen war ein einziger Matsch.

Vor wenigen Augenblicken hatte Robert die Anweisung erteilt, die Sperre am Stausee wieder zu schließen, und nun warteten sie, bis kein Wasser mehr floss, um dann die Blätter zu kontrollieren. Danach mussten sie die Stoffbahnen über die Bäume ziehen.

Hamza pflückte von mehreren Bäumen und in verschiedenen Höhen einige Blätter ab und verteilte sie an Robert und Adisa. Gemeinsam kontrollierten sie, ob ihr Vorhaben von Erfolg gekrönt war.

Die Männer strichen über die Blätter, als wollten sie sie streicheln. Dann rieben sie die dünne Schicht zwischen den Fingern.

Nicht alle Gespinste der Milben hatte es abgespült, doch die dichteren Schichten hatten sich gelöst. Hamza war zufrieden.

»Wir können mit dem Überstreifen der Stoffbahnen anfangen. Den Rest wird hoffentlich die hohe Luftfeuchtigkeit für uns erledigen.«

Adisa hob den Arm und gab damit das Zeichen, auf das die Duala gewartet hatten. Mit geradezu unglaublicher Geschwindigkeit und einem Geschick, das seinesgleichen suchte, kletterten mehrere von ihnen an den Bäumen und Pfosten hinauf. Ihre Stammesbrüder machten sich bereit, zogen die Stoffbahnen bis an den Rand der Plantage und reichten sie denen zu, die sich ganz oben an den Pfosten festhielten. Meter für Meter wurde der Stoff über die Köpfe der Männer weitergegeben und zog sich so wie von Zauberhand immer weiter über die Bäume. Plötzlich hörte man einen kurzen Aufschrei und gleich darauf einen dumpfen Aufprall.

»Was war das?«, fragte Robert, und auch Hamza reckte den Hals, um nachzusehen, was sich dort ereignet hatte.

Kurz darauf kamen zwei Duala zwischen den Bäumen hervor, einer vom anderen gestützt. Der hatte, so berichteten sie, den Halt verloren, war abgerutscht und zu Boden gefallen. Doch war er offenbar nur leicht verletzt und musste nur seinen Fuß entlasten. Ganz selbstverständlich lösten sich zwei andere Duala aus der Gruppe derer, die die Stoffbahnen zureichten, und nahmen deren Plätze ein. Es war fast wie eine Choreografie, die hier aufgeführt wurde. Robert schüttelte kurz den Kopf. Die Menschen hier begeisterten ihn jeden Tag aufs Neue.

Stunden später, als der gesamte Stoff, den Hamza mitgebracht hatte, und auch der, der noch nachgeliefert worden war, wie eine schützende weiße Decke über die Bäume gespannt und befestigt worden war, gab Robert die Anweisung, die Sperre am Stausee wieder zu öffnen und das Wasser erneut in die Rinnen laufen zu lassen.

Staunend beobachtete Franz, was alles vor sich ging. Ihm tat schon der Nacken weh, so versonnen starrte er hoch zu den Duala an den Stoffbahnen.

Das Wasser suchte sich wieder seinen Weg durch das Rohrsystem, und die ersten Tropfen fielen auf die Blätter.

Die Sonne brannte vom Himmel, und einen kurzen Moment lang befürchtete Robert, dass die Sonne den Stoff womöglich schneller trocknen würde, als er durchweichen könnte. Doch seine Zweifel waren unbegründet, denn schon bald hing der Stoff schwer auf den Bäumen und gab gleichmäßig Feuchtigkeit an sie ab.

Als sie den Zulauf vom Stausee erneut sperrten, waren die Stoffbahnen satt durchtränkt, und als Robert mit Franz, den er an der Hand hielt, Hamza und Adisa darunter entlangging, war die Luftfeuchtigkeit so hoch, dass allen augenblicklich der Schweiß ausbrach.

Hamza sah sich zufrieden um, atmete tief ein. »Es wird unseren Pflanzen bald wieder gut gehen«, stellte er fest. »Ich spüre schon, wie sie sich erholen.«

»Also wirklich, Hamza, das hast du sehr gut gemacht.« Robert klopfte ihm freundschaftlich auf den Rücken. »Ihr alle. Erlaubt mir, dass ich in eurem Dorf zu Ehren des Stammes ein Fest bereiten lasse, an dem ich für Essen und Trinken bezahle und alle es sich gut gehen lassen.«

»Das wird den Stamm freuen«, meinte Hamza sofort, wobei in ihm auch ein etwas ungutes Gefühl aufkam. Er wusste nicht, woran es genau lag, doch seit er in Hamburg gelebt hatte, hatte er irgendwie den Anschluss ans Dorf verloren. Sicher lag es auch daran, dass er nicht mehr dort, sondern in seinem eigenen Zimmer im Farmhaus schlief. Es war wohl eine Wechselwirkung: Einerseits hatte er dadurch die Nähe zum Dorf verloren, andererseits hatte er aber auch das Gefühl, eher ins Haus als in eine der Hütten zu gehören. Ja, er war sogar der festen Überzeugung, nicht mehr wie früher in einer Hütte leben zu können. Dafür war in seinem Leben einfach zu viel geschehen. Allein die Tatsache, dass es für ihn selbstverständlich geworden war, die Kleidung der Weißen zu tragen, hätte ein Leben im Dorf unmöglich gemacht. Inzwischen, so musste er feststellen, gehörte er nicht mehr in die eine und auch nicht richtig in die andere Welt. Er war in einer Grauzone dazwischen gefangen, was eine Rückkehr oder einen vollständigen Übergang in die eine wie die andere Richtung unmöglich machte.

Hamza wandte sich Adisa zu. »Gib den Männern Bescheid, dass sie alles vorbereiten sollen.«

»Und besorgt das fetteste Schwein, das aufzutreiben ist«, sagte Robert. »Ich werde euch gleich das Geld dafür geben.«

»Ja, Sango«, antwortete Adisa und besprach sich sogleich mit ein paar Männern. Gemeinsam machten sie sich auf den Weg zum Dorf, während Robert, Franz und Hamza zum Haus zurückgingen.

»Geht es ihr besser?«, fragte Robert Therese, bei der sich tiefe Ränder unter den Augen abzeichneten, gleich beim Eintreten. Kein Wunder, sie hatte die ganze Nacht in einem Sessel neben dem Bett ihrer Tochter gewacht und halbstündlich die kühlenden Wickel erneuert.

Helene hatte am gestrigen Tage so hoch gefiebert, dass Therese Angst um ihr Leben gehabt hatte. Heute Morgen hatte das Kind noch geschlafen, als Robert, Franz und Hamza das Haus verlassen hatten.

»Ich habe gerade noch einmal frische Wadenwickel angelegt. Das Fieber ist Gott sei Dank deutlich gesunken.« Therese bemühte sich um ein Lächeln. »Ich bin sehr erleichtert.«

Franz setzte sich auf die Couch zu seiner Schwester und streichelte ihr sanft über die Wange. »Werde bald gesund, Helene, ja?«

Robert rührte diese kleine Szene zwischen den Geschwistern. Sie gingen stets so liebevoll miteinander um. »Ich bin genauso erleichtert«, sagte er zu Therese. Er schloss sie für einen Moment in die Arme. Die Anspannung und die Sorge um Helene, gepaart mit der harten Arbeit in den letzten Tagen und dem bangen Gefühl, was aus der Plantage werden sollte, falls der Bau der Befeuchtungsanlage aus irgendeinem Grund nicht so verliefe wie geplant, hatten dazu geführt, dass Robert ebenfalls vollkommen erschöpft war und am liebsten einfach schlafen gegangen wäre. Doch selbst dann hätte er sicher keine Ruhe gefunden, solange Helene nicht gänzlich außer Gefahr war. Den Gedanken, dass Helenes Fieber womöglich noch hätte steigen können, mochte Robert nicht eine Sekunde lang zu Ende denken.

»Und auf der Plantage? Hat alles funktioniert, wie ihr es wolltet?«, fragte nun Therese.

»Ja, zum Glück. Die Duala haben Unglaubliches geleistet. Es wird ihnen zu Ehren und um die funktionierende Befeuchtungsanlage zu feiern, ein Fest in ihrem Dorf geben.«

»Ich hoffe, du verstehst, dass ich hier bei Helene bleiben muss.«

»Ja, das verstehe ich natürlich. Und ich hoffe, du verstehst, dass es mir ein Bedürfnis war, den Duala auf diese Art zu danken.«

»Nur zu gut.« Sie strich ihm zärtlich über die Wange.

Hamza, der die ganze Zeit nichts gesagt hatte, kündigte an, zu seinem Vater Malambuku zu gehen, um diesen über das Fest zu unterrichten. Er warf noch einen kurzen Blick auf Helene und Franz und ging hinaus.

In den nächsten Stunden durchlebte Therese ein Wechselbad der Gefühle. Eine Weile sank Helenes Temperatur merklich, und das Mädchen wurde sogar zusehends munterer. Dann verschlechterte sich ihr Zustand jedoch wieder, und sosehr Therese sich auch bemühte, ruhig zu bleiben, wurde sie doch von Minute zu Minute nervöser. Der nächste deutsche Arzt war zwei Tagesritte von der Plantage entfernt. Aber würde es der Kleinen nicht eher schaden als nützen, wenn man ihr in ihrem Zustand die Reise zumutete, um beim Doktor vorstellig zu werden? Was sollte sie nur tun? Könnte sie womöglich die Duala um Hilfe bitten? Viele Bewohner der Kolonien erkrankten an dem Fieber, wie Therese inzwischen erfahren hatte. Auch Gouverneur von Puttkamer litt daran. Doch kannten die Einheimischen sich überhaupt mit dem Fieberleiden der Weißen aus? Da sie nicht betroffen waren, hatten sie sich auch nie damit beschäftigen müssen.

Die Unsicherheit, ob es richtig war, die kleine Helene mit nichts als Wadenwickeln zu behandeln, brachte Therese an den Rand der Verzweiflung. Was, wenn das Fieber nicht mehr sank? Wie lange konnte der kleine Körper der Belastung wohl noch standhalten?

Sie erneuerte die Wickel alle zwanzig Minuten, spürte kaum mehr, wie erschöpft sie war. Dann endlich stellte sich eine Veränderung ein. Das Fieber nahm nach und nach ab, Helenes Unruhe legte sich etwas. Therese beobachtete den Zustand der Tochter genau, wagte es nicht, mit dem Anlegen der kalten Wickel auszusetzen. Doch irgendwann schlief sie vollkommen erschöpft neben dem Krankenlager der kleinen Helene ein. Als sie wieder erwachte, schlief Helene und atmete ruhig und gleichmäßig. Therese konnte die Tränen der Erleichterung nicht zurückhalten. Sie blieb neben der Kleinen sitzen und hielt fortwährend ihre Hand.

Im Lauf des Tages sank Helenes Temperatur immer weiter. Während sie gestern kaum wache Momente gehabt hatte, schlug sie an diesem Nachmittag die Augen auf und verlangte nach etwas zu essen. Malambuku bestand darauf, ihr eine warme Suppe zu geben, obwohl Helene lieber etwas Kaltes gegessen hätte. Doch Therese sagte ihr, dass sie auf jeden Fall auf

Malambuku hören müsse, sodass sie brav die Suppe schluckte, die ihre Mutter ihr mit einem kleinen Löffel einflößte.

Am frühen Abend ging Robert mit Hamza und Franz zum Dorf der Duala, um sich beim Fest zu zeigen. Sie wurden freundlich, ja geradezu überschwänglich begrüßt. Für Franz war alles so aufregend, dass er nicht wusste, wohin er zuerst sehen sollte. Er liebte es, hier zu sein, und als ihn einige Duala-Kinder an den Händen nahmen, um mit ihm zu den Trommeln zu tanzen, ließ er sich einfach mitreißen.

»Therese würde es sehr gefallen, ihn so zu sehen«, sagte Robert zu Hamza, der neben ihm auf einem Baumstamm saß.

»Darf ich Sie etwas fragen? Etwas sehr Persönliches?«

»Ja, Hamza, nur zu.«

»Luises Mutter, also Ihre erste Frau …«

»Ja?«

»Denken Sie noch an sie?«

»Das ist wirklich eine ungewöhnliche Frage«, fand Robert.

»Bitte verzeihen Sie«, bat Hamza sofort. »Ich wollte nicht …«

Robert hob die Hand, um Hamza zum Schweigen zu bringen. »Nein, das ist schon in Ordnung. Ich hatte nur nicht mit einer Frage in dieser Richtung gerechnet«, erklärte Robert. »Ob ich noch an Elisabeth denke, möchtest du also wissen?«, sagte Robert nachdenklich. »Nun ja, sie war lange Jahre Teil meines Lebens. Und ich werde ihr ewig dankbar sein, dass sie Luise und Martha das Leben geschenkt hat. Doch sie war wohl nie die Frau, die ich in ihr gesehen habe, und deshalb würde ich es so ausdrücken: Manchmal kommt mir ihr Name noch in den Sinn. Doch ich habe weder Gefühle für sie noch verbinde ich etwas Schönes damit.«

»Also kann man lernen, einen Menschen nicht mehr zu lieben?«, fragte Hamza nach, unsicher, ob er Robert richtig verstanden hatte.

»Ich habe mir nie bewusst vorgenommen, Elisabeth nicht mehr zu lieben. Die Enttäuschung über ihr Verhalten hat mich dazu bewogen, und irgendwann waren einfach keine Gefühle mehr vorhanden.« Er lächelte. »Und wenn ich jetzt Therese ansehe, dann muss ich mich fragen, ob ich Elisabeth je wirklich geliebt habe oder sie einfach nur geheiratet habe, weil man irgendwann im Leben eben diese Entscheidung trifft und dann damit umzugehen hat.« Er sah Hamza an. »Das alles fragst du mich aber gewiss aus einem bestimmten Grund, nicht wahr? Bist du denn verliebt?«

Hamza seufzte. Er wusste selbst nicht, warum er das Thema angeschnitten hatte. Vielleicht lag es daran, dass ihm bewusst geworden war, dass sein Platz hier in Kamerun war, aber nicht mehr in seinem Stamm. Er war schwarz und dachte wie ein Weißer. Doch sollte er deshalb sein Leben allein verbringen? Mit seinem Vater konnte er darüber nicht sprechen. Malambuku hätte ihm nur gesagt, dass er ein Duala-Mädchen wählen und mit ihr Kinder bekommen sollte. Das wäre alles. Von den Gefühlen der Weißen und ihrer Art, miteinander zu leben, verstand Malambuku nichts. Und Hamza fühlte sich dem Denken und Handeln der Weißen inzwischen mehr verbunden als dem seiner Stammesbrüder. Ja, ihn trieben einfach andere Gedanken um. Sein Streben nach Glück unterschied ihn von den anderen Duala, weil er fest daran glaubte, dass ein Miteinander von Schwarzen und Weißen in diesem Land nur durch Menschen wie ihn erreicht werden könnte, durch Menschen, die in beiden Welten gelebt hatten und beide Seiten verstehen konnten. Für ihn persönlich bedeutete es jedoch, nun allein und mit dem Gefühl dazustehen, weder der einen noch der anderen Welt wirklich anzugehören.

Luises Verhalten hatte ihn zutiefst gekränkt, doch je mehr er darüber nachdachte, desto mehr kam er zu dem Schluss, nicht über sie urteilen zu wollen, solange er nicht mit ihr selbst darüber gesprochen hatte. Er müsste aus ihrem eigenen Mund hören, dass er ihr gleichgültig und nur ein Zeitvertreib für sie gewesen war. Erst dann wäre er in der Lage, mit allem abzuschließen. Doch dazu würde sich vermutlich sein Leben lang keine Gelegenheit mehr ergeben. Sie lebte in Hamburg, er in Kamerun. Zwischen ihnen lagen in jeder Hinsicht Welten.

»Nein«, antwortete er schließlich auf Roberts Frage und achtete genau darauf, was er sagte. »Ich bin nicht verliebt, doch ich war es einmal. Sie gehörte nicht zum Stamm der Duala und ist fortgegangen.«

»Ich verstehe«, sagte Robert. »Und besteht keine Möglichkeit, dass sie wieder zurückkehrt?«

»Nein.« Hamza schüttelte den Kopf. »Ganz gewiss nicht. Sie ist am anderen Ende …«, er brach ab und räusperte sich, »sie befindet sich ganz am anderen Ende Afrikas und lebt jetzt dort. Ich werde sie nie wiedersehen.«

»Das ist wirklich bitter«, befand Robert. »Und nun weißt du nicht, wie du ohne sie weiterleben sollst?«

»Das ist es nicht. Ich weiß nicht, wie ich sie vergessen soll«, fasste Hamza seine Gefühle zusammen. »Deshalb habe ich Sie vorhin gefragt, ob Sie noch an Ihre erste Frau denken.«

»Wenn du dieses Mädchen wirklich geliebt hast und ihr nur deshalb getrennt seid, weil sie weggehen musste, ist das eine andere Situation. Das kann man nicht mit Elisabeth und mir vergleichen. Doch was ich dir sagen kann, ist, dass manchmal Ablenkung genau das Richtige ist.«

Robert sah zu den tanzenden Duala, unter denen viele junge Mädchen und Frauen waren, die gewiss Gefallen an einem Mann wie Hamza fanden.

»Sieh dich hier um«, sagte Robert. »Wie hieß denn deine Freundin?«

»Suna«, antwortete Hamza und nannte damit den Namen der Frau, die damals mit Raimund Leffers, dem Sohn von Sigmund Leffers, fortgegangen war.

»Suna«, wiederholte Robert. »Ein schöner Name.« Robert deutete auf die tanzenden Menschen. »Ich weiß, im ersten Moment denkst du, dass keine dort so schön oder reizend wie deine Suna ist. Doch wenn du es zulässt und dein Herz ein wenig öffnest, wirst du sehen, dass es auch andere Frauen gibt, die dich glücklich machen könnten.«

»Und was, wenn da immer diese Frage ist, ob Suna mich noch liebt?«

»Stell sie dir nicht. Denk dir einfach, sie liebt dich noch. Ja, sie liebt dich von Herzen, und du sie. Doch das Leben hat euch unterschiedliche Wege gewiesen, die ihr zu gehen habt. Akzeptiere es, doch lass dich nicht davon abhalten, dennoch auf deinem eigenen Weg dein Glück zu finden.«

Hamza lächelte. Die Worte Roberts taten ihm gut. Er wollte gern glauben, dass Luise ihn noch liebte. Ja, er wollte es für sich als wahr akzeptieren, dass es die Umstände gewesen waren, unglückliche Umstände, die ihnen ein gemeinsames Leben verwehrt hatten. So lebte sie nun in Hamburg mit ihrem Ehemann und der gemeinsamen Tochter, während er hier in Kamerun blieb. Doch beide hatten sie das Recht, glücklich zu sein, und bei Hamza stellte sich ein Gefühl des Friedens ein, auf diese Weise mit all dem abschließen zu können. »Danke«, sagte er zu Robert. »Das hilft mir wirklich weiter.«

Robert klopfte Hamza freundschaftlich auf den Oberschenkel. »Ohne dir jetzt in etwas hineinreden zu wollen«, er nickte mit dem Kopf zu den Duala, »aber Sanula sieht immer wieder hier herüber.«

Hamza folgte seinem Blick. Tatsächlich sah die junge Frau ihn genau in diesem Moment an, fühlte sich jedoch scheinbar ertappt und drehte den Kopf schnell in die andere Richtung. Hamza schaute zu Robert, der ihm aufmunternd zunickte.

»Also, ich an deiner Stelle würde einfach mal zu ihr hingehen«, schlug Robert vor, der wusste, dass Sanula nach dem, was sich auf der Kraft-Farm ereignet hatte, wo sie schwer misshandelt worden war, erhebliche Schwierigkeiten hatte, sich einem Mann zu nähern. Wenn sie sich wirklich für Hamza erwärmen könnte und er sich für sie, könnten zwei Menschen zueinanderfinden, die derzeit nach Halt suchten.

Hamza zögerte noch kurz, dann nickte er Robert zu, stand auf und schlenderte zu Sanula. Robert sah, wie ein Lächeln Sanulas Gesicht aufhellte, als Hamza sich neben sie setzte. Sofort wandte sie sich ihm zu, und auch Hamza setzte sich so, dass die Körpersprache der beiden deutlich verriet: Hier näherten sich zwei Menschen einander an.

»Komm!« Franz kam auf ihn zugelaufen. »Komm, Onkel Robert, du musst mittanzen. Komm!«

Robert blickte noch einmal zu Hamza und Sanula, die schon in ein Gespräch vertieft zu sein schienen. Wäre doch nur Therese jetzt hier bei ihm!

»Nun komm doch!«, quengelte Franz und packte Roberts Hand. Der stand schließlich auf und ließ sich mitziehen, bewegte sich im Rhythmus der Trommeln. Mit Franz an der einen und einem Duala-Mädchen an der anderen Hand, wurde er zu einem Glied in der Kette von Menschen, die im Takt der Trommeln ausgelassen auf und ab sprangen und miteinander lachten. Robert spürte es wie einen Rausch. All die Anspannung und Sorge, ja sogar die Müdigkeit fielen in diesem Moment von ihm ab, und auf einmal fühlte er sich ganz leicht. So als gäbe es nichts anderes als die Trommeln, die den Herzschlag Kameruns wiedergaben. Ja, in diesem Moment war er glücklich.

Das Wummern der Trommeln drang bis zur Farm herüber, wo Therese mit Helene im Arm auf einem Rattanstuhl draußen auf der Veranda saß. Helene war ganz ruhig, das Fieber war deutlich gesunken, ihre Temperatur nur mehr als leicht erhöht zu bezeichnen. Sie hatte gegessen und wirkte noch etwas erschöpft.

Doch Therese war zuversichtlich, dass Helene schon morgen wieder ein bisschen mit ihrem Bruder spielen könnte.

Malambuku, der als einziger Duala nicht zum Fest gegangen war, kam mit einem Tablett, auf dem drei Gläser und eine Karaffe mit Limonade standen, aus dem Haus. Er stellte es auf dem Tisch ab, ging wieder hinein und kam gleich darauf mit einer Decke zurück, die er ganz selbstverständlich über Helene und Therese legte.

»Danke schön, Malambuku.«

Er lächelte sie an. »Gut, dass kleine Nyango besser gehen.«

Er schenkte die drei Gläser voll und setzte sich neben Therese auf einen Stuhl. Dann reichte er ihr das Glas, damit sie sich mit Helene auf dem Arm nicht vorbeugen musste, wartete, bis sie getrunken hatte, nahm ihr das Glas wieder ab und stellte es auf den Tisch zurück. Anschließend griff er nach dem anderen, das er nur zur Hälfte gefüllt hatte, und setzte es Helene an die Lippen, die brav einige Schlucke trank und dann den Kopf ein wenig nach hinten legte, um anzuzeigen, dass sie nicht mehr durstig war.

Therese lächelte Malambuku an. »Ich glaube, ich war noch nie in meinem Leben so glücklich«, sagte sie. »Es ist so schön hier. Danke, Malambuku.«

»Malambuku froh, Nyango lächeln.«

»Hörst du die Trommeln?«

»Hm«, machte Malambuku. »Trommeln erzählen Lied von Duala. Duala Heimat Kamerunberg.«

»Ja, so klingt es auch«, stimmte Therese ihm zu. »Ich bin in den letzten Tagen oft schon früh aufgewacht und habe den Sonnenaufgang beobachtet«, erzählte sie ihm mit leiser Stimme und streichelte Helene sanft übers Haar. »Ich habe noch nie so wundervolle Farben gesehen wie in diesen Morgenstunden, wenn der Himmel erst noch dunkel ist und sich in ein helles Rosa färbt, um nur Momente später in ein kräftiges, sattes

Orange zu wechseln. Es sind Farben, die es nur hier, an diesem Fleckchen Erde zu geben scheint.«

»Nyango schon lieben Kamerun.«

»Ja, Malambuku, das tue ich. Es ist ein Gefühl, das ich kaum beschreiben kann. Ich glaube, ich habe hier meine wahre Heimat gefunden.«

»Malambuku glücklich, wenn Nyango bleiben für immer mit Sango.«

»Das hoffe ich auch.« Sie wirkte nachdenklich. »Es ist schon eigenartig, dass mir Wien so gar nicht fehlt. Dabei war ich ganz sicher, dass ich schon nach kurzer Zeit Heimweh bekommen würde.«

»Nicht traurig Familie?«

»Doch, ein wenig schon. Mein Bruder fehlt mir, und … nun ja, ich habe ein wenig Sorge, dass etwas mit meinen Eltern sein könnte. Mein Vater hatte schon einen Schlaganfall und …« Sie brach ab, weil ihr einfiel, dass Malambuku vermutlich nicht wusste, was ein Schlaganfall war. »Mein Vater war krank und ist alt«, sagte sie nun. »Ich habe Angst, nicht rechtzeitig nach Hause zu kommen, wenn es schlechter wird.«

»Vater stirbt«, sagte Malambuku einfach.

Therese starrte ihn entsetzt an.

»Vater stirbt, Mutter stirbt. Malambuku, Sango und Nyango stirbt. Hamza auch. Wie lange dauert, niemand weiß. Bis dahin zusammen leben und nicht Angst haben.«

»Ja, da hast du vollkommen recht.« Therese entspannte sich wieder. »Es nützt ja nichts, sich verrückt zu machen.«

»Nyango glücklich jetzt, Sango glücklich jetzt. Nyango morgen früh sehen Farben am Himmel. Mehr nicht wichtig.«

»Ja, es ist so einfach, nicht wahr?«

»Ja«, bekräftigte Malambuku und trank seine Limonade aus. Dann stand er auf. »Nyango noch brauchen Malambuku?«

»Nein, hab vielen Dank.«

»Malambuku schlafen gehen. Jambo, Nyango. Freuen auf Farben.«

»Gute Nacht, Malambuku.« Sie lächelte ihn an. »Und nochmals vielen Dank.«

Er ließ die Karaffe und Thereses und Helenes Gläser auf dem Tisch stehen. Sein eigenes Glas nahm er mit.

Therese fühlte sich beschenkt, diesem Menschen begegnet zu sein. Sein Denken war einfach, aber so klug. Sie hatte das Gefühl, noch viel von ihm lernen zu können.

18. Kapitel

Wien, Dienstag, 16. April 1895

Felix staunte nicht schlecht, als er das Kontor betrat und nicht nur von Georg, sondern auch von Vera begrüßt wurde.

»Vielen Dank, Felix, dass du dich in der letzten Woche um alles gekümmert hast.«

»Sehr gern geschehen, Herr Hansen. Geht es Ihnen denn jetzt wieder besser?«

»Mir geht es sogar ausgezeichnet. Ich habe mich nie besser gefühlt«, gab Georg euphorisch zurück. Er legte seine Hand auf Veras Arm. »Und wir werden künftig Unterstützung von meiner Frau erhalten.«

Felix wusste nicht, was er davon halten sollte. Bisher waren immer nur er und sein Chef im Kontor gewesen, erst Karl und nun dessen Bruder Georg Hansen. Er fragte sich, ob er bald überflüssig würde.

»Keine Sorge, Felix!« Vera schien seine Gedanken zu ahnen. »Ich habe nicht vor, dir deinen Posten streitig zu machen«, sagte sie freundlich. »Wir haben nur beschlossen, künftig mehr Zeit *miteinander* zu verbringen statt nebeneinander.«

»Ja, gut« war alles, was Felix dazu einfiel. »Werde ich dann in Zukunft irgendwelche anderen Aufgaben haben?«

»Nein, Felix, es bleibt alles beim Alten. Vera wird uns zur Hand gehen und aushelfen. Und es kann durchaus sein, dass wir dir das Kontor öfter mal, wenn nicht zu viel zu tun ist, allein überlassen und einen Spaziergang machen oder in Thereses Kaffeehaus etwas trinken gehen.«

Felix verstand langsam, in welche Richtung es ging. »Das klingt wirklich sehr gut«, befand er. »Ich gebe zu, einen kleinen Moment befürchtete ich, bald keine Anstellung mehr zu haben.«

»Nein, Felix, genau das Gegenteil ist der Fall«, versicherte Vera und griff nach einem Lappen. »Ich werde heute als Erstes die Regale abwischen«, erklärte sie.

»Sie, gnädige Frau? Aber das kann ich doch machen.«

»Nein, Felix, du musst verkaufen und dich zusammen mit meinem Mann ums Lager kümmern. Keine Sorge. Auch wenn ich es bisher in meinem Leben kaum getan habe, kann ich einen Lappen halten und auch damit umgehen.«

Felix wusste darauf zunächst nichts zu erwidern und sagte schließlich: »Na, dann gehe ich mir wohl am besten meine Schürze holen.«

»Mach das«, sagte Vera und lächelte ihn offen an. Es war so unglaublich schön, dass man sie aus ihrer Lethargie gerissen hatte. Allein der Gedanke daran, mit einer Häkelarbeit zu Hause zu sitzen und vor sich hin zu starren, verursachte ihr Gänsehaut.

So arbeiteten die drei in stillem Einvernehmen bis zum Mittag. Dann kündigten Vera und Georg an, einen kleinen Spaziergang zu machen und anschließend kurz essen zu gehen. Felix' Anspannung hatte längst nachgelassen, und er wünschte ihnen gut gelaunt eine schöne Mittagspause.

Dann verließ Vera an Georgs Arm das Kontor und sie schlugen den Weg zu Thereses Kaffeehaus ein.

»Und? Hat dir das Arbeiten heute gefallen?«, fragte Georg.

»Es ist wirklich unglaublich.« Vera schüttelte nachdenklich den Kopf. »Ich hätte nie gedacht, dass ich Freude an niederen Arbeiten haben könnte, doch genau so ist es. Es hat mir nicht das Geringste ausgemacht, die Regale zu putzen, ganz im Gegenteil.«

»Das Gefühl kenne ich. Weißt du, wann es mir so geht?«

»Nein.«

»Beim Säckestapeln.«

Vera lachte. »Beim Säckestapeln?«, echote sie.

»Ja, verrückt, oder? Du weißt doch, wie bemüht Felix immer ist. Was glaubst du, wie er mich ansah, wenn ich ihn anwies, in sauberer Kleidung vorn im Verkaufsraum zu stehen und die Kunden zu bedienen, während ich – sein Chef – hinten im Lager die schmutzigen Säcke in die Regale hievte.«

Vera lachte erneut auf. »Ja, ich kann mir sein entsetztes Gesicht bildlich vorstellen.«

»Ist es nicht eigenartig, wie wir uns verändert haben? Du, eine Dame der besten Gesellschaft, die sich immer für alles zu fein war, und ich, der steife Hanseat, dem nichts wichtiger war als sein Ansehen.« Er schüttelte verwundert den Kopf. »Und nun sieh uns an. Nach über fünfundzwanzig Jahren Ehe gehen wir hier nebeneinander wie beste Freunde, plaudern und scherzen und kümmern uns nicht darum, was die anderen denken. Das ist doch verrückt, oder?«

»Aber schön verrückt«, betonte Vera.

Sie bogen um die nächste Ecke und erreichten das Kaffeehaus. Als sie eintraten, eilte Judith an ihnen vorbei.

»Guten Tag, die Herrschaften«, grüßte sie. »Einen kleinen Moment bitte.« Sie hastete in die Küche und kam mit zwei Gedecken zurück, die sie Vroni, einer Serviererin, übergab, die soeben aus dem Gastraum kam. »Tisch vier«, wies Judith sie an und wandte sich dann den neuen Gästen zu. »Ach, das ist ja eine Überraschung! Guten Tag, Frau Hansen … Herr Hansen«, sie reichte den beiden nacheinander die Hand. »Wie schön, Sie einmal hier begrüßen zu dürfen!«

»Sie haben ja alle Hände voll zu tun, wie wir sehen«, bemerkte Georg. »Hätten Sie denn überhaupt noch ein Plätzchen für uns?«

»Für Sie beide immer«, gab Judith gut gelaunt zurück. »Wenn Sie mir bitte folgen wollen.« Sie ging voraus, steuerte auf einen von zwei freien Tischen zu und zog den Stuhl für Vera zurück. »Wäre es Ihnen hier angenehm?«

»Der Tisch ist sehr schön, vielen Dank.« Vera nahm Platz, und Georg setzte sich ihr gegenüber.

»Wissen Sie schon, was ich Ihnen bringen darf, oder möchten Sie einen Blick in die Karte werfen?«

»Wir würden gern etwas essen«, sagte Georg. »Aber nur eine Kleinigkeit.«

»Wie wäre es denn mit einem Omelett?«, schlug Judith vor.

Vera und Georg tauschten einen Blick. »Das wäre genau das Richtige«, fand Vera.

»Gut. Dann bitte zweimal das Omelett«, bestellte Georg, »und ich trinke dazu eine Tasse Kaffee.«

»Ich ebenfalls.« Vera lächelte Judith zu.

»Sehr wohl. Zweimal Omelett und herrlich duftenden Kaffee. Kommt sofort.«

»Eine reizende Person«, befand Vera. »Sie hat hier so viel zu tun, aber man meint, wenn man sie sieht, dass es ihr eine reine Freude ist, diese Arbeit zu machen.«

Georg blickte seine Frau an. »Fällt dir eigentlich auf, dass du seit Kurzem überall das Gute und Schöne wahrnimmst? Es ist sehr angenehm, mit dir zusammen zu sein.«

»Danke schön. Dieses Kompliment kann ich nur zurückgeben.« Vera sah sich um. »Therese hat das alles wirklich überaus geschmackvoll eingerichtet, findest du nicht?«

»Allerdings. Ich weiß noch, wie ich mich beim ersten Mal, als ich hier war, wunderte, dass die Tische alle unterschiedlich aussahen und auch die Stühle nicht zusammenpassten. Dann erst wurde mir klar, dass es das Lokal so besonders macht.«

»Ja, es ist anders als jedes Kaffeehaus, das ich bisher gesehen habe.« Sie beugte sich mit verschwörerischer Miene zu ihm hinüber und zwinkerte mit einem Auge. »Wobei ich zugeben muss, dass es so viele gar nicht waren. Ich finde, wir sollten viel öfter ausgehen, vielleicht in ein gutes Speiselokal oder sogar zum Tanzen.«

»Bitte nicht tanzen!« Georg verzog gequält das Gesicht.

»Wenn ich tanzen möchte, dann tanzen wir«, entgegnete Vera streng, wobei sie jedoch schmunzelte. »Bewegung wäre wahrhaftig besser für mich als Essen.«

Georg lachte auf. »Du bist herrlich, Vera. Wo hast du nur diesen Witz all die Jahre versteckt? Ich kann mich nicht entsinnen, dass du dich je selbst so wenig ernst genommen hast.«

»Wahrscheinlich liegt genau darin das Geheimnis. Ich habe einfach alles viel zu ernst genommen.«

Judith kam mit zwei Tassen Kaffee an den Tisch und stellte sie ab. »So, bitte schön. Die Omeletts kommen sofort.«

»Danke sehr, Judith.«

»Ach, sagen Sie bitte, hat sich Therese vielleicht bei Ihnen gemeldet, wie es ihr so geht?«

Georg nickte. »Sie hat tatsächlich ein Telegramm ans Kontor gesandt, dass sie und die Kinder wohlbehalten angekommen sind.«

»Diese Nachricht hat sie hierher auch geschickt. Sonst jedoch noch nichts.«

»Bedenken Sie bitte, wie lange es dauert, bis ein Brief aus dem fernen Kamerun Wien erreicht, Judith. Selbst wenn sie ihn gleich am ersten Tag geschrieben hätte, wäre er frühestens übernächste Woche hier.«

Judith schüttelte den Kopf. »Aber natürlich. Irgendwie habe ich gar nicht richtig darüber nachgedacht.« Sie sah kurz zum Eingang, wo Vroni die Hand hob. »Ah, ich denke, Ihre Omeletts sind fertig. Ich bin gleich zurück.« Kurz darauf kam sie mit den Omeletts wieder an den Tisch. »Ganz frisch und wunderbar leicht. Einen guten Appetit, die Herrschaften.«

»Vielen Dank.« Vera schnupperte. »Die riechen ja herrlich. Einen guten Appetit, Georg.«

»Danke, dir auch.«

Sie nahmen die ersten Bissen und schwiegen eine Weile, dann fragte Georg: »Wärst du für mich nach Kamerun gereist, so wie Therese es für Robert getan hat?«

Vera überlegte. »Ich bin mit dir nach Wien gegangen.«

»Nun ja, zwischen Wien und Kamerun gibt es dann doch einen ziemlichen Unterschied, findest du nicht?«

»Ich will ganz offen sein, Georg, denn ich denke, das haben wir uns in den letzten Tagen erarbeitet: Im Nachhinein betrachtet, bin ich sogar überrascht, dass ich dich hierherbegleitet habe. Und um deine Frage zu beantworten: Mit dem Georg, mit dem ich nach Wien gekommen bin, wäre ich keinesfalls nach Kamerun gegangen. Mit dem Mann, der du jetzt bist, würde ich jedoch überallhin gehen. Ganz gleich, wohin.«

Georg griff über den Tisch nach ihrer Hand. Kurz überlegte er, ob er ihr gestehen sollte, dass er Gefühle für Therese entwickelt hatte. Oder es zumindest geglaubt hatte. Doch er befürchtete, damit all das zu zerstören, was sie die letzten Tage mühsam aufgebaut hatten. Und vor allem fand er, wenn er jetzt in sich hineinhorchte, nicht mehr das geringste romantische Gefühl für Therese. Was er sich ersehnt hatte, war wohl weniger Therese selbst, sondern vielmehr ihr Lächeln und ihre optimistische Art, also genau das, was er nun auch in Veras Gesicht ablesen konnte. Nein, er würde ihr nichts über Therese sagen. Es würde sie vollkommen unnötig verletzen.

Sie aßen, plauderten, dann machten sie sich auf den Rückweg zum Kontor. Dort arbeiteten sie zusammen noch bis etwa fünf Uhr am Nachmittag und begaben sich dann auf den Weg nach Hause. Als sie dort ankamen und Georg seiner Frau die Tür öffnete, strömte ihnen herrlicher Essensduft entgegen.

»Bis eben hatte ich noch keinen Hunger«, bemerkte Georg trocken. »Jetzt aber schon.«

Vera lächelte. »Käthe, wir sind zu Hause!«, rief sie und ging dann zur Küche, aus der Käthe gerade herauskam.

»Ah, die gnädigen Herrschaften. Hatten Sie einen angenehmen Tag?«

»Einen ganz wunderbaren, danke, Käthe.«

»Auf dem kleinen Schränkchen liegt ein Brief für Sie. Er ist aus Hamburg!«, strahlte sie.

»Von der Familie, wie schön!« Vera ging hinüber und nahm das Kuvert. Als Absender stand dort Luise Petersen. »Luise hat uns geschrieben, sieh nur.«

»Ach, das ist ja reizend.«

Vera öffnete den Umschlag und zog den Brief hervor. Dann setzten sie und Georg sich auf das Sofa, um ihn gemeinsam zu lesen.

Hamburg, Mittwoch, 10. April 1895

Liebe Tante Vera, lieber Onkel Georg!
Ich kann gar nicht in Worte fassen, wie schwer es mir fällt, diesen Brief zu schreiben, denn ich muss Euch etwas mitteilen, das Euch gewiss zutiefst schockieren wird.

Es gab seit einiger Zeit Unregelmäßigkeiten im Kontor. Bereits vor Weihnachten stieß ich darauf, dass die Mengen des Einkaufs und des Verkaufs im Verhältnis zu den Einnahmen, die in die Kasse flossen, nicht übereinstimmten. Erinnert Ihr Euch an meinen Unfall? Das war der Tag, als ich der Sache damals auf den Grund gehen wollte. Dazu bin ich an jenem Tag ins Kontor gefahren. Hierzu jedoch später mehr.

Nach meinen Entdeckungen und dem Unfall teilte Euer Sohn Richard mir mit, dass ich offenbar richtiglag mit meinem Verdacht, dass ein Dieb am Werk sein müsste. Er hat daraufhin einen unserer langjährigen Mitarbeiter, sein Name ist Gerhard Dietke, fristlos entlassen, den er seinen Angaben nach als den Schuldigen ausgemacht hatte.

Wie Ihr ja wisst, war ich nach dem Unfall mehrere Wochen lang nicht in der Lage, das Bett zu verlassen, geschweige denn meine Arbeit im Kontor wieder aufzunehmen. Daher war ich Richard aufrichtig dankbar, dass er mir so vieles abgenommen hat.

Nun bin ich jedoch in den vergangenen Wochen darauf gestoßen, dass erneut etwas mit den Einkäufen, Verkäufen und Einnahmen nicht stimmte, und bin der Sache wiederum auf den Grund gegangen. Ich möchte Euch nicht die ganzen Details in diesem Brief mitteilen. Dies sollten wir anlässlich eines Besuchs Eurerseits oder auch in Wien, falls wir Euch einmal besuchen kommen, besprechen.

Jedoch muss ich Euch – und ich bitte Euch, mir zu verzeihen, dies tun zu müssen – leider davon berichten, dass nicht Gerhard Dietke der Dieb war, sondern Euer Sohn. Wir haben Richard am vergangenen Samstag auf frischer Tat ertappt, wie er mithilfe zweier Kumpane die Bohnensäcke gegen Sandsäcke getauscht hat und diese in die Regale zurücklegen wollte. Es gab eine ganz und gar fürchterliche Auseinandersetzung, in der Richard mir ins Gesicht schrie, dass er sich nur genommen hat, was ihm seiner Meinung nach zusteht. Ja, er warf mir vor, nur einen Hungerlohn im Kontor zu erhalten. Doch das ist nicht wahr. Richard verdient mehr als jeder andere Angestellte, und tatsächlich hat mein Vater ihm seinerzeit das gleiche Gehalt bezahlt wie mir. Und so ist es bis zum Schluss geblieben. Ich kann Euch Abschriften der Buchhaltung zukommen lassen, falls Ihr mir nicht glauben solltet.

Einen Grund für den Diebstahl vermuten wir darin, dass Richard offenbar eine fatale Leidenschaft für das Glücksspiel entwickelt hat und einigen Leuten hohe Summen schuldet. Mehr weiß ich hierzu jedoch nicht zu sagen.

Liebe Tante, lieber Onkel, mir ist schwer ums Herz, Euch so schrecklich wehtun zu müssen mit diesem Brief. Aber ich denke, es wäre falsch, Euch in dem Glauben zu lassen, dass hier alles in Ordnung ist.

Ich habe Herrn Dietke seine alte Stelle wiedergegeben, was ihn überglücklich machte, doch war dies das einzig Gute an der ganzen unseligen Geschichte.

Richard und seine Kumpane wurden zur Polizeiwache abgeführt. Wie es nun weitergeht, weiß ich beim besten Willen nicht zu sagen. Allerdings hat er mir – unter Zeugen – indirekt gestanden, nicht nur für die Diebstähle damals verantwortlich gewesen zu sein, sondern auch für meinen beinahe tödlichen Sturz von der Leiter. Dies habe ich nicht zur Anzeige gebracht, jedoch ist für mich eine Wiedergutmachung und eine Versöhnung mit Richard vollkommen ausgeschlossen.

Um Elsa und Marie müsst Ihr Euch nicht sorgen. Sie haben damit nichts zu tun und werden weiterhin hier in der Villa bei der Familie wohnen. Ich werde Elsa im Kontor einige Aufgaben übertragen, sodass sie sich ein wenig Geld verdienen und so für ein Auskommen sorgen kann.

Ich hoffe inständig, dass Ihr mir nicht zürnt, denn ich bin mir natürlich bewusst, dass Euer erster Impuls sein wird, keinesfalls glauben zu wollen, dass Euer Sohn derartige Taten begangen hat. Und doch ist es so, und ich lüge oder übertreibe in keinster Weise. Das bitte ich Euch, mir zu glauben.

Nun schließe ich und warte von dem Moment, da ich diese Zeilen beim Postamt aufgebe, auf ein Zeichen von Euch.

Eure ergebene Nichte
Luise

Vera ließ den Brief mit zitternden Fingern sinken. Das konnte nicht sein, das *durfte* nicht sein!

Georg lehnte sich zurück, er wirkte fast benommen.

Einen Moment schwiegen sie. Dann wandte sich Vera zu ihrem Mann. »Glaubst du, Luise übertreibt?«

»Nein.« Georg schüttelte langsam den Kopf. »Leider glaube ich ihr jedes Wort.«

Vera schluckte schwer. »Ich leider ebenfalls.«

19. Kapitel

Hamburg, Dienstag, 16. April 1895

Martha saß in aufrechter Haltung und mit einem zufriedenen Lächeln auf den Lippen in der Kutsche und ließ sich von Ottokar zurück zur Ahrendsen-Villa fahren.

Sie hatte einen Pillenvorrat für eine ganze Woche in ihrer Handtasche und war fest entschlossen, sich diese Einteilung auch genau so zu bewahren. Drei Stück für jeden Tag, das musste reichen. Und es würde auch reichen, dessen war sie sicher. Schließlich wollte sie ohnehin von den Pillen loskommen und diese langsam absetzen. Doch noch nicht diese Woche. Nächste Woche vielleicht, ja, da würde sie beginnen. Aber vorher nicht.

Sie war zufrieden mit sich, denn Luise hatte ihr die Geschichte, dass sie Ludwig ein besonderes Geschenk machen wolle und dafür das Geld benötige, problemlos abgekauft. Zwar hatte die Schwester nachgefragt und sich die teure Uhr genau beschreiben lassen, die Martha angeblich für Ludwigs Geburtstag besorgen wollte. Doch am Ende hatte sie ihr geglaubt. Kurz hatte sie von Martha noch das Versprechen eingefordert, dass diese nicht wieder zu trinken beginnen würde.

Als Martha jedoch beleidigt reagierte und ihre Schwester fragte, ob sie etwa einen betrunkenen Eindruck auf sie machte, und schließlich sogar ein paar Tränchen wegen des Misstrauens der Schwester verdrückte, hatte Luise sofort eingelenkt und ihr ohne weitere Umstände das Geld zugesagt. Allerdings hatte sie sich den Hinweis erlaubt, dass ihr eigener Ehemann Hans nicht eine einzige Uhr besaß, die solch einen Wert hatte. Martha hatte es nicht weiter kommentiert, sondern war nach Hause gefahren und hatte das Versprechen der Schwester mitgenommen, dass diese schon am nächsten Tag jemanden mit dem Geld vorbeischicken wollte. Und dieses Versprechen hatte sie gehalten.

Für gute drei Wochen würde sie die Pillen bezahlen können. Danach müsste sie sich etwas Neues einfallen lassen. Irgendwie würde sie ihre Schwester schon dazu bringen, ihr weiteres Geld zu geben. Im Moment hatte die ohnehin genug mit sich und dem Kontor zu tun, sodass Martha hoffte, Luise brächte gar nicht die Geduld auf, alles bis ins Kleinste zu erfragen. Dass Richard das Kontor so dreist bestohlen hatte, fand Martha schon ein starkes Stück. Sie hatte den Cousin zwar immer für verschlagen gehalten. Diese Sache hatte jedoch eine ganz andere Qualität, und Martha amüsierte es, wie die Familie mehr und mehr verfiel, obwohl Luise so krampfhaft bemüht war, alles zusammenzuhalten.

Martha hätte sich solchen Druck nie angetan, doch sie war eben einfach nicht der Mensch dafür. Kurz horchte sie in sich hinein, ob da auch nur der Hauch eines schlechten Gewissens sich rührte, die Schwester so im Stich zu lassen und darüber hinaus auch noch zu belügen, um von dem Geld ihre Pillen kaufen zu können. Doch tatsächlich regte sich ihr Gewissen nicht. Letzten Endes zwang niemand Luise dazu, sich für dieses alberne Kontor aufzureiben, schließlich hatte sie doch einen vermögenden Mann geheiratet, sodass sie sich ohnehin alles leisten konnte, was sie nur wollte. Und wenn die Firma *Peter Hansen & Söhne, Kaffeekontor seit 1850* von der Bildfläche verschwände – wen störte das schon? Martha jedenfalls nicht.

Sie zog den Vorhang am Kutschenfenster zurück und sah gedankenversunken hinaus. Die Sonne gewann täglich ein wenig mehr an Kraft, und sie sah einige Menschen, die ohne Eile durch die Straßen Hamburgs flanierten. Kurz seufzte sie. Vielleicht sollte sie später einmal eine kleine Ausfahrt mit Eduard unternehmen. Sie überließ ihn tatsächlich mehr und mehr Nathalie, dem Kindermädchen, in das Eduard richtiggehend vernarrt war. Martha konnte dem jungen Ding kaum etwas Gutes abgewinnen, außer vielleicht, dass sie ihretwegen mehr Freiheiten genoss und es ein Leichtes war, sich in dem Wissen, dass Eduard gut versorgt wurde, zu Auguste davonzustehlen.

Sie fuhren gerade am Adolphsplatz vorbei, als Marthas Blick auf eine Frau fiel, die soeben aus ihrer Kutsche gestiegen war und mit ihrem jungen Begleiter in das dort befindliche Bankhaus ging. Martha staunte mit offenem Mund.

»Ottokar«, rief sie dann laut und beugte sich noch weiter aus dem Fenster. »Bring mich zum Hansen-Kontor, aber rasch!«

»Jawohl, gnädige Frau.« Er ließ das Pferd einen Bogen laufen und wendete. Kurze Zeit später erreichten sie das Kontor.

»Ich muss sofort mit meiner Schwester sprechen«, verkündete Martha Fräulein Schreiber, kaum dass sie aus dem Aufzug getreten war.

»Frau Ahrendsen, Sie haben mich richtiggehend erschreckt.« Kurz hatte die Sekretärin überlegen müssen, wen sie da eigentlich vor sich hatte, so selten hatte Martha sich in den letzten Jahren im Kontor blicken lassen.

»Ihre Schwester ist dort drüben im Büro Ihres Herrn Vaters. Ich kann sie …«

»Ich mache das schon. Danke.« Martha ging zielstrebig auf die Tür zu und trat, ohne zu klopfen, ein. »Du glaubst nicht, wen ich eben gesehen habe!«, platzte sie heraus und ließ sich auf einen der Besucherstühle sinken.

»Martha, was tust du denn hier?«, fragte Luise überrascht.

»Mutter«, fuhr Martha unbeirrt fort. »Ich habe Mutter gesehen. Und rate, wer bei ihr war!«

»Irgendein Kerl, den sie gerade ausnimmt?«, erwiderte Luise etwas gereizt.

»Richard!«

Luise richtete sich auf. »Richard? Unser Cousin Richard?« Sie glaubte, sich verhört zu haben.

»Ganz recht. Niemand anders als die diebische Elster Richard.«

Luise brauchte einen Moment, um das soeben Gehörte zu verdauen. »Was haben unsere Mutter und Richard miteinander zu schaffen?«

»Was fragst du mich? Du hattest immer wesentlich mehr Kontakt zu Richard als ich. Ihr habt in einem Haus gelebt und gemeinsam im Kontor gearbeitet. Wenn du es nicht weißt, dann ich ja wohl erst recht nicht.«

Luise überlegte fieberhaft. »In welcher Verbindung könnten sie zueinander stehen?«

Martha zuckte die Achseln. »Keine Ahnung, wirklich. Aber ich bin mir sicher, die hecken zusammen etwas gegen dich aus.«

»Gegen mich?«

»Das wundert dich doch wohl nicht?« Martha sah ihre Schwester an. »Du leitest das Kontor und hast Richard des Diebstahls überführt. Und dass Mutter es dir nachträgt, dass du sie vollkommen aus deinem Leben gestrichen hast, kannst du dir doch vorstellen. Vor allem aber dürften sie etwas planen, was sich gegen das Kontor richtet«, mutmaßte Martha. »Denn damit würden sie Vater und dich gleichermaßen treffen.«

Luise ersparte sich den Hinweis, dass die gemeinsame Mutter ebenso auch Martha zürnen könnte, denn die wollte doch ebenfalls seit dem Ehebruch damals nichts mit ihr zu tun haben. Doch das war jetzt unwichtig. »Du könntest wirklich recht haben«, murmelte Luise.

»Natürlich habe ich recht. Die Frage ist nur: Was hecken sie aus, und was gedenkst du dagegen zu unternehmen?«

»Ich muss mit Hans sprechen«, sagte Luise. »Er wird wissen, was zu tun ist.«

»Nun gut.« Martha erhob sich. »Dann bin ich jetzt wohl überflüssig. Du brauchst mir nicht zu danken. Gern geschehen, kann ich da nur sagen.«

Das Telefon klingelte. Es war neben dem im Flur, das von Fräulein Schreiber genutzt wurde, das einzige in der oberen Etage. Genau aus diesem Grund hielt Luise sich auch so oft im Büro des Vaters auf. Sie hatte schon längst einen Apparat in ihrem Büro installieren lassen wollen, war aber immer wieder davon abgekommen.

Luise hob den Hörer ab. »Ja, Fräulein Schreiber.«

»Herr Nehlsen hätte Sie gern gesprochen.«

»Einen Moment«, bat Luise und sah Martha an. »Einer unserer wichtigsten Kunden.«

»Ich bin schon weg«, erklärte diese. »Halt mich auf dem Laufenden, was aus der Sache geworden ist«, flötete sie fröhlich, während Luise kaum fassen konnte, dass die Schwester die Situation offenbar als großen Spaß ansah.

»Bitte, Fräulein Schreiber, stellen Sie durch«, sagte Luise dann.

Martha schloss von außen die Tür.

»Hier spricht Luise Petersen.«

»Guten Tag, Frau Petersen. Maximilian Nehlsen hier.«

»Herr Nehlsen, was für eine freudige Überraschung.«

»Nun, ich fürchte, der Anlass für meinen Anruf ist nicht besonders freudig, Frau Petersen.«

Luise spürte Unruhe in sich aufsteigen. »Was ist denn geschehen, Herr Nehlsen? Stimmte etwas mit der letzten Lieferung nicht?«

»Aber nein, es war alles wie vereinbart«, stellte er fest. »Doch ich muss Ihnen leider mitteilen, dass wir unsere Geschäftsverbindung zu Ihrem Hause lösen wollen. Ich rufe Sie nur aus Respekt Ihnen und Ihrem Herrn Vater gegenüber an. Wir werden unsere Ware künftig woanders einkaufen.«

»Woanders?«, echote Luise. »Aber weshalb denn?«

»Ich bekomme sie weit günstiger.«

»Günstiger? Woher denn? Ich kann Ihnen versichern, dass wir Ihnen stets einen guten Preis gemacht haben.«

»Das mag sein. Doch ich spare in Zukunft fast zwanzig Prozent ein. Ich glaube kaum, dass Sie da mithalten können, oder?«

»Zwanzig Prozent?« Luises Stimme überschlug sich fast.

»Ja, genau.«

»Den Preis gibt der Markt nicht her.«

»Doch. Ich habe es mir erklären lassen. Ich erhalte die Ware direkt vom Schiff, sodass meinem Lieferanten keine Kosten für Lagerhaltung und Personalaufwand entstehen. Dadurch kann natürlich einiges eingespart werden. Und ob meine Leute die Ware am Schiff abholen oder die Bohnen von Ihrem Kontor angeliefert werden, macht für mich keinen Unterschied.«

Hierauf wusste Luise nichts zu sagen.

»Es tut mir leid, ich habe unsere Zusammenarbeit immer sehr geschätzt, Frau Petersen. Doch das ist ein Angebot, das ich nicht ausschlagen kann.«

»Ich verstehe«, sagte Luise. »Also würde es auch nichts nützen, wenn ich versuchte, ein Gegenangebot zu machen?«

»Sie können mit dem spitzen Bleistift rechnen, aber ich glaube kaum, dass Sie bei dem Preis mithalten können. Und ich verstehe das. Sie haben ein Kontor voller Angestellter, das unterhalten werden muss. Doch es kommt eben eine andere Zeit, die neue Möglichkeiten für uns alle bringt.«

»Ja, so wird es wohl sein.« Sie presste die Lippen zusammen. »Sagen Sie mir bitte noch, Herr Nehlsen, wer ist denn dieser Lieferant, der solche Preise bieten kann?«

»Ach, das wussten Sie gar nicht? Es ist die Firma August Frederiksen, die gerade um diesen Handelszweig erweitert hat. Seine Frau geht wohl nach seinem Tod geschäftlich neue Wege.«

»Ja, so sieht es wohl aus«, erwiderte Luise tonlos. Ihr war, als drehte sich alles um sie herum.

»Dann auf Wiederhören, Frau Petersen. Und wenn Sie bei dem Preis doch mithalten sollten, rufen Sie mich einfach an. Alles Gute für Sie.«

»Danke, Herr Nehlsen. Auch alles Gute für Sie.« Luise hängte den Hörer ein und sprang auf. Sie ging ans Fenster und öffnete es, weil sie glaubte, kaum noch Luft zu bekommen. Einen Moment blieb sie so stehen, dann eilte sie wieder zum Telefon und ließ sich von Fräulein Schreiber mit der Kriminalpolizei, und zwar einem Herrn Olbricht, verbinden, der den Diebstahl im Kontor aufgenommen hatte.

Das Telefon klingelte, und Luise nahm ab.

»Herr Olbricht ist jetzt am Apparat, Frau Petersen. Ich lege auf.«

»Herr Olbricht?«

»Ja.«

»Luise Petersen hier, guten Tag.«

»Guten Tag, Frau Petersen. Was kann ich für Sie tun?«

»Nun, ich war überrascht, zu erfahren, dass mein Cousin, der immerhin des schweren Diebstahls überführt wurde, sich wieder auf freiem Fuß befindet.«

»Die Anklage durch die Staatsanwaltschaft ist noch nicht erfolgt. Er steht bis dato nur unter dem Verdacht, einen Diebstahl begangen zu haben.«

»Das ist doch Haarspalterei, Herr Olbricht. Sie wissen, dass wir ihn auf frischer Tat ertappt haben und dass es dafür neben meinem Mann und mir weitere vier Männer gibt, die dies bezeugen können.«

»Ja, Frau Petersen, selbstverständlich. Es sollte auch keinesfalls despektierlich klingen.«

»Schon gut. Ich denke, ich bin im Moment ein wenig dünnhäutig, und bitte um Verzeihung. Doch weshalb genau ist Richard auf freiem Fuß?«

»Das ist das übliche Verfahren. Es gibt einen Bürgen, der die volle Diebstahlssumme auszugleichen bereit ist und den errechneten Schadensbetrag auch bereits hinterlegt hat. Damit ist bereits Wiedergutmachung geleistet.«

»Soll das heißen, es kommt deshalb gar nicht zur Anklage?«

»Aber nein, natürlich nicht. Das Verfahren wird selbstverständlich weiter verfolgt. Doch ein Diebstahl, bei dem der Schaden ausgeglichen wird, fällt eben nicht mehr so schwer ins Gewicht. Ihr Cousin hat einen der gewieftesten Anwälte Hamburgs, der alle Register gezogen hat. Sobald die Prüfung des Schadens abgeschlossen ist, wird das Geld an Sie ausbezahlt. Vermutlich wird dann das Verfahren gegen Ihren Cousin nach Zahlung einer geringen Geldstrafe an die Staatskasse eingestellt werden.«

»Er kommt also ungeschoren davon?« Luise konnte es nicht fassen.

»So können Sie das nun auch nicht sagen, Frau Petersen.«

»Doch, Herr Olbricht, denn ich bin empört. Schließlich bedeutet es, dass man ohne Weiteres Verbrechen begehen kann, wenn man nur einen Gönner findet, der den Schaden *wiedergutmacht.* Ich glaube kaum, dass das unserer Gesetzgebung entspricht.«

»Ich weiß leider nicht, was ich Ihnen dazu noch sagen soll. Es ist alles korrekt abgelaufen und …« Weiter kam er nicht.

»Ich werde jetzt das Gespräch beenden, Herr Olbricht. Es wühlt mich zu sehr auf. Guten Tag.« Sie hängte, ohne einen Gruß von ihm abzuwarten, einfach auf.

Dann griff sie erneut zum Hörer. »Fräulein Schreiber, verbinden Sie mich jetzt bitte mit meinem Mann.«

»Ähm, ich wollte gerade wieder bei Ihnen durchklingeln«, sagte Fräulein Schreiber. »Herr Langer ist am Apparat und wünscht Sie zu sprechen.«

Luise schloss für einen kurzen Moment die Augen. Langer war ihr zweitgrößter Kunde. Sie wusste nur zu gut, was er ihr gleich mitteilen würde.

Bis zum späten Nachmittag hatten sich die zehn größten Abnehmer bei Luise gemeldet, und alle hatten mitgeteilt, dass ihnen von der Firma Frederiksen ein besseres Angebot vorlag. Es war ein einziger Albtraum.

Richard hatte sein Wissen über das Kontor und dessen Kontakte genutzt, um jeden Einzelnen von ihnen abzuwerben. Das war keine normale Konkurrenzsituation – Elisabeth und Richard wollten das Kontor der Familie Hansen vernichten und jeden einzelnen Mitarbeiter auf der Straße sehen.

Luise hatte Frau Regener schon vor Stunden mit Viktoria zur Villa geschickt, mit der an Elsa gerichteten Bitte, sich um Viktoria zu kümmern.

Nun war es auch für sie an der Zeit, das Kontor zu verlassen. Alle Mitarbeiter, selbst Fräulein Schreiber, waren bereits gegangen. Das Telefon hatte vorhin, nachdem Fräulein Schreiber bereits in den Feierabend gegangen war, noch einige Male geklingelt. Doch Luise hatte nicht mehr abgehoben. Viel mehr als das, was sie schon erlebt hatte, konnte sie heute nicht mehr ertragen.

Sie riss sich zusammen und bewahrte die Contenance, als sie zu Hugo in die Kutsche stieg, um sich von ihm nach Hause fahren zu lassen. Auf dem Weg dann konnte sie sich jedoch nicht mehr länger zusammenreißen und brach in bittere Tränen aus.

Sie hatte sich noch immer nicht beruhigt, als die Kutsche vor der Villa zum Stehen kam. Noch bevor Hugo auch nur den Schlag öffnen konnte, kam Hans aus der Villa gestürmt.

Luise stieg aus und ging ihm entgegen. Er sah sofort, dass etwas nicht stimmte.

»Was ist denn los? Ich habe mir solche Sorgen gemacht! Ich wollte schon zum Kontor kommen und habe auch einige Male dort angerufen. Doch da war niemand mehr.« Er schloss sie in seine Arme.

»Ich war noch dort und habe das Klingeln auch gehört. Doch ich hatte Angst, ans Telefon zu gehen.«

»Du hattest Angst?«

Luise nickte still. »Ich wollte dich vorhin auch schon anrufen, doch die Leitung war ständig besetzt. Ich erzähle dir alles drinnen.« Mit einem Seufzer hakte sie sich bei ihm unter und lehnte ihren Kopf an seine Schulter. Sie hatte keine Kraft mehr.

An diesem Abend sprachen Hans, Elsa und Luise noch lange darüber, wie sie auf diese Krise reagieren könnten, doch eine zündende Idee wollte keinem von ihnen kommen. Luise würde gleich morgen, sobald die Telegrafenstube öffnete, ein Telegramm nach Kamerun und eines nach Wien senden, um sowohl ihren Vater als auch ihren Onkel über die Vorkommnisse zu informieren. Vor allem aber erhoffte sie sich eine Antwort von ihnen, wie sie vorgehen sollte. Und das hasste sie am meisten: Sie kam sich vor wie ein dummes junges Ding, das in der Geschäftswelt nichts zu suchen hatte und das nach ihrem Papa rief, sobald es nicht mehr weiterwusste.

Hans hatte seinen Onkel Wilhelm Petersen angerufen, dessen Name in der Hamburger Geschäftswelt ebenfalls schwer ins Gewicht fiel. Wilhelm hatte sich entsetzt gezeigt, Hans jedoch auch deutlich gemacht, dass mit Menschen, die nicht am Aufbau, sondern nur an Zerstörung interessiert waren, nicht zu spaßen sei. Selbstredend hatte er Luise und Hans jede Unterstützung zugesagt, doch gegen ein Angebot, das so weit unter dem Marktwert lag, war nun einmal kein Kraut gewachsen.

20. Kapitel

Wien, Dienstag, 16. April 1895

Sie fühlte sich überhaupt nicht gut. Frederike hatte wieder den ganzen Tag an Anton gedacht. Seit sie ihn erst abgewiesen und dann hinausgeworfen hatte, war ihr elend zumute. Sie konnte einfach nicht verstehen, weshalb er sich so verändert hatte, und bereute zutiefst, bei Florentinus ein gutes Wort für ihn eingelegt zu haben.

Was sagte es über ihren künftigen Ehemann aus, dass der sich so sehr veränderte, nur weil er auf einmal über mehr Geld verfügte? Sie musste eine Klärung herbeiführen, denn inzwischen zweifelte sie sogar daran, ob sie ihn wirklich heiraten wollte, wenn er sich derartig aufführte. Andererseits hatte sie viele Jahre darauf gehofft, einen Mann kennenzulernen, mit dem sie eine Beziehung eingehen und der sie auch heiraten wollte. Schließlich war sie schon vierundzwanzig und war damit weit später dran als die meisten anderen. Vor allem aber fand sie es ganz schrecklich, dass Anton – zumindest im Moment – nicht mehr der Mann war, mit dem sie immer so herzlich hatte lachen können.

Sie hatte gehofft, dass er womöglich schon auf sie wartete, wenn sie nach der Arbeit zu Thereses Haus kam, in dem sie wohnte. Schon oft hatte er dort auf den Stufen gesessen, selbst wenn sie nicht verabredet gewesen waren, und war dann mit hineingegangen. Heute jedoch war die Treppe leer.

Frederike schloss die Tür auf und legte den Schlüsselbund in die kleine Schale, die auf dem Flurschränkchen stand. Dann löste sie das Band, mit dem sie ihre Haare zusammenhielt, und zog die Schuhe aus. Einen Moment lang stand sie unschlüssig da. Sollte sie sich etwas zu essen zubereiten? Was, wenn Anton doch noch käme und sie womöglich ausführen wollte, um sich bei ihr zu entschuldigen?

Sie seufzte. Hunger hatte sie im Grunde ohnehin nicht und würde deshalb einfach noch etwas warten. Andererseits wollte sie wenigstens etwas vorbereiten, um später nicht zu lange in der Küche stehen zu müssen, falls er zu einer Aussprache vorbeikäme. Was aber, wenn er gar nicht käme?

Die Gedanken kreisten wild in ihrem Kopf. Das war doch Irrsinn! Sie musste diese Angelegenheit klären, so konnte es keinesfalls weitergehen. Also zog sie ihre Schuhe wieder an, band die Haare noch einmal hoch und kontrollierte im Spiegel ihr Aussehen. Sie legte einen Tropfen des Parfüms auf, das Anton ihr geschenkt hatte, griff nach dem Schlüssel und verließ das Haus. Kurz zögerte sie, ob sie noch ein Tuch mitnehmen sollte, falls Anton und sie spazieren gingen. Die Sonne hatte zwar tagsüber schon Kraft, doch in den Abendstunden wurde es immer recht kühl, und Frederike war ohnehin ein Mensch, der leicht fröstelte.

Sie lief die Straßen und Gassen entlang, bis sie das Haus mit dem Blumenladen erreichte, über dem sich Anton mit seinem Mitbewohner Xaver die Wohnung teilte. Frau Oberdinger, die Floristin, war gerade dabei, die Blumen in den Laden zu räumen, als Frederike auf sie zutrat. »Guten Abend, Frau Oberdinger. Ist der Anton da?«

»Grüß Gott, Fräulein Hansen. Ich weiß es gar nicht. Gesehen habe ich ihn nicht, aber in der Wohnung ist jemand. Das habe ich gehört. Womöglich ist's auch der Xaver, das weiß ich leider nicht.« Sie öffnete die Tür hinter dem Tresen. »Gehen Sie doch einfach gleich hier durch«, bot sie an und gab Frederike den direkten Weg nach oben frei.

»Danke schön, Frau Oberdinger. Dann noch einen schönen Abend.«

»Ihnen auch, Fräulein Hansen.«

Frederike stieg die steile Treppe hinauf, die oben in einen Flur mündete, der zur Wohnung von Anton und Xaver führte sowie zu den privaten Räumen von Frau Oberdinger. Sie trat an die Tür und klopfte.

Es waren Schritte zu hören, und gleich darauf öffnete Xaver. »Frederike?« Die Überraschung stand ihm ins Gesicht geschrieben.

»Guten Abend, Xaver. Lässt du mich rein?«, fragte sie dann verwundert, weil er keine Anstalten machte.

»Der Anton ist nicht da«, sagte Xaver rasch.

»Nein? Weißt du, wo er ist?«

Xaver schüttelte den Kopf. »Weiß ich leider nicht. Dann bis bald, Frederike.«

Er wollte schon die Tür schließen, doch Frederike drückte dagegen. »Was benimmst du dich denn so komisch, Xaver?«

»Ich? Aber nein. Anton ist nur nicht da, und deshalb …«

»Ich weiß schon, Xaver. Anton hat dir bestimmt von unserem Streit erzählt. Doch ich möchte jetzt mit ihm darüber sprechen und …«

Ein Klappern drang zu ihnen herüber.

»Das kam doch aus Antons Zimmer?« Frederike stemmte die Hände in die Hüften, dann drückte sie kurzerhand die Tür noch weiter auf und lief einfach an Xaver vorbei. »Sich so kindisch zu benehmen und nicht mehr miteinander zu sprechen, nur weil man sich mal gestritten hat …«, empörte sich Frederike und öffnete im gleichen Moment die Tür zu Antons Zimmer.

Wie vom Blitz getroffen blieb sie stehen.

Anton hatte ihr Eintreten nicht einmal bemerkt. Zu beschäftigt war er damit, seine Hüften immer rascher vor und zurück zu bewegen. Erst als das Mädchen, das unter ihm lag, ihm auf die Schulter tippte, um ihn auf Frederike aufmerksam zu machen, erstarben seine Bewegungen. Als er sie im Türrahmen stehen sah, stieß er einen Fluch aus und sprang auf. Er griff nach seiner Hose und zog sie eilig an.

Frederike stand noch immer da, unfähig, sich zu rühren.

»Du hättest es ruhig noch zu Ende machen können.« Das Mädchen grinste Frederike frech an.

»Halt deinen Mund«, schimpfte Anton. »Ich habe dir gesagt, dass ich verlobt bin.«

»Ach, das ist sie? Hast du nicht gesagt, sie sei hübsch?«

Frederike taumelte rückwärts, vor lauter Tränen sah sie den Flur nur ganz verschwommen.

»Bitte, Frederike, lass mich doch erklären …« Anton hatte es immer noch nicht geschafft, seine Hose ganz zu schließen, als er sie erreichte.

Frederike drehte sich wortlos um und ging auf die Wohnungstür zu.

Xaver trat ihr noch einmal in den Weg. »Es tut mir so leid, Frederike. Ich wollte nicht, dass du das siehst.«

»Halt dein Maul und scher dich weg!«, fuhr Anton Xaver an. Dann fasste er Frederike von hinten an die Schulter, um sie aufzuhalten. »Ja, ich habe mich falsch verhalten«, sagte er zu ihrem Rücken. »Ja, ich habe einen Fehler gemacht. Aber wir kennen uns doch so lange, und ich habe meinen Eltern auch schon gesagt, dass unsere Hochzeit im Juli stattfindet. Komm schon, Frederike.«

Sie sagte kein Wort, drehte sich nur noch einmal zu ihm um und sah ihm in die Augen. Nein, das war nicht der Anton, in den sie sich verliebt hatte. Und er würde es auch nie wieder sein. Jedes weitere Wort an ihn wäre zu viel.

Frederike wandte sich zur Tür, ging hinaus und die Treppe hinunter. Dass er wieder und wieder ihren Namen hinter ihr herrief, nahm sie nur wie durch Watte wahr. Dann trat sie auf die Straße hinaus und ließ die Haustür hinter sich ins Schloss fallen.

Wie von selbst fanden ihre Füße den Weg nach Hause. Sie konnte nicht einen einzigen klaren Gedanken fassen. Ihre Eltern, die vor Thereses Haus auf sie warteten, bemerkte sie erst, als sie schon fast vor ihnen stand.

»Frederike, ist alles in Ordnung?«, fragte Vera besorgt, als sie das blutleere Gesicht ihrer Tochter sah.

»Guten Abend«, sagte Frederike, ohne auf die Frage ihrer Mutter zu antworten.

»Ist etwas geschehen?«, fragte nun auch Georg nach.

»Was macht ihr hier?«, antwortete Frederike mit einer Gegenfrage.

»Wir müssen mit dir sprechen«, erklärte Georg. »Wir haben einen Brief aus Hamburg erhalten.«

»Kommt herein«, sagte Frederike tonlos, schloss die Tür auf und legte den Schlüssel wieder in die kleine Schale.

Sie gingen ins Wohnzimmer, und Georg reichte seiner Tochter den Brief von Luise. Die ersten Zeilen musste Frederike dreimal lesen, ehe sie in der Lage war, sich auf das Geschriebene zu konzentrieren und den Inhalt des Briefes zu erfassen.

»Er ist ein Mistkerl«, urteilte sie.

»Deine Mutter und ich haben auch schon darüber gesprochen, und wir haben leider keinen Zweifel daran, dass es der Wahrheit entspricht.«

»Richard ist alles zuzutrauen«, sagte Frederike. »Das war schon immer so.« Sie gab ihrem Vater den Brief zurück. »Was habt ihr jetzt vor?«

»Das wollten wir mit dir besprechen. Auch wenn er schuldig ist, wären deine Mutter und ich bereit, seinen Anwalt zu bezahlen. Und da er auch in Zukunft von irgendetwas leben muss, überlegen wir, ihn wenigstens für eine Weile hierher nach Wien zu holen, damit er Geld verdienen und irgendwann den Schaden wiedergutmachen kann.«

Frederike zuckte die Schultern. »Meinetwegen.«

»Das kann dir doch unmöglich gleichgültig sein«, erwiderte Vera verwundert. »Du wirkst richtiggehend abwesend. Ist etwas geschehen?«

»Ich habe die Verlobung mit Anton gelöst.« Frederike überlegte. »Nein, genau genommen, hat er die Verlobung gelöst«, korrigierte sie. »Zumindest kann man es doch so nennen, wenn er sich auf irgendeiner Dirne vergnügt, oder?«

Vera sah sie erschrocken an. »Nein, doch nicht Anton!«

»Oh doch, Mutter. Ich konnte es auch nicht glauben. Aber wahrscheinlich glauben wir Frauen es immer erst, wenn wir es mit eigenen Augen sehen.« Sie atmete tief durch. »Nun, ich glaube es jetzt, und ich denke, dass ich diesen Anblick mein Leben lang nicht vergessen werde.«

»Das tut mir so leid.« Vera erhob sich vom Sofa und setzte sich auf die Lehne des Sessels, in dem Frederike saß. Zärtlich zog sie die Tochter in ihren Arm.

Georg wusste nicht recht, wie er sich verhalten sollte, schließlich hatte er seiner eigenen Frau damals die gleiche Verletzung zugefügt.

»Ich möchte nicht länger in Wien bleiben«, erklärte Frederike. »Wien hat mir kein Glück gebracht.«

»Wo möchtest du denn hin?« Vera strich ihr liebevoll über den Arm.

»Heim nach Hamburg.«

»Und was willst du dort?«

»Ich weiß es nicht. Hauptsache, weg von hier.«

»Das kann ich gut verstehen.« Vera seufzte. »Wenn du möchtest, begleite ich dich.«

Georg warf ihr einen erschrockenen Blick zu. Aber nein! Gerade erst hatten Vera und er doch zu dieser neuen, beglückenden Verbindung gefunden.

Frederike schüttelte den Kopf. »Nein, Mutter, dein Platz ist hier bei deinem Mann.« Sie deutete auf den Brief. »Vielleicht hat Luise auch für mich eine Stelle. Sie ist ohnehin die Einzige, die versucht, die Familie zusammenzuhalten.« Es klang bitter.

Georg spürte, dass die Verbitterung, die seine Tochter in diesem Moment empfand, sich auch auf ihn bezog, weil er seine Frau damals betrogen hatte, genau wie ihr Verlobter jetzt sie. »Ich weiß, du kannst es dir zum jetzigen Zeitpunkt nicht anders vorstellen, doch hältst du es wirklich für klug, Wien zu verlassen? Womöglich könntest du dich mit Anton wieder versöhnen.« Georg hob die Hände. »Mir ist klar, dass du das ausgerechnet von mir nicht hören willst. Aber ich muss dich einfach fragen, ob du dir wirklich ganz sicher bist.«

Frederike betrachtete ihn. »Du denkst, ich bin wütend auf dich, weil ich dich mit ihm vergleiche, nicht wahr?«

»Der Gedanke kam mir, ja.«

»Das ist etwas anderes«, erklärte sie dann. »Und zwar nicht, weil du mein Vater bist und ich froh bin, dass du und Mutter wieder zusammengekommen seid.« Sie seufzte. »Seit Anton die neue Stelle bekommen hat, ist er nicht mehr derselbe Mensch. Auf einmal zählt für ihn nur noch das Geld und nichts sonst. Er ist auf eine Art und Weise unangenehm geworden, dass ich ihn, hätte ich ihn so kennengelernt, nie beachtet hätte.« Erst jetzt kamen ihr die Tränen.

»Ach, meine Kleine.« Vera zog sie abermals an sich. »Es tut mir so leid. Das hast du nicht verdient.«

»Ich werde morgen meine Stelle kündigen und dann den nächsten Zug nach Hamburg nehmen. Könntet ihr gelegentlich hier vorbeikommen und nach dem Rechten sehen?«

»Wäre denn Therese damit einverstanden?«

»Ich wüsste nicht, weshalb sie es nicht sein sollte. Aber ich kann auch Sophia fragen, wenn euch das lieber ist.«

»Nein, lass nur. Wir kümmern uns darum«, willigte Vera ein.

»Und was wollt ihr nun machen, ich meine, wegen Richard?«

»Ich werde Herrn Doktor Lampert ein Telegramm senden und ihn mit Richards Verteidigung beauftragen«, kündigte Georg an. »Immerhin sitzt Richard im Gefängnis und hat außer uns niemanden, der sich für ihn einsetzen wird.«

»Meinetwegen könnte er in der Hölle schmoren«, stellte Frederike fest.

Georg wollte sie zurechtweisen, immerhin sprach sie von ihrem Bruder. Doch ein fast unmerkliches Kopfschütteln von Vera brachte ihn zum Schweigen. Georg stand auf. »Bitte gib uns Bescheid, wann dein Zug fährt. Wir möchten uns gern noch von dir verabschieden.«

»Ist gut.«

»Möchtest du vielleicht, dass ich heute Abend hierbleibe? Oder du könntest auch mit zu uns kommen«, schlug Vera vor. »Wenn du allein hier im Haus bleibst, tust du dir keinen Gefallen.«

Frederike wollte erst ablehnen, besann sich dann aber eines Besseren. »Ich würde wirklich gern mit zu euch kommen.«

»Gut. Hol ein paar Sachen. Wir warten hier auf dich.«

Frederike lief nach oben, und als sie mit einem Koffer in der Hand wieder herunterkam, standen ihre Eltern schon im Flur, um sogleich aufbrechen zu können. Gerade als sie das Haus verlassen wollten, sahen sie Anton, der an die Haustür trat.

»Guten Abend, Frau Hansen, Herr Hansen.« Er zog eilig den Hut und deutete eine Verbeugung an.

»Frederike, können wir miteinander sprechen?« Schuldbewusst senkte er den Kopf.

Frederike schaute ihn einen Moment lang an, horchte in sich hinein, was sie fühlte. Es war eigenartig, denn da war nichts. Einfach gar nichts. Damals, als sie sich von Ludwig Ahrendsen hatte trennen müssen, hatte es ihr das Herz gebrochen. Der Schmerz war tatsächlich körperlich spürbar gewesen. Doch nun war es so, als hätte das alles gar nichts mit ihr zu tun. Musste sie am Ende froh sein, dass es so gekommen war, weil sie Anton gar nicht wirklich geliebt hatte? Hatte sie deshalb das Gefühl, ihn zu verachten?

Sie schüttelte den Kopf. »Es gibt nichts, was du sagen könntest, und erst recht nichts, was ich hören will. Leb wohl, Anton. Ich wünsche dir alles Gute. Werde glücklich mit deinem Geld!«

Sie ging an ihm vorbei, blieb dann aber noch einmal stehen und drehte sich zu ihm um. »Nein, das war gelogen. Ich wünsche dir nicht alles Gute. Aber eines hoffe ich: dass du das alles genossen hast.« Nun spürte sie, dass die Wut in ihr aufflammte. Sie war gekränkt, und er hatte sie schwer gedemütigt. Und das wollte sie ihm jetzt heimzahlen. »Hast du wirklich geglaubt, du hast die Stelle bekommen, weil du so herausragende Leistungen erbracht hast? Ja? Denkst du das?« Sie sah ihn verächtlich an. »Ich verrate dir jetzt etwas, das du eigentlich nie erfahren solltest. Nicht du hast für deine Beförderung gesorgt, sondern ich. Ich wollte dir helfen und habe deshalb Florentinus darum gebeten. Und wir wissen beide, wie du es mir gedankt hast.«

»Ich habe die Beförderung *dir* zu verdanken?«, wiederholte er ungläubig.

»Allerdings. Aber weißt du was? Da du nun gezeigt hast, was für ein Mensch du wirklich bist, ist es wohl nur richtig und verantwortungsbewusst von mir, wenn ich abermals zu Florentinus gehe und ihn über dein Verhalten in Kenntnis setze. Mal sehen, ob er dich dann weiterhin in dieser Führungsposition belässt.«

Anton war blass geworden. »Bitte, Frederike …«

»Nein, Anton. Du hast dich entschieden, und nun treffe ich meine Entscheidung. Du glaubst, du wärst Wunder was für ein Kerl, nur weil du eine Beförderung bekommen hast?« Frederike lachte freudlos auf. »Einen wie dich finde ich an jeder Ecke.« Dann wandte sie sich ihren Eltern zu. »Kommt, lasst uns gehen.«

»Frederike, bitte …«

Georg wirbelte in einer raschen Bewegung zu Anton herum. »Lass sie in Ruhe, und zwar ein für alle Mal! Sonst wirst du's bereuen.«

Anton nickte kurz, rührte sich aber nicht vom Fleck. Dann gingen Georg, der Frederikes Koffer trug, Vera und die Tochter ihres Wegs.

Ihre eigene Stelle zu kündigen, hatte sie zehn Minuten gekostet. Sie war einfach zu ihrem Chef gegangen, hatte ihm die ungeschönte Wahrheit gesagt und dass sie deshalb nach Hamburg zurückgehen wolle. Er hatte Verständnis gezeigt und ihr alles erdenklich Gute für ihren weiteren Lebensweg gewünscht, wenngleich er ihren Weggang bedauerte, denn sie sei immer zuverlässig und fleißig gewesen und habe eine sehr gute Auffassungsgabe bewiesen. Er nahm Frederike das Versprechen ab, dass sie gelegentlich vorbeikommen sollte, wenn sie ihre Eltern besuchen käme. Dann hatten sie sich die Hand geschüttelt, und Frederike war gegangen.

Der nächste Weg führte sie zum Bahnhof, wo sie sich eine Fahrkarte für den Abendzug kaufte, und wiederum der nächste in die Loising Eisenwarenfabrik.

Dieses Mal war sie überhaupt nicht nervös, als sie durch das Tor trat. Sie musste an Luise denken und welches Auftreten sie an den Tag legte, wenn sie sich in der Geschäftswelt durchzusetzen hatte. Sie sah die Cousine fast vor sich, ihre Haltung, den Ausdruck in ihren Augen, wenn sie voll und ganz konzentriert war. Frederike versuchte, genau diese Haltung und diesen Ausdruck zu zeigen, als sie schließlich klopfte und dann durch die Tür mit der Aufschrift *Abteilungsleiter Anton Messinger* trat. Kurz war sie überrascht, ließ sich dies jedoch nicht anmerken, als sie an den Schreibtisch der Vorzimmerdame trat.

»Bitte sehr? Sie wünschen?« Ein gefährliches Funkeln blitzte in den Augen der jungen Frau auf.

Frederike dachte an Luise. Wie würde sie sich in einer solchen Situation verhalten? Sie setzte ein arrogantes Lächeln auf. »Sieh an. Ich habe Sie angezogen gar nicht gleich erkannt«, bemerkte Frederike süffisant, was bei der anderen kurz die Gesichtszüge entgleisen ließ. »Ich möchte zu Herrn Messinger«, sagte Frederike dann förmlich.

»Er hat jetzt keine Zeit. Herr Messinger ist ein viel beschäftigter Mann.«

»Na, Sie müssen es ja wissen.« Frederike beugte sich über den Schreibtisch. »Dann überbringen Sie ihm bitte eine Nachricht von mir. Sie lautet: Auf Wiedersehen, geliebtes Geld.«

»Was soll das heißen?«

»Glauben Sie mir, er wird es verstehen.« Frederike drehte sich um und verließ grußlos das Büro, ging hinaus und den Korridor entlang, von wo sie gekommen war, und bog dann zu Florentinus' Büro ab. Sie klopfte und trat ein, als sie von drinnen ein »Herein!« hörte.

»Guten Tag, Frau Hochhuth«, sagte Frederike beim Eintreten und sah gerade noch Antons Gesicht, der ihr nachgeeilt war und sie noch einzuholen versucht hatte. Dann schloss sie die Tür. »Nun störe ich schon zum zweiten Mal innerhalb weniger Tage.«

»Aber Sie stören doch nicht, Fräulein Hansen«, gab Florentinus' Sekretärin freundlich zurück.

Es klopfte. »Was ist denn hier nur los?«, fragte Frau Hochhuth und sagte dann lauter: »Herein!«

Anton öffnete die Tür. »Ich bitte um Verzeihung. Könnte ich dich kurz sprechen, Frederike?«

»Ich bin gerade beschäftigt. Später vielleicht.«

»Aber es wäre wirklich dringend.«

»Später«, wiederholte Frederike und wandte sich wieder der Sekretärin zu. »Was denken Sie, Frau Hochhuth, ob ich wohl Herrn Loising kurz stören dürfte?«

»Frederike, bitte!« Anton klang verzweifelt.

Die Sekretärin sah zwischen den beiden hin und her, als warte sie darauf, wie Frederike nun entscheiden wollte. Als diese nichts weiter sagte, stand Frau Hochhuth auf. »Ich werde Herrn Loising fragen.«

»Danke schön.«

Anton fasste Frederikes Arm. »Bitte, Frederike, ich wollte das nicht. Lass es mich wiedergutmachen.«

»Finger weg!«, zischte Frederike.

»Herr Loising wird Sie gern empfangen, Fräulein Hansen.«

»Danke sehr, Frau Hochhuth«, sagte Frederike. Sie warf Anton noch einen verächtlichen Blick zu, ging zielstrebig in Florentinus' Büro und schloss hinter sich die Tür.

»Frederike, ich hatte nicht erwartet, dich so bald wiederzusehen.« Florentinus reichte ihr die Hand.

»Ich nehme deine Zeit nur ganz kurz in Anspruch«, versprach sie. »Es war ein schwerer Fehler, als ich dich letztens bat, Anton zu befördern.«

»Aber nein, er macht sich recht gut in der Position.«

»Nun, das denke ich nicht.«

Florentinus zog die Stirn in Falten. »Worauf willst du hinaus?«

»Er ist ungeeignet, darauf will ich hinaus.«

»Und sagst du mir, weshalb?«

»Weil er seine neue Position dazu benützt, sich seine Vorzimmerdame ins Bett zu holen und mich damit zu demütigen.« Frederike war selbst überrascht, welche Worte aus ihrem Mund sprudelten. Das hatte sie gar nicht sagen wollen.

»Oh«, machte Florentinus nur. »Aber ich kann ihm deshalb die Stelle ja nicht einfach wieder wegnehmen. Außerdem wüsste er dann sofort, dass er sie nur deinetwegen bekommen hat.«

»Das habe ich ihm bereits gesagt. Und jetzt möchte ich dich bitten, sie ihm wieder wegzunehmen.«

»Weshalb sollte ich das tun?«

Frederike überlegte kurz. »Ich könnte jetzt sagen, dass ich dich aus moralischen Gründen darum bitte. Ich könnte behaupten, dass es schlecht für den Ruf deiner Firma ist, wenn jemand eine solch hohe Position einnimmt, der damit gar nicht umzugehen weiß. Ich könnte sogar ins Feld führen, dass du damit deutlich machst, dass bei dir jemand, der eine Beförderung erhält, sich dann alles erlauben kann. Doch das wäre nicht die Wahrheit.«

»Sondern? Willst du mich an mein kleines Geheimnis erinnern?«

»Nein«, stellte Frederike klar. »Wie nanntest du es so schön: ein Geheimnis gegen ein Geheimnis. Das war die Vereinbarung, und du hast deinen Teil erfüllt. Und ich werde meinen erfüllen. Niemals wird ein Wort über das, was ich sah, über meine Lippen kommen.« Ihre Augen füllten sich mit Tränen. »Tu es einfach, weil ich dich darum bitte. Ohne Verpflichtung, ohne Druck, ohne zu fürchten, ich könnte mich sonst dir gegenüber nicht loyal zeigen. Dieses Hin und Her muss aufhören.«

»Wüsste ich es nicht besser, würde ich behaupten, du hast viel von deiner Tante Therese.« Florentinus schmunzelte.

»Man muss nicht dasselbe Blut haben«, entgegnete Frederike. »Ich habe lange genug bei Therese gelebt, ich habe von ihr viel gelernt. Und das ist mehr wert als so manche Verwandtschaft.«

»In Ordnung«, willigte Florentinus ein.

»Heißt das, du wirst die Beförderung wieder rückgängig machen?«

»Mehr noch. Ich werde ihn hinauswerfen. Einer, der die Nichte meiner Schwester so behandelt, hat in der Firma Loising nichts zu suchen.«

»Ich danke dir.« Frederike stand auf, und auch Florentinus erhob sich.

»Was hast du jetzt vor?«, fragte Florentinus.

»Ich werde nach Hamburg zurückkehren. Wien hat mir kein Glück gebracht.«

»Ich bedauere das, Frederike. Gerade jetzt hätte zwischen uns alles gut werden können.«

»Zwischen uns ist alles gut, Florentinus.« Frederike hob den Kopf. »Du hättest Nein sagen können, doch das hast du nicht getan. Du hast dich hinter mich gestellt und mir den Rücken gestärkt. Dafür danke ich dir.«

Florentinus kam um den Schreibtisch herum und breitete die Arme aus. »Darf ich?«

Frederike lächelte und ließ sich von ihm umarmen.

»Ich wünsche dir alles Gute auf deinem Weg, Frederike. Mögest du eines Tages deine wahre Liebe finden!«

Frederike löste sich von ihm, lächelte und gab ihm einen Kuss auf die Wange. »Und du die deine, wer auch immer es sein mag. Auf Wiedersehen.«

Damit verließ sie sein Büro. Sie verabschiedete sich freundlich von Frau Hochhuth und sagte auch ihr, dass sie Wien verlassen und nach Hamburg zurückkehren werde. Dann öffnete sie die Tür und ging hinaus.

Anton hatte direkt davor gewartet. »Was hast du ihm gesagt?«, fragte er aufgebracht.

Bevor Frederike die Tür hinter sich schließen konnte, war Florentinus ins Vorzimmer getreten. »Ah, Messinger, da sind Sie ja schon. Gerade wollte ich Sie rufen lassen.«

Anton wurde kreidebleich.

Frederike drehte sich zu Florentinus um und warf ihm noch einen Luftkuss zu. »Auf Wiedersehen, Florentinus!«, flötete sie.

»Auf Wiedersehen, Frederike«, gab er ebenso herzlich zurück. Dann wandte er sich Anton zu und sagte barsch: »Was ist, Messinger, kommen Sie jetzt, oder soll ich es Ihnen gleich dort draußen auf dem Flur vor allen Leuten sagen?«

21. Kapitel

Kamerun/Wien/Hamburg, Mittwoch, 17. April 1895

Das Telegramm erreichte Robert und Georg fast zeitgleich, obwohl sie Tausende Kilometer voneinander entfernt und auf verschiedenen Kontinenten waren. Und die Reaktionen darauf fielen ebenfalls gleich aus: Sowohl Robert als auch Georg sprachen mit ihren Frauen und entschieden, umgehend nach Hamburg zu reisen, um Luise beizustehen und gemeinsam gegen Elisabeth und Richard vorzugehen.

»Es tut mir leid«, sagte Robert zu Therese, »aber wir werden die Hochzeit verschieben müssen.«

»Das steht doch außer Frage«, erwiderte sie. »Wann legt das nächste Schiff ab?«

»Übermorgen. Wir haben also nicht mehr viel Zeit.«

»Ich verstehe. Ich werde gleich anfangen, die Koffer zu packen.«

»Ja, bitte. Und ich werde sofort Hamza Bescheid geben.«

»Was willst du tun, wenn wir in Hamburg sind?«, fragte Therese.

»Ich weiß es nicht. Noch nicht. Aber ich habe die gesamte Überfahrt Zeit, mir etwas einfallen zu lassen.«

»Ich liebe dich.« Sie drückte sich an ihn. »Ich verstehe Menschen nicht, die so sind wie Richard und Elisabeth.«

»Ich auch nicht. Doch ich werde sie bekämpfen mit allem, was mir zur Verfügung steht. Ich dachte, die Sache mit Elisabeth sei ausgestanden. Aber da habe ich mich offenbar getäuscht.«

»Könnte sie es schaffen? Ich meine, könnte sie es schaffen, das Kontor in den Ruin zu treiben?«

»Niemals.« Es klang jedoch längst nicht so selbstsicher, wie Robert es sich gewünscht hätte. »Ich muss jetzt mit Hamza sprechen. Es wird den anderen Deutschen hier nicht gefallen, doch ich werde ihm die Verwaltung der Plantage während unserer Abwesenheit übertragen.«

»Lass die anderen reden, was sie wollen. Hamza ist der beste Mann für die Aufgabe, und es ist deine Plantage, nicht ihre.«

Robert nickte. Die Anspannung stand ihm ins Gesicht geschrieben. »Ich gehe jetzt«, sagte er. »Und du bereitest hier schon mal alles vor.«

»Ja, Robert.« Mehr sagte sie nicht, denn er war schon zur Tür hinaus. Es würde die erste Bewährungsprobe für ihre Beziehung sein. Doch Therese war sicher, sie würden sie meistern.

* * *

»Wenn das stimmt, ist Richard für mich gestorben«, verkündete Vera. »Die Diebstähle waren schon fast mehr, als man ertragen konnte. Doch wenn er sich wirklich mit dieser Hexe verbündet hat, ist er nicht mehr mein Sohn.«

Georg nahm Veras Hand und sah sie ernst an. »Ändert es etwas zwischen uns?«

»Was meinst du?«

»Ich habe dein Gesicht gesehen, als ich dir das Telegramm vorlas. Du brauchst nur Elisabeths Namen zu hören und bist nicht mehr du selbst.«

»Es tut noch immer weh«, gestand Vera ein. »Doch ich bin stärker als früher. Ich werde das durchstehen. Wir«, sie betonte das Wort, »werden das durchstehen.«

»Hätten wir das Telegramm früher bekommen, hätten wir zusammen mit Frederike reisen können.«

»Dass so etwas geschieht, konnte nun wirklich niemand ahnen«, erwiderte Vera. »Kannst du Felix das Kontor guten Gewissens überlassen?«

»Für die Zeit, die wir in Hamburg sind, auf jeden Fall. Wir haben ja nicht vor, dortzubleiben. Oder?«

»Hast du Sorge, dass ich nicht wieder mit dir zurückgehe?«

»Na ja, diese ganze Sache hat uns doch ziemlich aus dem Konzept gebracht, und ich möchte nicht, dass es wieder so wird wie früher.«

»Das liegt nur an uns allein. Wir werden das meistern, Georg. Wir *müssen.*«

»Wir nehmen morgen den Abendzug nach Hamburg. Frederike wird staunen, wie rasch wir uns wiedersehen.«

Georg machte sich auf den Weg ins Kontor, um dort mit Felix alles zu besprechen und die Listen durchzugehen und das, was schon ausgeliefert werden konnte, bis morgen zu erledigen.

Zu Hause gingen die Vorbereitungen für die Reise sehr schweigsam vor sich, was die Anspannung verriet, unter der Vera und Georg standen. Es war ein wenig so, als braute sich eine dunkle Wolke über ihnen zusammen, und keiner von ihnen wagte es, nach oben zu blicken.

* * *

Sie stieg aus der Kutsche, die sie am Bahnhof genommen hatte, und ließ sich ihre Koffer herunterreichen. Sie bezahlte den Kutscher, der sich sogleich auf den Rückweg machte, ohne ihr die Koffer zur Tür zu tragen.

Frederike nahm es hin, stand einen Moment lang einfach nur da und betrachtete die Villa, in der sie aufgewachsen war und die sich in all den Jahren nicht verändert hatte. Oder war die Fassade neu gestrichen worden? Das Gelb wirkte kräftiger, als sie es in Erinnerung hatte.

Die Tür wurde geöffnet, und Anna spähte heraus. Offenbar hatte sie die Kutsche gehört. »Fräulein Frederike?«, sagte sie ungläubig.

»Guten Tag, Anna.«

»Du lieber Himmel!« Die Haushälterin drückte die Hände an ihre Wangen. »Ich glaube es ja nicht«, freute sie sich. Sie drehte sich um. »Fräulein Frederike ist da, Fräulein Frederike ist da!«, rief sie laut. Dann kam sie die Treppe heruntergeeilt und nahm einen der Koffer. »Willkommen zu Hause, Fräulein Frederike!«

»Danke, Anna. Es ist schön, wieder hier zu sein. Sind die anderen im Haus?«

»Nur Frau Elsa ist mit der kleinen Marie hier. Und sie kümmert sich im Moment auch um Viktoria.« Sie beugte sich vor. »Seit diese Katastrophe losgebrochen ist, verbringt die gnädige Frau Petersen ja jede Sekunde im Kontor.«

»Du weißt also vom Diebstahl meines Bruders?«

»Ja, und auch das andere.«

»Welches andere?«

»Wissen Sie das noch gar nicht? Ihr Bruder und Frau Elisabeth versuchen, die Hansens aus dem Geschäft zu drängen.«

»Wie das?«, fragte Frederike entgeistert nach.

Bevor Anna antworten konnte, kam Elsa aus der Villa gelaufen. »Frederike!«, rief sie und eilte die Stufen hinab. Die beiden Frauen umarmten sich herzlich. »Es ist so schön, dass du da bist.« Elsa drückte Frederike nochmals an sich.

»Ich habe gehört, was geschehen ist. Wie geht es dir?«

»Lass uns erst mal ins Haus gehen. Dann können wir alles in Ruhe besprechen«, erwiderte Elsa und nahm den zweiten Koffer, den Frederike dabeihatte. Kaum dass sie die Villa betreten hatten, stolperte Marie in den Flur.

Frederike ging in die Hocke. »Das kann doch unmöglich die kleine Marie sein!« Sie öffnete die Arme. »Erkennst du mich noch, meine Süße?«

Marie war ein wenig schüchtern. Offenbar hatte sie tatsächlich keine Erinnerung mehr an Frederike.

»In diesem Alter vergessen sie schnell«, sagte Elsa.

Frederike erhob sich etwas enttäuscht. »Wir werden uns schon wieder anfreunden.« Sie sah sich um. »Und wo ist Viktoria?«

»In ihrem Laufstall. Ich habe sie hineingesetzt, als ich Anna rufen hörte.«

Frederike ging ins Wohnzimmer und hob Viktoria ganz selbstverständlich hoch. »Guten Tag, kleine Viktoria«, sagte sie. Viktoria starrte die fremde Frau an, machte aber keine Anstalten, von deren Arm herunterzuwollen.

»Setz dich erst mal«, sagte Elsa.

»Was kann ich Ihnen zu trinken bringen?«, fragte Anna.

»Haben wir Limonade da?«

»Ja, ich bringe gleich welche.« Die Haushälterin eilte hinaus.

Elsa setzte sich in einen Sessel, und Frederike nahm mit Viktoria auf der Couch gegenüber Platz.

»Möchtest du auch zu uns herkommen?«, fragte Frederike die kleine Marie, die etwas unschlüssig dastand.

Marie nickte und krabbelte dann auf Elsas Schoß.

»Ich habe gehört, was Richard getan hat«, sagte Frederike. »Er ist ein Mistkerl. Wie geht es dir denn?«

Elsa fuhr sich mit der Zunge über die Lippen. »Ehrlich gesagt, kann ich das alles noch gar nicht richtig fassen. Ich hätte ihn niemals für einen Dieb gehalten. Und dann noch das, was er jetzt offenbar im Schilde führt.« Elsa schüttelte den Kopf. »Ich kenne diesen Mann gar nicht richtig, Frederike.«

»Ich glaube, das tut niemand.«

»Denkst du, du würdest zu ihm durchdringen, wenn du mit ihm sprichst?«

»Ich?« Frederike lachte freudlos auf. »Auf gar keinen Fall. Wir hatten nie ein besonders gutes Verhältnis zueinander. Und das wird jetzt nicht anders sein. Wenn überhaupt, würde er eher noch auf dich hören. Doch ehrlich gesagt, glaube ich auch das nicht. Richard ist Richard. Er interessiert sich nur für sich selbst, und das wird sich wohl auch sein Leben lang nicht mehr ändern.«

»Es ist scheußlich, was er da versucht.« Elsa wirkte verzweifelt.

»Kann Luise ihm Einhalt gebieten?«

»Ich weiß es nicht.«

»Richard ist nicht der einzige Grund, weshalb ich hier bin«, sagte Frederike. »Genau genommen, hatte ich den Entschluss bereits gefasst, bevor ich von all dem hier erfahren habe.« Sie atmete tief durch. »Anton und ich werden nicht heiraten.«

»Was ist geschehen?«

»Er wurde befördert und hat sich von dem Tage an vollkommen verändert.« Frederike erzählte Elsa alles – bis auf die Tatsache, dass sie selbst für die Beförderung gesorgt hatte. »Er war dann noch einmal bei mir, um sich mit mir auszusprechen, als ich bereits auf dem Weg zu meinen Eltern war. Doch weißt du, da habe ich bereits gespürt, dass es kein Zurück gab. Es waren einfach keine Gefühle mehr für ihn da.«

»Du konntest ihn von heute auf morgen aus deinem Herzen verbannen?«

Frederike dachte nach. »Eigenartig, oder? Ich glaube fast, ich habe mir bei ihm etwas vorgemacht. Vielleicht war da nie wirklich Liebe zwischen uns. Ich weiß es nicht.«

»Es tut mir so leid.« Elsa hatte Tränen in den Augen.

»Ach, Elsa, wir beide haben wohl in der Liebe einfach kein Glück.« Sie sahen sich an und wussten nicht, ob sie lachen oder weinen sollten.

Sie blieben noch eine Weile sitzen und plauderten miteinander. Als eine Kutsche vorfuhr, sprang Frederike auf, lief zur Haustür und öffnete sie.

Luise stieg soeben aus, hielt dann einen Moment inne. »Frederike?«, entfuhr es ihr überrascht.

»Luise!« Nun war es Frederike, die die Stufen heruntereilte. Die Frauen herzten und drückten sich, hielten sich minutenlang fest.

»Es ist so schön, dass du gekommen bist.«

»Ich habe inzwischen schon alles erfahren. Was auch immer du vorhast, um Richard das Handwerk zu legen, ich bin auf deiner Seite.«

»Ich danke dir, das bedeutet mir viel.«

Sie gingen zusammen ins Haus, und Luise freute sich, nach dem langen Tag endlich wieder mit Viktoria zusammen zu sein. Doch die Anspannung wollte noch nicht von ihr weichen.

Etwa eine Stunde später traf dann auch Hans ein, und die vier sprachen nach dem Essen noch stundenlang miteinander. Es wurde spät an diesem Abend, doch zu einem Ergebnis, wie sie weiter vorgehen sollten, kamen sie nicht.

Luise setzte die anderen davon in Kenntnis, dass sie sowohl Georg als auch Robert mittels eines Telegramms darüber informiert hatte, was Elisabeth und Richard planten. Georg hatte nur eine Stunde später zurücktelegrafiert, dass Vera und er baldmöglichst nach Hamburg kämen. Von Robert war am Nachmittag ein Telegramm eingetroffen, in dem er mitteilte, dass am Freitag das nächste Schiff nach Hamburg ablegen würde und Therese, die Kinder und er selbst an Bord sein würden.

Bis zum heutigen Tag hatte sie mehr als die Hälfte ihrer Kunden verloren, und selbst wenn sonst niemand mehr zu Elisabeth und Richard wechselte, würden die Reserven des Kontors spätestens in einem Vierteljahr aufgebraucht sein. Dann müsste sie die ersten Angestellten entlassen.

Luise wollte es keinesfalls so weit kommen lassen und hatte sich auch bereits etwas überlegt, um zumindest Zweifel zu säen, was die Integrität und Zuverlässigkeit des Hauses August Frederiksen anging. Sie wusste, dass dies nicht genügen würde, um das Kontor vor dem Ruin zu bewahren. Doch womöglich würde sie sich dadurch etwas mehr Zeit verschaffen. Aus diesem Grund hatte sie am Nachmittag drei Stunden mit einem Zeitungsredakteur verbracht und diesen mit Informationen gefüttert, die für Unruhe sorgen würden.

Richard und Elisabeth hatten ihr den Kampf angesagt, und Luise war bereit, den Fehdehandschuh aufzunehmen.

Entgegen ihrer Gewohnheit griff sie am nächsten Morgen gleich nach der Zeitung, die in die Villa geliefert wurde, und wartete nicht erst, bis sie im Kontor war. Das, was sie interessierte, fand sie direkt auf der zweiten Seite als großen Aufmacher. In riesigen Druckbuchstaben sprang ihr die Überschrift des Artikels entgegen, der die Hamburger Geschäftswelt ordentlich durchrütteln würde.

Zu gern hätte sie Elisabeths Gesicht gesehen, wenn sie die Zeilen las. Ihres und auch Richards. Die beiden hatten den Hansens den Krieg erklärt, und Luise war bereit, den Kampf aufzunehmen. Sie lächelte, schob Hans den Artikel hin und tippte auf die Überschrift. »Es geht los.«

Mehr brauchte sie nicht zu sagen.

Epilog

Es war der 16. Mai des Jahres 1895, als das Schiff der Woermann-Linie in den Hamburger Hafen einlief. Robert und Therese standen mit Franz und Helene an der Reling und sahen schon von Weitem, dass die ganze Familie Hansen gekommen war, um sie zu begrüßen. Für Robert lag in dem Anblick seiner Familie, die Seite an Seite und Schulter an Schulter stand, um sie in Empfang zu nehmen, etwas unglaublich Kraftvolles. Zusammen würden sie alles meistern, denn sie waren Hansens. Hanseatisch, stark – und jedem Sturm gewachsen.

Nachwort

Liebe Leserinnen, liebe Leser,

dies ist nun schon der fünfte Band meiner Hansen-Saga, und ich freue mich, wenn Ihnen meine Akteure hoffentlich erneut ein paar schöne, spannende und auch gefühlvolle Lesestunden beschert haben. Mir hat es jedenfalls wieder enormes Vergnügen bereitet, die Geschichten, die mir meine Hansens so erzählt haben, für Sie zu Papier zu bringen.

Gleichwohl schreibe ich ja nicht nur Fiktives auf, sondern habe wie immer auch einige wahre Begebenheiten sowie Personen der Zeitgeschichte und deren Handeln im Jahr 1895 geschildert. Es war tatsächlich so, dass Jesko von Puttkamer von 1895 bis 1906 Gouverneur von Kamerun war. Er verfolgte eine andere, nicht so zurückhaltende Politik wie sein letztlich gescheiterter Vorgänger Eugen von Zimmerer und wollte nicht nur an der Küste Kameruns bleiben, sondern auch das Hinterland in Besitz nehmen, um das deutsche Schutzgebiet Kamerun noch breiter nutzen zu können. Dies entsprach auch der damals herrschenden politischen Meinung, die sich beträchtlich von der aus den Anfängen der deutschen Kolonialzeit unterschied. Denn das Deutsche Reich war ja erst spät in die Kolonialisierung eingetreten und befand sich bereits im Hintertreffen gegenüber den dabei führenden Nationen, wie beispielsweise Frankreich, England, Belgien, Portugal und Spanien. Der »Wettlauf um Afrika« kennzeichnet begrifflich sehr treffend das damalige Denken. Hinzu kam eine verklärte Auffassung von Fernweh und Exotik und eine regelrechte Sehnsucht nach den Tropen. Gleichzeitig wurde zwischen »höherwertigen« und »minderwertigen«, stärker oder weniger entwickelten, fortschrittlichen und rückschrittlichen Völkern unterschieden. Und nicht nur die deutschen Kolonisatoren, sondern auch die anderen europäischen Nationen meinten, den Afrikanern mit einem ausgeprägt »herrischen« Auftreten begegnen zu müssen, und begingen inhumane und nicht einmal ansatzweise nachvollziehbare Gräueltaten gegen die afrikanische Bevölkerung. Immer wieder wurden Strafexpeditionen gegen die Afrikaner unternommen, letztlich natürlich nur, um diese zu disziplinieren und die wirtschaftlichen Interessen der Europäer durchzusetzen.

Hiervon ist auch in diesem Buch kurz die Rede. Kurz nur deshalb, weil es sich eben um ein belletristisches Werk handelt, das unterhalten will und soll und daher die schweren und gewalttätigen Auswirkungen der Kolonialzeit nicht aufklären und leider erst recht nicht beseitigen kann. Ich kann für mich persönlich aber aus ganzem Herzen sagen, dass ich die Gewaltexzesse und Massaker an der afrikanischen Bevölkerung weder nachvollziehen kann noch verharmlosen oder gar schönreden will! Es mag vielleicht nicht viele wie Robert Hansen in Afrika gegeben haben, aber es gab solche Männer wie ihn.

Und erst recht nicht kann ich die Ansichten Jesko von Puttkamers und Max Buchners – wie auch anderer Kolonialherren – teilen, die beispielsweise die Duala als »das faulste, falscheste und niederträchtigste Gesindel, welches die Sonne bescheint« bezeichnet haben (siehe Jesko von Puttkamer, *Gouverneursjahre in Kamerun,* S. 52, unter Verweis auf Max Buchner, *Kamerun).* Genauso wenig kann ich nachvollziehen, dass ein Mann wie von Puttkamer, der so viele Jahre in Kamerun und auch Togo gelebt hat, die Meinung vertreten konnte, der zu seiner Zeit ebenfalls in Kamerun lebende Leutnant Hans Dominik hätte »das Negern gegenüber einzig richtige Prinzip: Sie müssen wissen, dass ich ihr Herr bin und der Stärkere; solange sie das nicht glauben, müssen sie es eben fühlen, und zwar hart und unerbittlich, sodass ihnen für allezeit das Auflehnen vergeht; ist das erreicht, dann kann man sie mit der größten Freundlichkeit und Milde behandeln und zu brauchbaren Menschen erziehen« (siehe Jesko von Puttkamer, *Gouverneursjahre in Kamerun,* S. 42). Auch dieses Zitat belegt leider, welche Ansichten damals gang und gäbe waren. Ebenso ergibt sich daraus aber auch, dass von Puttkamer trotz seiner langjährigen Aufenthalte in Afrika, und vor allen Dingen in Kamerun, offenbar keinen wirklichen Zugang zu den einheimischen Menschen, den Afrikanern, gefunden hat.

Ich lehne derartige Denkweisen und Ansichten kategorisch ab und hoffe, mit meinen Büchern ein anderes Bild Afrikas und seiner Einwohner vermitteln zu können. Denn dieser Kontinent und seine Menschen haben so viel Schönes zu bieten, das es zu erkunden und zu entdecken lohnt – aber eben nicht auf menschenverachtende Art und Weise, sondern mit Respekt und dem selbstverständlichen Denken, dass wir alle eines sind: einfach Menschen!

Herzlichst
Ihre Ellin Carsta

Quellenverzeichnis

Literatur

Manfred Berger, Historische Bahnhofsbauten, Band II: Braunschweig, Hannover, Preußen, Bremen, Hamburg, Oldenburg und Schleswig-Holstein, Transpress, Berlin 1987

Aissatou Bouba, Kinder des Augenblicks. Die Ethnien Deutsch-Nordkameruns in deutschsprachigen Reiseberichten (1850–1919), Edition Lumière, Bremen 2008

Max Buchner, Kamerun, Duncker & Humblot, Leipzig 1887

Peter Csendes/Ferdinand Öpil (Hrsg.), Wien – Geschichte einer Stadt, Bd. 3., Von 1790 bis zur Gegenwart, Böhlau, Wien/Köln/Weimar 2006

Deutsches Kolonial-Handbuch, bearb. von Rudolf Fitzner, Paetel, Berlin 1896

Deutsches Kolonial-Lexikon, hrsg. von Heinrich Schnee, Quelle & Meyer, Leipzig 1920 (online noch unvollständig abrufbar unter: http://www.ub.bildarchiv-dkg.uni-frankfurt. de/Bildprojekt/Lexikon/lexikon.htm)

Dictionnaire Duala–Français, Suivi d'un Lexique Français–Duala, Editions Klincksieck, Paris 1972 (online [abgerufen am 25. Oktober 2017])

Hans Dominik, Kamerun, Stilke, 2. Aufl. Berlin 1911

Andreas Eckert, Die Duala und die Kolonialmächte. Eine Untersuchung zu Widerstand, Protest und Protonationalismus in Kamerun vor dem Zweiten Weltkrieg, Lit, Münster 1992

Andreas Eckert, Grundbesitz, Landkonflikte und Kolonialer Wandel, Douala 1880 bis 1960, in: Beiträge zur Kolonial- und Überseegeschichte, Band 70, Steiner, Stuttgart 1999

Alexander Emmerich, Die Geschichte der Deutschen in Afrika – Von 1600 bis in die Gegenwart, Fackelträger, Köln 2013

Werner Gartung, Kamerun, Rump, Bielefeld 2015

Franz Giesebrecht (Hrsg.), Die Behandlung der Eingeborenen in den deutschen Kolonien, o. O. 1889

Horst Gründer, Geschichte der deutschen Kolonien, 6., überarbeitete und erweiterte Auflage, Schöningh, Paderborn 2012

Karin Hausen, Deutsche Kolonialherrschaft in Afrika, Wirtschaftsinteressen und Kolonialverwaltung in Kamerun vor 1914, in: Beiträge zur Kolonial- und Überseegeschichte, Band 6, Atlantis, Zürich u. a. 1970

Barbara Johanna Heuermann, Der schizophrene Schiffsschnabel: Biographie eines kolonialen Objektes und Diskurs um seine Rückforderung im postkolonialen München, Studien aus dem Münchner Institut für Ethnologie, Band 17, München 2015

Werner Jochmann/Hans-Dieter Loose (Hrsg.), Hamburg, Geschichte der Stadt, Teil 2, Vom Kaiserreich bis zur Gegenwart, Hoffmann & Campe, Hamburg 1986

Alexandre Kum'a N'dumbe, Das Deutsche Kaiserreich in Kamerun: Wie Deutschland in Kamerun seine Kolonialmacht aufbauen konnte, 1840–1910, Exchange & Dialogue, Berlin 2009

Heiko Möhle, Eine endlose Geschichte – Nachwirkungen des Deutschen Kolonialismus in Kamerun, in: http://www.freiburg-postkolonial.de/Seiten/Moehle-Kamerun276.htm

Fritz-Ferdinand Müller, Kolonien unter der Peitsche, Rütten & Loening, Berlin 1962

Jesko von Puttkamer, Gouverneursjahre in Kamerun, Stilke, Berlin 1912

Johannes Sachslehner, Wien: eine Geschichte der Stadt, Pichler, Wien/Graz/Klagenfurt 2006

Manfred Schläfcke, Als Kaufmann nach Kamerun – Viktoria (Limbe) und Kribi 1900–1907, Books on Demand, Norderstedt 2014

August Seidel: Die Duala-Sprache in Kamerun. Systematisches Wörterverzeichnis und Einführung in die Grammatik, Groos, Heidelberg 1904

Unser Kamerun – Deutschlands älteste Kolonie, Poetzsch, Magdeburg 1899 (Reprint, Melchior, Wolfenbüttel 2012)

Gotthilf Walz, Die Entwicklung der Strafrechtspflege in Kamerun unter deutscher Kolonialherrschaft 1884–1914, in: Beiträge zur Soziologie Afrikas, Band 2, zugl. Diss., Freiburg 1981

Manfred Wehdorn/Ute Georgeacopol-Winischhofer, Baudenkmäler der Technik und Industrie in Österreich, Band 1, Böhlau, Graz/Wien 1964

Walter M. Weiss, Wien, 5., aktualisierte Auflage, DuMont Reiseverlag, Ostfildern 2016

Benno Wiesmüller/Dierk Lawrenz, Die Hamburger Rangier- und Güterbahnhöfe, EK-Verlag, Freiburg 2009

Albert Wirz, Vom Sklavenhandel zum kolonialen Handel, Wirtschaftsräume und Wirtschaftsformen vor 1914, in: Beiträge zur Kolonial- und Überseegeschichte, Band 10, Atlantis, Zürich u. a. 1972

Clemens Wischermann, Wohnen in Hamburg vor dem Ersten Weltkrieg, Coppenrath, Münster 1983

Eugen Zintgraff, Nord-Kamerun, Paetel, Berlin 1895

Internet

http://alex.onb.ac.at/cgi-content/alex?apm=0&aid=rgb&datum=18520000&page=189

http://anno.onb.ac.at/cgi-content/anno?zoom=33

http://www.bpb.de/gesellschaft/migration/afrikanischediaspora/59376/chronologie

http://www.ddl.ish-lyon.cnrs.fr/projets/clhass/PageWeb/ressources/duala.pdf

https://www.deutsche-schutzgebiete.de/kamerun.html

https://www.dhm.de/lemo/kapitel/kaiserreich/aussenpolitik/die-deutsche-kolonie-kamerun.html

https://digitalisate.sub.uni-hamburg.de/recherche.html

https://www.ethnologue.com/map/CM_s

http://www.freiburg-postkolonial.de/index.htm

https://geschichtsbuch.hamburg.de/epochen/industrialisierung/gaengeviertel-und-elendsquartiere/

http://geschichtsverein-koengen.de/WilhelmZwei.htm

http://www.goruma.de/Laender/Afrika/Kamerun/Wissenswertes/Feiertage_Veranstaltungen_und_Landessitten.html

https://www.hamburg.de/hamburg-historische-bilder/239460/bilder-hamburger-strassen-und-stadttore-19-jahrhundert/

http://www.hamburger-bahnhoefe.de/venloerbf.html

https://www.hamburgmuseum.de/uploads/hamburg_museum/documents/6895/original/Wohnen_im_19._Jahrhundert.pdf?1505725487

http://www.kopfwelten.org/kp/http://kunstmuseum-hamburg.de/deutschlands-kolonienin-farbe-kamerun/ [URL inactive]

http://kunstmuseum-hamburg.de/deutschlands-kolonien-in-farbe-kamerun/

http://staatsbuergerschaft.gv.at/index.php?id=34

http://www.theobroma-cacao.de/wissen/herstellung/verarbeitung-der-kakaofrucht/
http://www.theobroma-cacao.de/wissen/rezepte-und-technik/kakaobohnen-verarbeiten/
http://www.ub.bildarchiv-dkg.uni-frankfurt.de/Bildprojekt/Lexikon/lexikon.htm
https://web.archive.org/web/20071002230426/http://inwent.org/v-ez/lis/kamerun/index.htm
https://web.archive.org/web/20100209053003/http://users.elite.net/runner/jennifers/hello.htm#D
https://www.wien.gv.at/kultur/archiv/geschichte/ueberblick/stadtwachstum.htm
http://www.wien-konkret.at/kulturgeschichte/wien-19jahrhundert/
http://zefys.staatsbibliothek-berlin.de/index.php?id=list

Hat Ihnen dieses Buch gefallen? Möchten Sie informiert werden, wenn Ellin Carsta ihr nächstes Buch veröffentlicht? Dann folgen Sie der Autorin auf Amazon.de!

1) Suchen Sie auf Amazon.de oder in der Amazon App nach dem eben gelesenen Buch.
2) Klicken Sie auf den Namen der Autorin, um auf die Autorenseite zu gelangen.
3) Klicken Sie auf den »Folgen«-Button.

Noch schneller gelangen Sie zur Autorenseite, indem Sie diesen QR-Code mit Ihrem Smartphone oder Tablet scannen:

Wenn Sie dieses Buch auf einem Kindle eReader oder in der Kindle App lesen, wird Ihnen automatisch angeboten, der Autorin zu folgen, sobald Sie die letzte Seite des Buches erreicht haben.

Made in the USA
Middletown, DE
03 February 2021